Elogios para

THE REDDENING PATH
(EL SENDERO ENCARNADO)

"...prosa rebosante de imágenes...
lo hace a uno a devorar cada página".
—*NOW*

"...un mundo en el que coexisten el pasado y el presente...
personajes tan conectados a los lugares que parecen nacidos
de la tierra misma...".
—*The Vancouver Sun*

Elogios para

SOUNDING THE BLOOD

"...ambiciosa, totalmente convincente...
llena de múltiples significados...".
—*The New York Times*

AMANDA HALE

MI DULCE CURIOSIDAD

Amanda Hale ha publicado tres novelas aclamadas y una colección premiada de historias de ficción que se desarrollan en Cuba. Todos sus trabajos están traducidos al español. Su primera novela, *Sounding the Blood*, fue finalista en ficción del premio BC Relit Awards, y fue una de las diez mejores novelas de 2001 según la revista *Now Magazine*. Hale adaptó esta novela como guion de cine. Su segunda novela, *The Reddening Path*, también está disponible en forma de audiolibro en inglés y fue traducida al español como *El sendero encarnado*. La poesía y la narrativa corta de ficción de Amanda Hale han aparecido en muchas publicaciones, y en 2008 ganó el premio de literatura de no ficción Prism International. Actualmente colabora como libretista en *Pomegranate,* ópera que se desarrolla en la antigua Pompeya, adaptada de sus propios poemas. Está por publicar una cuarta novela, junto con una segunda colección de historias cubanas. Hale vive en Canadá y visita Cuba con frecuencia.

MI DULCE CURIOSIDAD

AMANDA HALE

Traducción de Patricia Schaefer Röder

Colección Galápago

Ediciones Scriba NYC

Mi dulce curiosidad, Amanda Hale
Traducción © 2017 Patricia Schaefer Röder

Ediciones Scriba NYC
Colección Galápago — Novela
Narrativa

Publicado originalmente en inglés en Canadá por Thistledown
Press Ltd. en 2009 con el título de *My Sweet Curiosity*.
© 2009 Amanda Hale.

Arte de portada: Andreas Vesalius
Diseño de portada: Jorge Muñoz
© 2017 Ediciones Scriba NYC

ISBN: 978-0-9845727-7-9

Impresión: CreateSpace

Scriba NYC
Soluciones Lingüísticas Integradas
26 Carr. 883, Suite 816
Guaynabo, Puerto Rico 00971
+1 787 2873728
www.scribanyc.com

Puerto Rico, agosto 2017

AGRADECIMIENTOS

Quiero agradecer a todas las personas que me ayudaron como lectores, críticos y asesores en múltiples temas. Gracias a mis hermanas, Sally Goodwin y Bridget Goudie, por escuchar las primeras páginas; a Fan Chen y Gloria Lee por sus valiosos consejos sobre la cultura familiar china; a Alix Allen por compartir su herencia Romanov; a Kati Marshall, Ellen Coburn, Laura Chalfin y Bob Henderson por la información esencial del mundo de la medicina; a Sarah de Rose, Kye Marshall, Jean Woodley, Cath Gray y Janey Bennett por su inspiración musical y sus consejos; a Ariane Crawford por su pródiga ayuda con los nombres y las costumbres rusas; a Marc Was por su ayuda con los nombres flamencos; a Brock MacLeod por una maravillosa cátedra sobre el Renacimiento; a mi valiente amiga Mary Wright, ahora fallecida, por compartir los detalles de su tratamiento alternativo contra el cáncer; a Aija Mara, Tom Knott y Louise Jarvis por sus comentarios sobre los primeros borradores; y a Judith Irvine de la Facultad de Medicina de la Universidad de Toronto por la información acerca de los horarios estudiantiles.

Gracias en especial a Seán Virgo, editor de extraordinaria habilidad y sensibilidad, que me empujó e inspiró de nuevo en la etapa final.

Mi gratitud a Thistledown Press, que publicó la versión original en inglés. Gracias como siempre a Joy Gugeler por su generosidad en cuanto a consejos editoriales y por animarme a continuar este largo viaje.

Y gracias especiales a mi traductora, Patricia Schaefer Röder, por su destreza e iniciativa en la creación de esta hermosa traducción de mi trabajo.

Amanda Hale

PALABRAS DE LA TRADUCTORA

Siempre me han gustado las lecturas interesantes. Me complacen las tramas inteligentes, que me desafíen y me arrastren al ruedo junto con personajes y hechos verosímiles, sin importar si se trata de ficción histórica, romance o ciencia ficción. Si además de todo esto, la obra está hermosamente escrita, la fascinación que experimento es irresistible y deliciosa.

Fue exactamente eso lo que me sucedió cuando me acerqué a *Mi dulce curiosidad*, de Amanda Hale. De inmediato deseé acompañar a los personajes en su propio escenario. Esta novela singular e íntima explora pasiones capaces de desencadenar procesos históricos que conllevan a cambios drásticos en el ser humano o la humanidad entera. Mi entrenamiento científico, el hecho de ser hija de inmigrantes y mi fascinación con la historia universal fueron invaluables a la hora de darle vida a la obra en español; desde la propuesta innovadora de Andrés Vesalio que dio origen a la anatomía moderna, pasando por el choque entre oriente y occidente, y los esfuerzos de los que emigran por adaptarse a un nuevo entorno, hasta la eterna complejidad de las relaciones familiares. Hale nos presenta todo esto y más, con una gran sensibilidad que invita a mirarnos en múltiples espejos antiguos y futurísticos.

Amanda Hale hace gala de una narrativa magistral en la que funde el pasado con el presente, las artes con las ciencias, el amor con la fantasía y la pasión con la solidaridad. El argumento se nos presenta en un crisol de descripciones delicadas e imágenes sutiles que nos envuelven en un torbellino de doble trama, donde los personajes y los lectores renacen en nuevas realidades que inevitablemente los empujan a través de los confines históricos y espirituales.

Me siento afortunada de haber compartido con Hale y sus personajes esta aventura mágica que enciende culturas, tradiciones, historia y música en medio del descubrimiento que cada quien hace de sí mismo. He aquí esta maravillosa novela, ahora en castellano. Espero la disfruten.

Patricia Schaefer Röder

MI DULCE CURIOSIDAD

AMANDA HALE

Los tonos medidos de la inconfundible *suite* de Bach resonaban por la calle Bloor hasta la esquina de Sherbourne. Una joven de cabello cobrizo se inclinaba sobre su violoncelo cual amante, meciéndose mientras extraía de él una opulenta sonoridad. La chica se posaba sobre una cornisa cerca de las puertas batientes de un edificio grande gris, del que salían precipitados los empleados de oficina, abotonándose los abrigos, corriendo hacia el metro. Algunos paraban, deslumbrados por la melodía que contrapunteaba con el constante murmullo del tráfico, el zumbido de ruedas de bicicleta, el chillido distante de aviones que volaban en círculo sobre la ciudad, bajando en espiral para aterrizar en el Aeropuerto Internacional Pearson. La música gemía con aquel sonido que hacen las cuerdas cuando se tocan con crin de caballo siberiano: expresivo, afectado, exquisitamente dulce; esa clase de agonía.

Natalya Kulikovsky estaba parada al otro lado de la calle, con la mirada fija en el cielo, escuchando. Su cabello oscuro tremoló sobre el rostro al darse vuelta, buscando de dónde provenía la música. La reconocía; era el primer movimiento de la *Suite #1 en Sol Mayor* sin acompañamiento, de Bach. Entre los automóviles, buses, bicicletas, vio destellos cobrizos y manos que parecían pequeñas pero que de hecho no lo eran; manos que hábiles desgajaban de su instrumento sonidos que despertaron en Natalya la vieja pena de la infancia que generalmente la invadía al anochecer, no al sol de un brillante día de otoño, y que se arrastraban hasta su puerta en la luz opaca, rogando, "Déjame entrar, sostenme, abrázame. Soy el dolor del desamor y acabaré contigo si me rechazas".

Antes de apagarse los últimos compases del preludio, Talya se había subido a la bicicleta y pedaleaba rumbo al este por la calle Bloor, intentando escapar de la sensación que la invadió, alojándosele bajo la piel. "Sigue avanzando, no pares", canturreaba entre dientes, pero no podía olvidar el súbito tormento que la música le transmitió, cual imagen efímera a través de una puerta entreabierta justo antes de apagarse las luces. Por un instante, casi recordó.

Apretó el manubrio al cruzar el puente Don Valley a toda velocidad. Se imaginó cómo lo habían construido; hombres colgados de vigas esqueléticas, forcejeando con el metal; enamorados que volaban desde el parapeto hacia la muerte, indecisos. Se imaginó cómo pavimentaron la calle Bloor, de este a oeste, a lo largo de toda la ciudad, los edificios apareciendo como hongos en la noche, la Torre CN —un misil encallado deseando despegar— perforando el cielo de Toronto. De pronto, la rueda delantera chocó con un bache. Talya se sobresaltó y sintió de nuevo el tono grave del violoncelo vibrando por su cuerpo. Un aire distinto se filtró entre su oscuridad y en ese momento entendió la paradoja de su existencia, al tiempo en que afloró un recuerdo distante en el que ella apenas existía; un organismo que palpitaba con un impulso hacia la acción atenuado por la consciencia de la inutilidad. Luego 'pssst', de vuelta a la tierra. En esa fracción de segundo, cada célula de su cuerpo resonó queriendo olvidar, porque era insoportable, mientras parte de ella gritaba "¡Atrápalo! ¡Sujétalo! ¡Recuerda! Tu vida ya nunca será la misma".

***

A los treinta y cinco años y después de perder cinco bebés, a Katya Kulikovsky le diagnosticaron útero hostil. Talya había rodado una y otra vez por las sábanas arrugadas del lecho matrimonial de sus padres, sobre el piso de la cocina, por el inodoro. Incluso se resbaló sobre una alfombra persa durante un coctel en Rosedale haciéndolos pasar vergüenza, pero, siendo un alma persistente irresistiblemente atraída hacia los Kulikovsky, continuó regresando hasta que al fin el médico de Katya sugirió, como último recurso, la TRA: tecnología de reproducción asistida. No una fertilización *in vitro*; los Kulikovsky no tenían problemas de fertilidad. (Y la suya era una unión apasionada; a los doce años de haberse casado aún se movían en un delirio de erotismo, siempre hambrientos el uno por el otro. Esperaban que al admitir a un niño en su paraíso, cada uno pudiese ver mejor al otro reflejado en él). No, Talya fue objeto de lavado, reimplantación y gestación sustituta. Fue purgada del útero de Katya tres días después de la fertilización, antes de que pudiera establecer una conexión placentaria o ser rechazada, y pasada a un tubo de ensayo. Era un suspiro de piel pegada a un vidrio. Natalya revivió extasiada, soñando el futuro, el pasado, la matriz viva que recordaba, nadando en un mar de células que resonaban con recuerdos de sus ancestros. A través de la oscuridad notó un horizonte, una línea marcada de un anaranjado vívido que palidecía hacia un rubor amarillento salpicado de sombras. Estaba en manos de los médicos, viajando por un paraje blanco intenso, subiendo escaleras de vacíos nevados, pasando por cordilleras montañosas tan insubstanciales como nubes, cayendo en picada en un cráter abrasador donde se revolcaba, inundada, flotando, subiendo de nuevo a la superficie; un punto en un universo desconcertante. Así, viajó por nueve meses y estalló cargada de energía una tarde perfecta de agosto. La primera agresión fue un destello de luz, como puñales en los ojos, y gritó, sorprendiéndose a sí misma con el primer sonido vivo en lo que ella había dado por hecho como un mar de tranquilidad permanente. Katya extendió las manos de inmediato para recibir a su hija en sus largos brazos. Mientras la mecía, buscando maravillada el rostro arrugado, Nick Kulikovsky se inclinó sobre su esposa y tocó la pequeña cabecita con el dedo, acariciando el cabello húmedo, que ya se secaba en el cálido aire del verano.

—*Moya dochka* —susurró—. Mi pequeña niña.

Nick besó a Katya y se paró detrás de ella para que no pudiera ver sus lágrimas cuando miraba a su hija perfecta.

Pusieron la cuna en la esquina del dormitorio y se recostaron abrazados, escuchando el milagro de su respiración. Katya casi no dormía. La bebé lloraba por su mamá y solo estaba contenta en los brazos de ella. Nick se sentía sobrecogido de amor hacia su hija, y a la vez sentía que no podía hacer nada.

—Estoy tan cansada que podría dormir un millón de años —murmuró Katya.

—Esto es demasiado, mi amor, después de todo por lo que has pasado. Le pediré a Lily que venga.

—Lily no.

—Se lo debemos, Katya. Están transfiriendo a Jack a nuestra oficina de Vancouver y se lleva a la familia. Se quedará sin trabajo.

Katya se acurrucó en su pecho y le echó los brazos al cuello, conforme.

Movieron la cuna a la habitación de la niña y emplearon a Lily para que viviera con ellos y cuidara de su hija. Desde su cuarto, Lily oía la respiración de la bebé por el monitor; aquellas exhalaciones suaves, regulares, mezcladas con sus propios sollozos a la vez que empapaba la almohada cada noche. Lily había dejado a sus hijos en Manila con su hermana. Después de que Ramón le amorató ambos ojos y la abandonó con dos hijos y sin dinero, ella tomó la decisión de ganarse la vida en el exilio. Pero su corazón estaba lleno de nostalgia por su pequeña hija, Carrie, y su bebé, Ramoncito.

Natalya Tatiana pasó la primera infancia en el Parque Riverdale con Lily, quien empujaba el cochecito de bebé por interminables caminos llenos de hojas, bajando por las amplias cuestas del parque, más allá de las cercas de los animales de la Granja Riverdale. La naturaleza evocadora hacía llorar a Lily, y así, con el olor a lilas, el canto de las aves y el susurro de la brisa cálida sobre la piel, Talya absorbió una capa de profunda pena que corría por ella como una falla mientras gorjeaba y canturreaba, saludando apesadumbrada con su manita regordeta, cuya muñeca solo era una arruga, a los demás bebés que pasaban. Hasta que un día, Lily conoció a una mujer china con su pequeña hija, que acababan de llegar de Pekín, y cuando ella y la sonriente mujer conversaban titubeantes en inglés, Talya se bajó del cochecito, tomó la mano de la otra niña y la llevó hacia la piscina de los nenes.

***

Dai Ling estaba parada en la esquina de Gerrard y Broadview, respirando el aroma de fruta escarchada; manzanas Fuji que rebosaban de cajones de madera, pilas de naranjas tambaleantes junto a caquis, berenjenas, lichis, uvas. Un viejo golpeó las naranjas levemente con el codo al entrar a la tienda y unas cuantas cayeron, rodando por la acera. La gente pasaba apresurada, esquivando las frutas caídas. Dai Ling se detuvo a recogerlas.

Un repentino cambio en el tiempo hizo que dejara de tocar música en la calle. Flexionó los dedos dentro de los cálidos guantes de lana. Había pasado toda la tarde en la clase de orquesta y su garganta y esternón aún vibraban con la potencia de las cuerdas del violoncelo. Comenzaron con ejercicios de calentamiento; su arco iba y venía sobre la cubierta de acero de las cuerdas Helicore, creando una vibración que le excavó el cuerpo desde la garganta hasta las costillas y más allá, hasta el fondo. No era hambre · exactamente, sino un vacío que anhelaba ser llenado. Sentía que la invadía una inmensa alegría cuando con el arco tocaba cada cuerda de manera suave, larga. A veces le gustaba cantar en armonía con el violoncelo, como si este fuese una voz humana de extraordinario registro, pero hoy se había convertido en *su* voz. Se había perdido en su propio sonido, ajena a los demás estudiantes, hasta que de repente se dio vuelta y vio a Christie clavándole la mirada desde la sección de los violines. Dai Ling sonrió, pero Christie ya estaba afinando de nuevo y fruncía el ceño muy concentrada.

Estaban cruzando el puente del edificio Edward Johnson hacia el Camino del Filósofo después de clases, cuando Christie le preguntó.

—¿Qué tal si vienes a bailar con nosotros esta noche?

—¿Adónde?

—A Isabella's en la calle Church. Ah, yo sé que no eres 'una de las nuestras' pero pensé que tal vez querrías conocer a algunas de mis amigas —dijo Christie, mientras mecía despreocupada el estuche del violín—. Todas tienen pareja y yo no estoy con nadie ahora, así que... —se fue callando—. ¿Tienes novio?

—A veces ando con Ray Lee, pero solo es un amigo —Dai Ling corrió de pronto hacia una montaña de hojas, pateándolas al aire—. ¿Vas a postularte para la orquesta juvenil?

—¡Claro! ¿Te imaginas si las dos entráramos? ¡Sería fantástico! —los ojos azul violetas de Christie brillaron y las puntas de su cabello rubio erizado se levantaron aún más. Le recordaba a Ray, bondadosa y entusiasta. No tenía miedo de nada. El verano pasado había ido en autostop hasta Vancouver en busca de KD Lang. La encontró, y tocaron violín punk juntas. Christie incluso la convenció de grabar algo y tocó en el nuevo álbum de KD.

—La fecha límite para las solicitudes es el 15 de diciembre —dijo Christie—. Yo hice la mía en línea. Ellos quieren un solo y dos pasajes de orquesta.

—¿Vas a tocar Vivaldi? —quiso saber Dai Ling.

—¿El *allegro* de *La Primavera*?

—No, más bien pensaba en el *allegro* del *Invierno*, el tercer movimiento. Tu técnica es brillante, y esa pieza te deja mostrar tu registro.

—¿De verdad piensas eso?

—Oh sí. Aquellas melodías largas y tristes, luego el repentino chisporroteo de energía a medida que cambia el ritmo. Es tu mejor pieza.

—Gracias. Voy a probar. Entonces, ¿qué me dices de esta noche? ¿Puedes venir?

—¿Cuál es la dirección?

—Calles Church y Maitland, justo debajo de Wellesley, esquina noreste —sus mejillas mostraban hoyuelos de placer—. Voy hacia el oeste. Te veo alrededor de las 8:30. Te esperaré en el vestíbulo.

Distraídamente, con el preludio de Bach en los oídos y los dedos en las cuerdas del violoncelo fantasma, Dai Ling se metió una naranja en el bolsillo mientras las apilaba de nuevo. Desde el corazón del Barrio Chino Este de Toronto, comenzó a caminar hacia el este por la calle Gerrard, hacia la casa. La gente estaba embozada para protegerse del aire gélido, que había llegado demasiado rápido después del verano indio. El aliento de Dai Ling se vaporizaba en una larga nube cuando exhalaba. Hurgó en su bolsillo y sacó la naranja, la peló y se metió en la boca los gajos congelados, uno por uno. Al perforar las membranas, el jugo le chorreaba por dentro de las mejillas, al tiempo que ella derretía los cristales congelados con la lengua.

Bajó la vista hacia la acera, pisando adrede las grietas del pavimento. En el patio de la escuela, los niños le dijeron que si pisaba una grieta, la acera se abriría y se la tragaría, ¿y quién sabía qué podría sucederle en el inframundo de la ciudad? A lo largo de los años, había constatado repetidas veces que esta información no era cierta, pero su viejo ritual de caminar sobre las grietas persistió, en un intento mágico de provocar algún cambio en su vida, que en sí era una rutina fija de práctica de violoncelo, música de cámara, orquesta y teoría, intercaladas con dos turnos semanales en la Biblioteca Riverdale, donde colocaba y volvía a colocar libros en los estantes con precisión y sin esfuerzo aparente. A veces, un estallido delicioso hacía añicos el silencio aburguesado de la biblioteca. Era Dai Ling dando rienda suelta a su energía en la estantería, sin percatarse de su audible alegría detrás de los audífonos del IPod, moviéndose al son de Jacqueline du Pré o Yo-Yo Ma.

Se limpió la boca y hundió las manos en los bolsillos vacíos. A su paso dejó una estela de piel de naranja. A sus veintiún años, era una chica soñadora a las puertas de algo.

Subió por la escalera trasera de su casa. La puerta mosquitera se cerró de golpe tras ella cuando entró.

—¿Compraste naranjas?

—¿Naranjas?

—Sí, huelo naranjas —Xian Ming se dio vuelta desde el fregadero, secándose las manos con una toalla—. ¿Trajiste naranjas?

—No, me comí una en la calle.

—Muy bien, porque yo compré una bolsa grande de naranjas hoy, bellas y jugosas. La señora Fox llamó. Quiere que trabajes en la biblioteca esta noche. La otra chica está enferma.

—¡Oh no! No quiero, Ma. Debo ir todo el día mañana. Y Christie me invitó a...

—Necesitas el dinero, Dai Ling, sobre todo cuando entres en la Orquesta Nacional Juvenil y se vayan de gira. La beca no va a cubrirlo todo.

—¡*Cuando* entre! Quisiera tener la misma confianza que tú, Ma.

Dai Ling era más baja que su madre, tenía los huesos más delicados, pero compartían las manos amplias y competentes de Geneviève, la abuela francocanadiense de Dai Ling. Xian Ming era, en todo menos el aspecto, china. Siempre que Dai Ling la veía inclinada sobre el *wok* o agachada en el jardín, desmalezando los lechos de rosas, se sorprendía por la piel pálida de Ma, sus asombrosos ojos verdes, su cuerpo alto y anguloso, tan distinto de las demás mujeres del Barrio Chino. Pero a Xian Ming la aceptaban en las calles del Barrio Chino sin ponerla en duda porque, a pesar de no haber heredado los rasgos físicos del padre, hablaba su lengua con fluidez y tenía sus gestos, y esto era suficiente para asegurarles a los chinos que ella era una de ellos. Dai Ling, de apariencia completamente china, excepto por su cabello cobrizo, mostraba el carácter y los gestos de la abuela de Montreal y hablaba mandarín con acento canadiense.

—¿A qué hora tengo que estar allí?

—Seis y media. Tu Babá llegará tarde, así que cenaremos antes. Hice *dumplings*.

—Me voy a duchar —respondió, ya a medio pasillo. Subió los peldaños de dos en dos y entró precipitada en su habitación. Se detuvo un momento, respirando el silencio.

Allí estaba su *shui pao* rojo colgado detrás de la puerta, con ramitos de bambú pálidos que crecían por las mangas y las piezas del frente, y en la parte de atrás, una garza blanca de patas largas con las alas recogidas y la cabeza gacha. Al tomar la bata entre los dedos y abrirla, las alas se abrían también, y se imaginó la cara de Babá apareciendo por la puerta abierta, con la sonrisa más dulce del mundo cerniéndose en su boca, y ella, otra vez una niña pequeña, subiéndose la sábana hasta la barbilla. Podía oler las hierbas amargas sobre su piel cuando se inclinaba a besarla, sentir un cambio en el aire cuando se alejaba. Luego oía la puerta cerrarse con suavidad y las pisadas descalzas a lo largo del pasillo hacia el dormitorio de Ma, el rechinar de los resortes al meterse en la cama. Dai Ling giraba hacia la delgada pared que separaba las dos habitaciones, empapelada con flores color crema y blancas, como la gardenia en la sala delantera del piso de abajo, con las hojas venosas sanas y brillantes. Ma la compró un día de primavera en la floristería junto al supermercado Cai Yuan y la colocó en la ventana del frente, al lado de la planta de jade. "Aquí está", dijo, "ahora florecerá". Una semana más tarde, la pieza se había llenado de un embriagante aroma.

Se sintió inquieta. "¿Estaré rompiendo una cita? Quizás sea para bien. Gracias, señora Fox".

Christie fue insistente cuando Dai Ling la llamó.

—Vamos, Dai Ling, puedes venir después del trabajo. Vas a estar lista a las nueve y media.

—Es demasiado tarde, Christie. Mañana tengo un día entero en la biblioteca.

—Ven, por favooor. Me pondré triste.

—Lo siento, no puedo. No puedo.

—Oh, está bien, otro día será. Diviértete en las estanterías —bromeó, recuperando de nuevo su alegría.

***

Era un frío y despejado sábado de octubre. Talya estaba encaramada en una escalera en la Biblioteca

Riverdale, leyendo detenidamente un libro grande de ilustraciones del trabajo anatómico de Andrés Vesalio cuando Dai Ling, movida por un hormigueo en la coronilla, dio vuelta a la esquina y chocó con la escalera, que tambaleó. Talya perdió el equilibrio y Dai Ling cayó encima de ella.

—Lo siento. ¿Estás bien? —Dai Ling fue la primera en reponerse al aterrizar en un enredo de brazos y piernas.

—Creo que sí. ¿Qué pasó?

—¡Shhh! —un fuerte ruido de saliva salió disparado de los labios de la bibliotecaria jefe. La señora Fox se preocupaba por Dai Ling. Le agradaba la chica y le tomó un cariño maternal. La mayoría de sus empleadas eran muchachas comunes que se movían lentas por las estanterías, atendiendo las preguntas del público lector de manera eficiente y cortés, pero Dai Ling estaba en otro mundo. A veces la señora Fox miraba cómo los dedos de su mano izquierda se movían con gran intención y Dai Ling escuchaba como si alguna música extraordinaria sonase por la biblioteca.

Talya y Dai Ling extendieron las manos a la misma vez para ayudarse una a la otra y, cuando se tocaron, el libro *A World Lit Only by Fire: The Medieval Mind and the Renaissance,* desplazado en la confusión, se abrió de golpe. En la página abierta, *El Filósofo* de Rembrandt giraba la cabeza lentamente hacia la ventana dorada sobre la que había reflexionado durante siglos.

—¡Yo te conozco! ¡Tú eres la violoncelista de la calle Bloor! —exclamó Talya a la vez que la señora Fox taconeaba veloz por las estanterías y levantaba las manos.

—Yo no hice nada —se defendió Talya, aún estrechando el libro de Vesalio—. Yo estaba leyendo en silencio y ella salió de no sé dónde y me tumbó de la escalera.

—Está bien, señora Fox —dijo Dai Ling—. Yo me encargo.

—Muy bien —afirmó con desdén—. Mejor será que recojas este desorden antes de irte a almorzar.

—Yo te ayudo —ofreció Talya enseguida, leyendo la mirada de Dai Ling—. Y si tienes tiempo en tu hora de almuerzo, quisiera preguntarte sobre tu música.

Dai Ling titubeó, luego asintió y empezó a juntar los libros esparcidos mientras Talya miraba atenta el libro *Ilustraciones* de Vesalio que, ya se había percatado, comenzaba con una corta biografía.

***

1536: Lovaina: Capital del Ducado de Brabante, Países Bajos

Andrés Vesalio envolvió su musculoso cuerpo en un abrigo de lana. Era invierno en el Norte de Europa y a pesar de lucir rozagante, la humedad de los Países Bajos le llegaba hasta los huesos. Después de estudiar Medicina en París por tres años, había regresado recientemente a su tierra natal. Sus estudios resultaron interrumpidos por el estallido de la guerra y la invasión de Provenza por Carlos V. Se dirigía a una cita nocturna; llevaba un gran saco sobre el hombro y flexionaba sus bíceps, preparándose. Ese día hubo una ejecución en la horca; un hombre de mediana edad, un ladrón. "Perfecto", pensó Vesalio. "El cuerpo todo formado; fresco". Sus botas golpearon los adoquines congelados de Lovaina, resonando por la ciudad dormida, veinte millas al este de Bruselas.

El último fue un 'enterrado' que tenía cinco días de muerto y sepultado. Mientras paleaba la tierra sobre el hombro izquierdo, desparramando terrones a los ojos del mismo Diablo, Vesalio se detuvo para sacar un pañuelo y atárselo sobre la nariz y la boca. El hedor era horrible, pero no le temía a la peste. Ya entonces sabía que había nacido para entrar en el cuerpo humano y trazar su mapa. Y apenas comenzaba. El 'enterrado' resultó ser un viejo;

estaba ajado y ya empezaba a pudrirse. Vesalio empapó el cuerpo con vinagre y lo diseccionó con cuidado, moviéndose con rapidez para evitar que lo descubrieran y para ganarle la carrera a los gusanos. El cuerpo perdió la definición al momento que lo trabajaba, cortando y documentando las tripas descompuestas. La disección solo le abrió el apetito por un ejemplar más fresco. Se deshizo del viejo y fue a visitar al verdugo.

"En cuatro días", le dijo. "Venga después de la medianoche".

Vesalio se encaminó hacia la horca a la luz de las estrellas. Era época de luna nueva, pero el cielo estaba despejado y tachonado de estrellas, derramadas en racimos como leche de cabra. El verdugo encapuchado lo saludó con brusquedad al emerger de las sombras para sujetar el brazo de Vesalio y halarlo por una puerta estrecha. Se detuvieron para entrar en la bodega hedionda y el verdugo encendió un pequeño trozo de sebo.

—Aquí está. Es suyo —concedió con voz áspera, apuntando con la cabeza hacia un cuerpo desplomado. Luego tiró de la manga de Vesalio —. Primero el dinero.

Vesalio se metió la mano en el bolsillo y le dio unas monedas. Metió el cadáver en el saco, lo alzó sobre su ancha espalda, agarró el cuello sobre su hombro derecho y salió arrastrando los pies bajo el peso muerto.

—Así que es cierto —susurró—. Los intestinos se vacían cuando la soga se tensa.

El verdugo gruñó y cerró la puerta en silencio tras ellos.

—Si alguien le pregunta, usted lo sacó del cementerio —masculló.

***

Talya y Dai Ling subían por Broadview, pasando el Hospital Don Jail y Riverdale, la estatua del doctor Sun

Yat-Sen hasta llegar a las amplias faldas del Parque Riverdale, alfombradas de hojas encendidas.

—Esto fue tan raro —dijo Talya—. Yo nunca voy a la Biblioteca Riverdale. Iba cuando era niña, pero ahora uso la biblioteca de la universidad.

—Yo también.

—¿Eres estudiante?

—Mi concentración es el violoncelo.

—¡Entonces *sí* eras tú! ¿En la esquina de Bloor y Sherbourne, hace un par de semanas?

—Supongo que sí. ¿La *suite* de Bach?

—¡Sí! Tocas como un ángel. Regresé allí tantas veces...

—Ahora hace demasiado frío para el violoncelo y para mis dedos —Dai Ling, de pronto tímida, estrechó la chaqueta de esquí negra que la abrigaba. Ella no esquiaba. Xian Ming se la había comprado rebajada. "Tiene buen precio, Dai Ling. Te mantendrá caliente todo el invierno".

Hubo un golpe de viento y las hojas escarlatas se arremolinaron alrededor de sus pies. Una enorme hoja de arce voló hacia el rostro de Talya y ella se la quitó con un gesto rápido, riendo. Dai Ling también reía cuando Talya se dio la vuelta despacio para verla de frente, mirándola fijamente.

—Creo que eres bella... —confesó Talya—. Como tocas el violoncelo, quiero decir.

Una ráfaga de viento tiró de la chaqueta de Dai Ling, haciendo que algunas plumas se salieran por un pequeño roto en el codo de la manga izquierda. Dai Ling apretó la chaqueta rasgada, viendo cómo el plumón blanco flotaba por el parque.

—Se te está saliendo el relleno —rio Talya al tomar la mano enguantada de Dai Ling.

Corrieron juntas por la orilla cubierta de hierba, más allá de la pista de patinaje, hasta llegar al borde del platillo de concreto que se transformaba en una piscina de niños en el verano.

—Yo venía aquí cuando era niña —contó Talya, sin aliento.

—¡Yo también! —los ojos de Dai Ling brillaban—. Siento como si te conociera desde siempre. *¿Por qué* viniste a la biblioteca hoy?

Talya se encogió de hombros.

—Mis padres viven en esa zona. Como no te vi en la esquina, pedaleé por el puente Don Valley y salí hacia Broadview. De repente estaba en la biblioteca y mira lo que descubrí —se había sentado en un banco del parque y contemplaba a Dai Ling, entrecerrando los ojos frente al pálido sol—. Mira, ¿no son maravillosas? —levantó el libro *Ilustraciones* de Vesalio.

Dai Ling se sentó junto a ella y ojeó los dibujos de cuerpos desollados, donde músculos y tendones estaban marcados con letras griegas. Cada figura se encontraba en un paisaje de árboles y rocas que se perdían en la distancia, junto a edificios con filas de arcos enclavados entre torres erguidas.

Dai Ling se inclinó hacia delante.

—Parece un instrumento musical —dijo, trazando con el dedo las líneas curvas de grupos de músculos y tendones que subían por las piernas torturadas de un hombre desollado: desde el tobillo, subiendo en espiral por la pantorrilla, envolviendo la rodilla, ensanchando el muslo hacia el ala de la pelvis.

—El cuerpo *es* un instrumento. Toca la música más dulce.

—¿Eres estudiante de Música?

Talya negó con la cabeza.

—Medicina.

—¿No estaba prohibido disecar el cuerpo humano en esa época?

Talya asintió.

—Vesalio cavó buscando huesos y 'robó las horcas' por toda Europa para completar su trabajo de anatomía. Pero después de publicar su primer libro, se le otorgó la cátedra de Anatomía en la Universidad de Padua, según las leyes de la República de Venecia. Eso le dio carta blanca para llevar a cabo disecciones públicas en pro de la investigación científica.

—Pareces saber mucho sobre esto. ¿Estudiaste el Renacimiento?

Talya tamborileó el libro con sus largos dedos.

—Solo por encima. Yo aprendo rápido —rio—. Galileo también enseñó en Padua, y podía dictar cátedra sobre sus descubrimientos. Solo cuando fue a Florencia lo arrestaron y acusaron de herejía.

—Hmmm. ¿Qué es esto? —Dai Ling, hojeando el libro, encontró una página que mostraba una estructura ovalada semejante a un huevo escalonado, con una figura tendida de manera dorsal en el centro.

—El teatro de operaciones en Padua. Fue allí donde Vesalio hizo sus disecciones.

Dai Ling no distinguió tanto un teatro sino más bien un recinto en forma de útero, dentro del cual el cuerpo se elevaba y giraba, alargándose las extremidades en el espacio que se iba encogiendo hasta que ya no se podían mover. La criatura estaba aprisionada, apretujada en el último lugar de la tierra, con la espina dorsal torcida, marcada con columnas estriadas.

—¿Y todos esos balcones? ¿Para espectadores?

Talya asintió y sonrió.

—Por eso se llama teatro. Abrir el cuerpo humano es intensamente dramático, ¿no crees?

Dai Ling miró a Talya, entreabriendo la boca.

—No sé. Yo soy músico —dijo.

***

1538: Padua

Veinte millas al oeste de Venecia: un gran público se había reunido para escuchar a Andrés Vesalio dar cátedra sobre anatomía humana. El Doctor de Medicina de veinticuatro años, cuchillo en mano, está listo para llevar a cabo una disección. Sus ojos oscuros están fijos en el cadáver que tiene delante, mantenido en una posición erguida con una polea y una soga enrollada alrededor de la parte posterior de la cabeza. La mano de Vesalio trabaja segura; ha hecho lo mismo muchas veces. Se encuentra a las puertas de un gran renacimiento, respaldado por Hipócrates, Aristóteles, Herófilo, Galeno. El joven arde de entusiasmo. Minucioso y agudo como su escalpelo, se estira hacia delante y hace una rápida incisión longitudinal desde la caja torácica hasta el pubis, exponiendo la matriz del cuerpo humano, rompiendo el velo del tiempo y la creencia mística.

Henchido de curiosidad raja el cuerpo, despega capas de tejidos, tendones y músculos para mostrar los huesos. Despacio, meticuloso, examina y documenta cada vena, músculo, arteria y órgano. Está en tierra sagrada exhibiendo un misterio, revelando un secreto guardado por mucho tiempo. Pero no encuentra el Alma.

Vesalio percibe una violencia fugaz dentro de sus propios músculos, huesos y sangre, atenuada al mismo tiempo por otra parte de él. No presta atención al silbido de su sangre, al murmullo de su corazón. Se mueve como una máquina, rápido y preciso. Filas de hombres jóvenes de cabellos oscuros se inclinan hacia delante, haciendo un esfuerzo para ver el cuerpo expuesto, el suave terciopelo de sus voluminosas mangas formando pliegues sobre las duras superficies de los atriles de madera veteados mientras el cadáver disecado baila de manera grotesca, con las rodillas dobladas, la cabeza hacia atrás, las palmas derramando guantes de piel por los huesos descubiertos de las manos. La bóveda vacía de la caja torácica está cercada de costillas amarillentas. El Alma ha escapado.

Cada vez que Vesalio abría el cuerpo humano, su corazón saltaba. La primera vez, temblando de emoción, casi se desvaneció maravillado ante su naturaleza clandestina. "Ah, la verdadera Biblia", susurró, "el cuerpo humano". La Iglesia enseñaba que los muertos descargarían su venganza contra quienes profanaran el cuerpo, pero cuando Vesalio vio lo indefensa que era la carne despojada de vida, se conmovió profundamente; hasta el punto en que la ternura luchaba con la crueldad. Sintió el sufrimiento de la carne, el espíritu secuestrado dentro de ella. Recordó los gritos del gato que sus hermanos torturaron en Helle Straetken y cómo lo había observado todo, sin poder hacer nada; deseando detenerlos, queriendo matar al gato para parar sus chillidos.

Cuando abrió su primer cadáver, hurgó en la cavidad torácica, sacó los órganos resbaladizos uno por uno, moviéndose con una velocidad y un apremio que obligó a su corazón a rendirse. Puso los órganos en la mesa sobre un paño, junto a los instrumentos. Como el hígado era más grande y oscuro que los demás, pensó que podía ser el hogar del Alma. ¿Pero cómo podía saberlo? ¿Acaso vibraría distinto? ¿Acaso le respondería si le hablaba?

"Alma inmortal, ¿dónde estás?" preguntó, haciendo resonar aquellas palabras en el silencio de su actividad nocturna. ¿Pudiera estar dentro del órgano con forma de camarón que estaba enclavado junto a la gruesa vena central? No, había dos de esos. ¿Pudiera haber dos Almas en un cuerpo? Tuvo la visión de que el cuerpo era un árbol; las venas y arterias de extraordinaria belleza se extendían como ramas, mientras las raíces y zarcillos temblaban llenos de vida. Así decidió documentarlo. Sostuvo los órganos curvos, uno en cada mano, sintiendo su resonancia, la piel viscosa manchada de sangre, como cubiertas de salchichas. Oyó y sintió las voces que subían por sus brazos, estremeciendo sus venas, pero el Alma era escurridiza. Ella revoloteaba en sus sueños y bailaba delante de él, evadiéndolo en cada vuelta, al tiempo que sus pies taconeaban los adoquines de Bruselas, Lovaina, París, Padua, Venecia...

***

—¡Dai Ling! —Ray Lee la llamó desde la ventana abierta de su habitación—. ¿Quieres ir a caminar? Necesito que alguien me rescate de mis estudios.

—Solo iba a mi casa, pero... está bien.

Dai Ling conocía a Ray desde siempre. Su casa estaba a media cuadra de donde él vivía con sus padres y su hermano Wayne, junto a la boutique para novias Happy Bridal. De niños jugaron en el patio trasero de los Lee, generalmente al 'funeral'. Dai Ling recordó el día que la enterraron a ella.

—¡Vamos, Dai Ling! —gritaba la pandilla—. Tú eres la niña muerta y nosotros te enterramos.

32

—¿Y cómo me salgo?

—Nosotros te sacamos cuando nos digas.

—¿Y si no me oyen?

—No hay problema —dijo Ray. Había aprendido esa frase de su padre, que terminaba cada afirmación con ella—. Nosotros vamos a la cocina de mi mamá a comer galletas con leche y te vamos a traer las tuyas y te vamos a desenterrar sin problema, ¿está bien?

Con la audacia de los siete años, Dai Ling se metió en la caja de cartón. Los niños la levantaron y la bajaron a la zanja que estaba al fondo del jardín. Se pararon alrededor y lloraron a la vez que Ray farfullaba y se santiguaba. Había visto un funeral en el programa de televisión preferido de su Ma. Los niños le pusieron la tapa al ataúd y ella oyó cómo se desmenuzaba la primera masa de tierra al golpear el cartón que tenía sobre la cara. Se estremeció y rio, luego se relajó, escuchando la tierra dispersándose y amontonándose, arropando y estabilizando la caja. Al principio oyó los gritos sordos de los niños, que se fueron apagando, hasta que quedó en silencio, excepto por el sonido de su propia respiración y el ruido de sus tripas, que esperaban la leche y las galletas. Estaba acostada en silencio, sin espacio para moverse; primero alerta, después la invadió el sueño y cayó en un estado semidormido, pleno de una música dulce. Cuando despertó, tenía frío y estaba acalambrada. Intentó doblar las piernas, pero la caja era demasiado baja. Con las manos empujó la caja sobre la cara. La tierra se movía y caía, torciendo la tapa. El pánico se apoderó de su pequeño cuerpo. "Me dejaron", pensó. "Están en la cocina comiendo galletitas. Todos regresarán a sus casas y se olvidarán de mí. ¡Me voy a morir aquí y nadie lo va a saber!". Trató de gritar, pero la caja se tragaba su voz y de pronto no pudo respirar. La vejiga cedió y un hilo de orina caliente atravesó sus calzones, extendiéndose por el vestido, bajo las piernas, empapando la caja.

Cuando la desenterraron ya estaba oscuro. Dai Ling saltó de la caja, desparramando tierra a su alrededor. Corrió por la calle Gerrard en penumbra. Era una chiquilla con las piernas mojadas y el aura roja palpitante, corriendo precipitada a los brazos de su madre. Xian Ming, que cocinaba la cena, de repente levantó la cabeza del *wok*, y exclamó "¡Dai Ling está en problemas!" y salió corriendo por la puerta sin su abrigo.

Ray Lee continuó siendo su amigo. Siempre conservó un gusto por lo macabro. Estudiaba cine en la Universidad York y recién había terminado de rodar su primer corto.

—Vamos a acortar camino por el Parque Riverdale hacia la Necrópolis, ¿sí? Te mostraré donde rodé mi película. Hay tanta historia allí, Dai Ling. Y todos están juntos sin problema, ¿sí? La muerte nos toca a todos por igual. Es trágica y está llena de rituales.

Dai Ling levantó la mirada y sonrió al ver los ojos oscuros de Ray. Era alto y muy guapo, como el padre de ella. Él la tomó de la mano y caminaron por la calle Gerrard balanceando los brazos.

—*Sansho the Bailiff* está esta noche en el cine Bloor. Es una de las mejores de Mizoguchi.

—Yo pensaba que *Tokyo Story* era la mejor.

—Esa es de Ozu. Yo te mostré *Tokyo Story* en el laboratorio cinematográfico de York, ¿recuerdas?

—Claro que recuerdo —respondió coqueta.

Ray se ruborizó y rio.

—¿Cambiaste de idea, Dai Ling?

Ella raspó los zapatos en las hojas caídas y negó con la cabeza.

—Solo pregunto —sonrió. Siempre sonreía cuando estaba nervioso—. Puedes reconocer una película de Ozu por su estilo único —continuó—. Él usa tomas bajas prácticamente sin movimiento de cámara, con lo que capta la esencia y quietud de la perspectiva japonesa. Y en las escenas con diálogos, Ozu se niega a desviarse del personaje que habla, como si insistiese en que cada persona tiene el derecho a que se le escuche de lleno.

—Suenas como si lo estuvieras recitando de un ensayo.

—Bueno, tengo un trabajo sobre el cine japonés, así que he estado pensando en eso.

Bajaron la colina corriendo por el barranco que cae al oeste del Parque Riverdale, al límite sur del Cementerio Necrópolis.

—Ozu de hecho es el más brillante, en mi opinión —dijo Ray sin aliento cuando llegaron al fondo del barranco—, pero Mizoguchi le pisa los talones. En *Sansho the Bailiff* venden a un hombre como esclavo y más tarde se vuelve a reunir con su Ma, a la que habían violado y abandonado. Está lisiada. Hay una escena trágica al final, en la playa. La rodaron con una grúa que se levanta por encima de la madre y el hijo acurrucados, hasta que lo único que se ve es la playa en un plano largo con una figura humana pequeñita en la esquina inferior izquierda del encuadre.

Las zapatillas de deporte de Dai Ling estaban enterradas hasta los tobillos en hojas rojas y amarillas. Observó cómo emergía su estructura esquelética, cómo el silencio del invierno empezaba a extenderse. Sostuvo una gran hoja de arce frente al perfil encendido de Ray.

—¿Y quién es esa pequeña figurita humana? —preguntó, mirando por encima del barranco a la parte alta del Parque Riverdale, recordando a Talya parada allí, y las figuras en el recinto ovoide del teatro de operaciones de Vesalio.

—¿Qué? —Ray la miraba fijamente, con una expresión burlona en el rostro.

—¿En la esquina inferior izquierda del encuadre?

—Oh —se encogió de hombros y sonrió, mostrando sus dientes blancos y fuertes—. No sé. Mizoguchi usa tomas que empequeñecen a los personajes para mostrar que la tragedia viene determinada por el destino y la naturaleza humana irredimible. En el contexto de esta película es impersonal e irresoluble.

A Dai Ling le encantaba su apasionada apreciación del arte cinematográfico, y lo encontraba tan bello a la vista, que no entendía por qué siempre se aburría y empezaba a pensar en otras cosas, como los acordes iniciales del *Concierto para violoncelo* de Elgar, o la pila de libros que había dejado sin colocar en los estantes de la sección de biografías. Antes soñó que Ray la besaba, pero la vez que lo hizo, en el laboratorio cinematográfico de York después de ver *Tokyo Story*, no sintió ninguna chispa; no como cuando hablaba de las películas. En el silencio embarazoso que siguió al beso, ella le pidió "Seamos solo amigos, ¿sí?".

Ray la miró con el ceño fruncido, luego sonrió, con la boca abierta, sensual. "Está bien, Dai Ling. Yo entiendo". Se inclinó hacia delante, le besó la mejilla y saltó, dando un puño al aire. "¡Amigos por siempre!", gritó. Y de nuevo fueron como hermanos y todo fue más fácil. Pero a veces Dai Ling sentía un tanto de arrepentimiento que la confundía aún más y la hacía preguntarse si debió haber persistido. "¿Cómo se siente el amor? ¿Es instantáneo o crece? Quizás conozco a Ray demasiado tiempo como para tener sentimientos románticos hacia él".

***

Talya despertó de golpe. No sabía dónde estaba. Algo se sentía diferente. Los haces de luz que pasaban por las persianas venecianas cortaban el techo como cuchillos. "Mi apartamento, Brunswick, corazón del Annex". Miró alrededor y vio objetos conocidos; la lámpara de noche con la pantalla dorada, los cajones de la cómoda abiertos desbordando ropa, zapatillas de deporte en ángulos raros, como los pies de la víctima de un accidente. Entonces recordó su sueño y la boca se tornó en una sonrisa adormilada. Retozaba entre hojas gruesas y rojas, rodando por la suave pendiente de un barranco. Estiró el cuerpo, sintió cómo cada vértebra se separaba de las demás, y quedó con las piernas y los brazos extendidos, tratando de capturar el sueño. "Algo va a pasar. Conozco esta sensación. Algo...". Casi tenía miedo. Miedo escénico. Recordó de pronto, emocionada, que ese día haría su primera autopsia. Saltó de la cama, se puso unos *jeans* y un suéter, se cepilló los dientes y tomó una manzana camino a la puerta. En diez minutos pedaleaba por la avenida Universidad, y el jugo de una *golden delicious* le goteaba por la barbilla.

En el frío sótano de la morgue, con una delgada bata blanca de hospital sobre la ropa, Talya intentaba fijar la atención. Elliott la miró y ella sonrió al ver que tenía un estetoscopio inútil colgándole del cuello. La mujer sobre la mesa de autopsias era una de sus pacientes, la señora Jacobs, que había muerto súbitamente por la noche. El patólogo les hizo señas para que se acercaran y comenzó a describir en detalle cómo procedería. Talya observó, con los ojos clavados sobre el cadáver desnudo, aguardando el primer corte. "¡Oh Dios, no dejes que me desmaye! He esperado tanto tiempo por esto. No imaginaba que fuese alguien que conociera".

El cuchillo se deslizó dentro del pecho de la mujer, cortando desde la punta del esternón, por el vientre, bajando hasta el pubis. Talya se inclinó, acercándose, y clavó la mirada en las tripas revueltas de la señora Jacobs. Los órganos que se marchitaban y la sangre que se coagulaba le sugerían el proceso inverso: el lento crecimiento de su cuerpo, la carne que cubría los órganos vitales, el insistente latir y bombear de un corazón fetal que desterraba el silencio y presagiaba una luz enceguecedora. Quería tomar el cuchillo y blandirlo. Oyó el preludio de Bach, vio cómo los dedos de Dai Ling se movían sobre las cuerdas por el cuello del violoncelo, presionando y soltando. Las ilustraciones de los cuerpos desollados del libro *Fabrica* de Vesalio saltaban a su alrededor, a la vez que ellos pesaban y documentaban los órganos vitales.

—Míralo, hazlo, enséñalo —susurró Elliott, observando a Talya de cerca, casi leyéndole el pensamiento. Compartían una impaciencia apasionada; la necesidad de romper tabúes y controlar misterios. Cuando ella le contó después que había decidido especializarse en cirugía, la apuntó con el dedo y le advirtió "Vas a tener que parar, Tal. Yo te conozco. Tendrás que concentrarte en el oficio, sus detalles y sus técnicas, o te vas a volver loca".

—Le falló el corazón —dijo Talya—. ¿Viste el enorme coágulo en la arteria braquial izquierda? Me pregunto cuál sería su RIN.

—Ayer por la mañana estaba normal. Yo mismo registré los resultados de los exámenes de laboratorio.

—Los exámenes de laboratorio no siempre dicen todo. Debimos haber aumentado los anticoagulantes.

—Sabihondita —bromeó—. Vamos, nos merecemos un café.

—Vamos a los casilleros. Tengo un libro maravilloso que te quiero enseñar.

—¿Pornografía masculina?

—¡Vesalio! Ilustraciones de *Fabrica*, de *Epitome* y de *Tabulae Sex*.

—¡Oh! ¡No puedo esperar!

***

Muchos intentos se han hecho por reconstruir el carácter y la personalidad de Vesalio. Con frecuencia lo han descrito como un hombre extrovertido, exaltado, irascible y discutidor, con una enorme energía y ambición; 'el hombre de la furia'. Por otro lado, un escritor reciente veía en él a un individuo ensimismado, esquizoide y melancólico, que rápidamente cayó en una depresión en cuanto alcanzó la cumbre de sus logros y el éxito. Tal diversidad de opiniones no es más que una medida de nuestra ignorancia del hombre y su carácter, y la asombrosa facilidad con la que los escritores pierden todo sentido de la objetividad, tejiendo elaboradas redes de fantasía romántica a partir de los hilos más finos de los hechos. Más bien, permítanos confesar que el material con que puede reconstruirse su personalidad es en extremo escaso y que no estamos en posición alguna de observar al hombre sino de manera vaga... En verdad fue un hijo del Renacimiento; profundamente influenciado por las enseñanzas humanísticas, no buscó refugio en sus libros, sino la restauración de la edad dorada...

1538: Universidad de Padua

Andrés Vesalio pasó por la entrada que tenía el gran arco de piedra, se detuvo y miró a su alrededor, deslizando los ojos de un pilar a otro en el patio columnado. La Universidad estaba en calma, y en el silencio, Vesalio sintió el bullir de muchas mentes, oyó los pasos vacilantes y los cálculos brillantes de los hombres jóvenes que lo esperaban ansiosos en el Teatro de Anatomía. Sus pisadas resonaron mientras cruzaba el rectángulo abierto del patio y subía cuatro escalones, luego se callaron de nuevo al detenerse y se apoyó contra un pilar bañado de sol invernal. El tibio aliento se condensaba sobre su barba y él saboreaba el momento, sintiéndose en el umbral de algo, como un sabueso que recoge un olor.

Cuando fue estudiante en París, hambriento de conocimiento del interior del cuerpo, pasó largas horas en el Cementerio de los Inocentes, excavando huesos. Los llevaba en un saco a su habitación, donde él y sus compañeros estudiantes se sentaban de noche con los ojos vendados, manipulando los huesos, compitiendo por reconocer sus formas. Vesalio era incansable. Mucho después de que sus amigos se habían ido, con los ojos pesados del sueño, el joven se sentaba, con los ojos cerrados, la cabeza inclinada hacia el cielo, a tocar los lisos huesos, imaginando el movimiento y la relación de cada uno con los demás, los músculos que se fruncían, los ligamentos tirantes fijos al hueso, la cubierta carnosa que evocaba el deseo.

Una noche en el cementerio, se sentó sobre un montón de tierra con la frente llena de sudor. Con la pala a un lado, separó huesos de dedos y costillas, un húmero quebradizo y podrido, moteado verde y amarillo, casi listo para partírsele entre los dedos. Sintió los animales antes de oírlos; un gruñido profundo y gutural, una fuerza creciente. Vesalio saltó de la tumba y envolvió los huesos en la chaqueta al tiempo que tropezaba con su saco abandonado. Los perros también saltaron, casi sobre él, cuando huyó. Fue una persecución en caliente, pero el retiro fue aún más caliente. Vesalio sintió los colmillos del líder de la jauría enganchándose en sus pantalones y se dio vuelta, derribando a la criatura con el mismo hueso que ella quería. Las astillas volaron en torno a hombre y perro, y Vesalio se quedó sin nada. Giró y se lanzó por encima del portón que daba al este, cayó sobre las caderas, resollando, y miró cómo la jauría confundida rodeaba a su líder, aullando y olfateando. Se vio a sí mismo; un hombre solitario que viajaba por un sendero oscuro, reuniendo a su manada, jalándola hacia delante.

Vesalio giró sobre sus talones y regresó hacia la galería grabada con los nombres y escudos de las familias del profesorado de la Universidad. Pudo visualizar su nombre, van Wesele de Bruselas, sobre la divisa con las tres comadrejas. El apellido 'Vesalius' se ajustaba a la convención latina de la época. Pasó la sala de conferencias a la izquierda y por la puerta abierta, alcanzó a ver una fila de cráneos brillantes donados a la Universidad por profesores anteriores de Física, ansiosos de servir a la ciencia médica con esta parte esencial de sus cadáveres. Él no imaginó su propio cráneo en la fila.

Vesalio se preparó y se dirigió a la cocina, donde los cuerpos eran lavados y preparados para su disección. Al entrar vio el cadáver, traído fresco de la *infermeria* cercana, donde iban a morir los vagabundos e indigentes. Se acercó y sostuvo la mano muy cerca del corazón del difunto. Una tenue onda de calor se trepó hasta su palma. "¡Tráiganlo! ¡Ahora!", ordenó, y entró al teatro, saludando con la cabeza a hileras de estudiantes que se inclinaban sobre sus barandas, dispuestas en círculos por encima de él. Vesalio, a diferencia de los otros profesores, no se sentaba en el estrado para dar cátedra, dejándole la disección a sus asistentes. Se paró en el centro del teatro, escalpelo en mano, listo.

Era un hombre apuesto, de cuerpo bajo y fornido, y frente alta y amplia. Tenía la cabeza grande, cubierta de rizos oscuros que mantenía muy cortos, el rostro lleno y abierto, acorde con su naturaleza inquisitiva. Mostraba una nariz gruesa y recta; las narinas pulposas descansaban sobre un bigote que crecía encima de los labios carnosos. La barba apuntaba hacia abajo, como una espada que excavaba el pecho fornido.

Cuando trajeron el cuerpo, dio instrucciones a sus ayudantes para que lo descubrieran, luego les hizo señas para que se apartaran. Subió hacia el cadáver que ya se enfriaba y levantó los brazos en un gesto triunfal, haciendo que se le subieran las mangas de la camisa, liberando sus muñecas y antebrazos. Con aplomo, bajó lentamente la mano que sostenía el escalpelo, con cuidado, susurrando en voz baja. Los estudiantes se inclinaron sobre sus parapetos en el teatro ovalado, hechizados. Las orejas de Vesalio estaban rojas de curiosidad y esfuerzo. Tenían forma de concha y buenas proporciones, y le daban la apariencia de una criatura del bosque atrapada desprevenida, alerta a una señal secreta. Estaba atento a escuchar la respiración del Alma.

Ante él yacía el cadáver de un hombre. Un hombre cuyo apellido se olvidó hacía tiempo, pero cuya Alma aún no había partido. Vesalio sintió la presencia de algo que persistía y eso lo volvía loco. Sus ojos brillaban mientras cortaba y disecaba, registrando cada resquicio del cuerpo. El Alma se sostenía en el aire, alerta como el que la buscaba, esperando una señal, cuando de repente algo la jaló, con una ráfaga silenciosa de aire, a través del techo del edificio abovedado, hacia el cielo gris de Padua. El Alma había estado fusionada de manera férrea con el hombre moribundo. Recordaba sus gritos al retorcerse en la cama del hospital; su propia alianza con la carne que sufría. Todas las Almas dentro de todos los cuerpos; la agonía y fidelidad de la dulce y generosa Alma.

Vesalio percibió un leve cambio en el ambiente. Caminaba de un lado al otro, daba vueltas alrededor del cuerpo disecado, buscando, hasta que levantó la vista de pronto, sorprendido por filas de caras ansiosas. Entonces se aclaró la garganta, sacó el pecho y reanudó el discurso.

—Estamos aquí hoy, caballeros, para investigar la relación entre los órganos vitales del cuerpo humano. Observen —dijo, haciendo un floreo con la mano, al tiempo que giraba sobre sus talones e iba y venía atravesando la tarima. Se acercó al diagrama de los órganos humanos *in situ* y señaló los pulmones, representados como fuelles en carboncillo oscuro. Sabía que existía una relación vital entre los órganos, pero todavía no la comprendía bien, y hurgó, cavilando, como un cerdo buscando trufas, siguiendo su nariz.

De niño se escondía entre las cañas y miraba el movimiento rápido del río. Parecía fluir sin fin; se preguntó acerca de su origen y su destino, y del ímpetu de su movimiento. Ahora veía la sangre del cuerpo de un modo parecido, incapaz de determinar la fuerza que la impulsaba a través del *corpus*. Evitó la sangre y señaló los fuelles del cuerpo: el hígado, el bazo, los riñones y la vejiga, y el gran corazón palpitante, signo de vida, pulsando su ritmo por el cuerpo. Así creaba conexiones entre los órganos, como una familia humana obligada a cooperar por su situación. Adivinó los puntos que no podía probar, inspirado en su pasión por entender y comunicar, pero todo el tiempo había un gusano de incertidumbre que le roía el vientre y le estremecía la tripa.

—¡Oh, ayúdame, San Judas Tadeo! —imploró, rogando al patrono de las causas imposibles y desesperadas. Creía en lo imposible; estaba decidido a poner fin al misterio y la incertidumbre. Giró como un bailarín para ver de frente a su público, y de nuevo estaba al mando, henchido por la autoridad que le daban sus estudiantes.

—La práctica de la disección, caballeros, es un arte. Y el descubrimiento anatómico del hombre como el vivo reflejo de Dios es digno del más alto riesgo y dedicación personales.

—¿Cómo puede un indigente común o un ladrón de la horca ser el vivo reflejo de Dios? —gritó una voz estridente.

—La forma, señor, la forma —respondió Vesalio—. La forma anatómica lo es todo, y es diferente del comportamiento de la vasija. Abrimos el cuerpo, extraemos los órganos, los disponemos de esta manera sobre la mesa de disección —gesticuló en dirección al largo caballete, tachonado de tesoros sangrientos—, y lo vemos vacío, carente de su espíritu animado. ¿Y dónde, pudieran preguntar, caballeros, está el Alma? ¿Dónde está el Alma? —Vesalio tiró de su barba, vellos negros quebradizos que se separaban entre los dedos. Con una violencia repentina, estalló—. ¡Si no podemos encontrar el Alma, entonces tenemos que controlar nuestras vidas a través del cuerpo!

—Pero la Iglesia... —comenzó a decir alguien.

—¡¿La Iglesia?! ¡¿La Iglesia?! —gritó Vesalio—. Ahora que abrimos el cuerpo, ya nada será igual.

Un relámpago borró las estrellas del cielo de Padua. Vesalio y sus estudiantes no se enteraron, sepultados en su teatro sin ventanas, hasta que el choque de un trueno sacudió la mano del profesor que sostenía el escalpelo.

***

Dai Ling dio un grito ahogado cuando entró en la sala.

—¡Ma! —voceó—. ¡Qué bella!

Miró hacia la entrada y vio a Xian Ming, que sonreía.

—Nos va a traer buena suerte, Dai Ling. La gardenia es buena por su aroma dulce, pero una orquídea es muy importante para la casa de un doctor y un músico en ciernes. Es una planta muy cultivada.

Dai Ling tocó los pétalos y levantó la cabeza de una flor con el dedo índice. Tenía el labio manchado de color vino tinto. Sobre él se levantaba un pétalo en forma de cobra, con ondas rojas que se adentraban hacia el centro de la flor. La cabeza encapuchada escondía una punta color crema. "Me quiere, no me quiere, me quiere", canturreaba en su mente, contando los pétalos. Era algo automático, como caminar sobre las grietas. Su dedo rozó una gota de savia que salía del tallo pálido.

—Estaba cara, pero la conseguí a mejor precio. Karen, la vecina, tiene una amiga en el vivero. Sé que tu Babá estará contento —Xian Ming brillaba. Su nombre completo era Xian Ming Joanne LaCharité, y había nacido en Pekín en 1964. Su madre, Geneviève LaCharité, estudió agricultura en Montreal, y fue una maoísta apasionada. Tenía siempre en el escritorio el *Libro Rojo de Mao*, y cuando no estudiaba, participaba en la cafetería en apasionados debates sobre la doctrina maoísta. "Ven a China; el país está pasando por un estado de transición dinámica y nosotros podemos ayudar con nuestros conocimientos de agricultura", les insistía a sus amigos. "Pero ellos están pasando hambre desde que Mao obligó a la colectivización de las tierras de cultivo", respondían sus amigos. "No hay movimiento hacia delante sin el sacrificio de vidas", declaraba Geneviève, ruborizada.

El nombre del padre de Xian Ming no estaba registrado en el hospital en Pekín y ella nunca lo conoció. Geneviève la crió sola, negándose a regresar a Canadá, y le contó a la niña historias para dormir sobre su padre chino. "Es un héroe de la Revolución. Un compañero celoso lo traicionó y lo acusaron falsamente de criticar a Mao Zedong. Ahora tu padre está cumpliendo una condena en la prisión", le decía. "Un día vendrá por nosotras".

Pero Xian Ming no pudo esperar. Se enamoró de Jia Song Xiang, un apuesto estudiante de Medicina de ojos intensos y oscuros, apasionado por la reforma democrática. Jia Song estaba al frente de las protestas estudiantiles de la Universidad de Pekín. Cuando se dio cuenta del peligro en que se encontraba, ya casado y con una bebé, Xian Ming se convirtió en su pasaporte a la libertad. Cinco años antes de la masacre en la Plaza de Tiananmén recibió una visa para Canadá basándose en la doble nacionalidad de su esposa. Llegaron a Toronto en la primavera de 1984. Dai Ling apenas tenía dos años.

Ese verano, Xian Ming iba camino al parque con Dai Ling en su cochecito. Una compañera inmigrante le sonrió con tristeza; era Lily, que daba su paseo diario a la piscina de niños con la pequeña Talya, de tres años. Las dos pequeñas se encontraron de inmediato entre la multitud de chicos y se salpicaron contentísimas en el platillo poco profundo de la piscina, aunque no hablaban en inglés. Se encontraban cada día, y a la hora de regresar a casa, Dai Ling lloraba y Talya hacía un berrinche y golpeaba el vientre de Lily con la cabeza. Aunque las niñas crecieron a tan solo unas cuantas calles de distancia, fueron encausadas en distintas direcciones por raza y clase.

—No le gusta el sol directo —explicó Xian Ming, mientras movía la orquídea con cuidado hacia una mesa lateral. —¿Almorzaste?

Dai Ling asintió.

—Con Christie y Sylvie en la cafetería. Tuvimos una práctica de trío de cámara esta tarde. Nuestro recital es el mes que viene. Voy a pedir entradas de cortesía para ti y Babá.

La puerta trasera se cerró.

—Hola —se oyó una voz masculina y profunda.

—Aquí, Zhuzi —lo llamó Xian Ming.

—¿Por qué llamas a Babá 'zhuzi'? Él no es flaco.

—Debiste verlo cuando era joven; flaco como una vara de bambú.

Jia Song entró. Era un hombre alto y apuesto, que caminaba silenciosamente en sus calcetines.

—Empezó a nevar... —comenzaba a contar, cuando vio la orquídea y el rostro se le arrugó en una gran sonrisa. Asintió con la cabeza, riendo, y abrazó a Xian Ming—. ¡Buena fortuna para todos! —dijo.

—La cena está casi lista. Cinco minutos y comemos —avisó Xian Ming, y corrió a la cocina.

Jia Song abrazó a Dai Ling y se inclinó para besarle la coronilla, cubierta de cabello rojo y sedoso. Notó que se lo había cortado, acentuando sus rasgos finos y delicada nariz. Reconocía en ella sus propios labios carnosos y ojos oscuros, y la calidad particular de su tez. De niña, él le decía que ella tenía un tesoro guardado bajo la piel porque era dorada y translúcida, y brillaba desde dentro.

—¿Estás trabajando mucho, Dai Ling?

—Sí, Babá. La audición es en enero.

—No olvides tomar un tiempo para relajarte. Es muy importante que el cuerpo tenga equilibrio. ¿Vas al cine de nuevo con Ray Lee?

Dai Ling se retorció.

—No creo, Babá. Solo somos buenos amigos.

—¿Le pusiste el ojo a otro chico?

—No, Babá —rio Dai Ling—. Yo estoy enamorada de ti, ¿recuerdas? —se salió del brazo del padre y corrió por la habitación riendo a carcajadas, haciendo que la orquídea se estremeciera al pasarle cerca, corriendo. Jia Song la perseguía con pasos pesados, soplando y rugiendo como un dragón, en su viejo juego de la infancia.

Cuando Dai Ling era una niña pequeña, la clínica de su padre estaba en la casa, en esa misma sala, llena del amargo olor de más de doscientas variedades de hierbas en grandes frascos de vidrio alineados en las repisas. Tenía caballitos de mar secos parados sobre sus colas, con las pequeñas cabecitas dobladas sobre sus vientres huecos, largas raíces de ginseng coronadas con crecimientos bulbosos que parecían personitas asombrosas, licio, raíces retorcidas y fragmentos de corteza, largos ciempiés empalados en pequeñas varas, serpientes secas...

Una vez, el padre de Ray Lee tuvo dolores en el pecho y Babá dejó que Dai Ling se sentara a observar cómo lo examinaba. Hizo que el señor Lee se acostara boca abajo y cerrara los ojos mientras le metía agujas. Dai Ling pensó que estaba muriendo. Quiso salir corriendo a contarle a Ray Lee, "¡Ahora podemos hacer un funeral de verdad!". Pero entonces el señor Lee abrió los ojos y sonrió a Dai Ling, que estaba sentada en silencio en la esquina. "Tu Babá es un hombre muy importante, Dai Ling. Sabe todo lo que necesitamos para estar bien en este nuevo país; no hay problema. En China sería un hombre muy respetado, ¿sí? Por eso su verdadero nombre es Jia Song, un nombre preciado porque Song significa pino, y el pino es un árbol limpio y honorable". La concesión de Jia Song para su nuevo país fue cambiar su nombre a Jason por sus clientes caucásicos.

Dai Ling se dejó caer sobre el sofá, sin aliento de tanto correr, y Jia Song, riendo, se sentó en el sillón al frente.

—Oh, Babá, yo no quiero crecer. Yo quiero vivir contigo y con Ma para siempre.

—Cásate con un muchacho chino, Dai Ling. Nosotros los chinos nos mantenemos unidos como una gran familia.

—A veces pienso en lo distinta que hubiese sido mi vida si nos hubiéramos quedado en China.

—Tuvimos suerte de irnos de China; yo tuve suerte de enamorarme de tu Ma. Si me hubiese quedado, hubiera estado en la masacre de la Plaza de Tiananmén. Yo era un líder en las protestas contra el gobierno de Deng —Jia Song se estiró para tocar la orquídea; lo delicado de su tacto contrastaba extrañamente con la expresión de su rostro al tiempo que continuó—. Hubo una gran esperanza de una nueva China cuando Deng Xiaoping se volvió el líder. Nos prometieron un cambio revolucionario en la economía, pero lo único que cambió fue que los salarios bajaron, los precios subieron, y de pronto hubo una crisis de desempleo. Nosotros luchamos por unas elecciones democráticas y por la libertad de expresión. Luego, por el movimiento estudiantil clandestino, me enteré de que me iban a arrestar. Tuvimos suerte de irnos.

—Recuerdo que cuando yo era pequeña fuimos a una manifestación grande en el centro...

—Sí, tenías siete años —asintió Jia Song—. Llegaron las noticias de la masacre; dos de mis amigos murieron allí —se inclinó hacia delante, tenso, hablando de forma desordenada—. Protestamos frente al Consulado Chino, 30.000 personas, según los diarios. Canadá, Estados Unidos, Gran Bretaña, Francia, muchos países europeos condenaron la masacre... —sacudió la cabeza y sonrió amargamente—. Basta de esta charla seria —se levantó de un salto y tomó la mano de Dai Ling—. Vamos a comer, o tu Ma nos regañará.

***

A la mañana siguiente, Ray Lee miró por la ventana de su habitación y vio a Dai Ling caminando con prisa por la calle Gerrard. Golpeó la ventana, con lo que derribó una pequeña pirámide de nieve acumulada en la esquina del marco, quedando solo un poco. Pero ella no lo vio. Estuvo a punto de subir la ventana y llamarla, pero se detuvo, apretando con las manos el alféizar cuando de repente ella giró, con la cara levantada hacia el cielo, los brazos extendidos y una expresión de felicidad en el rostro. La observó hasta que desapareció calle abajo, y después se sentó frente al escritorio. Escribió: "La experiencia en dirección de Mizoguchi, Ozu y Kurosawa puede compararse y contrastarse en términos de...". Luego miró a la pared, mientras mordía la tapa plástica del bolígrafo.

***

—¡Talya! ¿Qué haces aquí?

—Iba camino a casa. Pensé que si cortaba camino por el campus, tal vez podría encontrarme contigo por casualidad.

Talya vio el brillo de la lengua de Dai Ling al reír, a la vez que la sangre le subía a la cara en el aire frío. Estaban paradas frente al edificio Edward Johnson, que alberga la Facultad de Música.

—Ha pasado un tiempo desde que caminamos por el Parque Riverdale —continuó Talya, mirándola fijamente—. ¿Cómo has estado?

—Oh, estoy trabajando mucho. Tú sabes... clases, ensayos, la biblioteca.

—Yo también. Nos merecemos un descanso. ¿Quieres ir a tomar un café conmigo?

—Oh... Tengo que practicar. Pronto voy a tener una audición con la Orquesta Nacional Juvenil. Hay una gira... si entro.

—Claro que vas a entrar. Te he oído tocar. Eres brillante.

—Gracias —Dai Ling se ruborizó de nuevo—. Bueno, me tengo que ir...

—¿Puedo ir contigo?

—Solo voy a practicar... escalas, ejercicios de calentamiento... te vas a aburrir.

—¡Qué va! Me encantaría volver a oírte tocar, incluso si son solo escalas.

—Está bien —se encogió de hombros—. Tú ganas.

Dai Ling vio a Christie y Sylvie bajar las escaleras. Sylvie sonreía y saludaba con la mano; todo su cuerpo se mecía con el movimiento. Dai Ling siempre percibía la fluidez de Sylvie cuando tocaban juntas. Los brazos largos y el amplio espacio entre los dedos la hacían abrazar el piano con una elegancia particular, con el cabello oscuro apilado en la parte superior de la cabeza y los ojos verdes rasgados, como un gato dormido.

—¡Eh! ¿Ustedes dos se conocen? —preguntó Christie.

—¿Tú también conoces a Talya? —dijo Dai Ling, sorprendida.

—¿Que si no? Pero no nos hemos visto en mucho tiempo. ¿Cierto, señorita Kulikovsky?

—Estoy bastante ocupada con la Escuela de Medicina —respondió Talya, irritada.

—¿Ah sí? La Escuela de Medicina no ha cambiado tu estilo en los últimos dos años —Christie sacudió la cabeza y continuó—; en Isabella's han notado tu ausencia repentina.

Dai Ling miraba a una y otra, confundida.

—Talya; esta es Sylvie, la pianista de nuestro trío. Daremos un recital en diciembre. Tal vez quieras venir.

—Claro, me encantaría —indicó Talya, extendiendo la mano hacia Sylvie.

—Ayer tuvimos una sesión excelente —comentó Sylvie—. Sobre todo la pieza de Haydn, pero tenemos que trabajar más en el *Archiduque*.

—¿Mañana a la misma hora? —preguntó Christie.

—Claro que sí —afirmó Dai Ling, saludando con la mano mientras viraba y subía las escaleras con Talya. No podía esperar a llegar a la sala de música y comenzar a tocar; sostener su violoncelo y sentir la presión de las cuerdas en las yemas de los dedos.

—Cuidado con Talya —les gritó Christie desde lejos—. ¡Es una rompecorazones!

—¿Qué quiere decir? —preguntó Dai Ling.

—Oh, nada. Seguro que está celosa.

—¿De quién?

—De mí. Es obvio que está enamorada de ti.

La boca de Dai Ling se tornó en un círculo de sorpresa, pero no dijo nada y en su lugar se concentró en sacar el violoncelo del casillero y llevarlo con cuidado a la sala de música. Talya la observó sacar el instrumento de la caja sosteniéndolo del cuello, extender la pica y apoyarlo contra una silla.

—¿Es tuyo?

—Algo así. No exactamente. Lo tengo en préstamo permanente —respondió enigmática.

Talya la detalló apretando el arco y aplicando la colofonia a las finas hebras. Se sintió un poco incómoda, incluso voyerista, hasta que Dai Ling la miró y sonrió.

—Puedes sentarte allí.

Talya atravesó la sala y se sentó sobre una silla dura. Cuando levantó la mirada, fue como si Dai Ling hubiese desaparecido, y sintió un momento de pánico inexplicable. Los dedos de Dai Ling se movían arriba y abajo por el largo cuello del violoncelo, mientras el arco resbalaba despacio a través de las cuerdas; pero ella estaba en otro lugar, fuera del alcance de Talya.

—Te lo advertí —dijo de pronto, como un pajarillo que aparece de la nada—. Estoy calentando con notas abiertas y escalas. Después voy a trabajar en mis octavas y *spiccato*.

El arco rebotaba sobre las cuerdas en un ritmo controlado, sostenido ligeramente entre los dedos y el pulgar. Talya cerró los ojos y dejó que el sonido entrara en ella. La vibración aumentó, girando alrededor de su cabeza, produciéndole un hormigueo en el cuero cabelludo. Sintió la emoción de la anticipación y recordó aquel momento en la morgue, cuando el patólogo corrió la sábana. "¿Es esto lo que Vesalio sentía antes de sus disecciones? ¿Es esto lo que sienten los actores al subir a escena; el artista al levantar el pincel, el astronauta al partir de la Tierra, el bebé antes de llegar al mundo?".

Dai Ling, a veinte pies y del otro lado de la sala, era inalcanzable. Dejó caer el brazo con el arco y miró a Talya. Estaba en silencio y Talya sintió que veía a través de ella hacia algún otro lugar; casi se dio la vuelta para mirar detrás, tanta era su concentración. Entonces, despacio, Dai Ling levantó el arco y las notas ansiosas del primer movimiento del *Concierto para violoncelo* de Elgar llenaron la sala: a veces dolorosas, suplicantes, inquisitivas. Talya estaba conmocionada. "¿Cómo puede hacer eso? ¿Cómo puede mirarme con tanto descaro y tocar así?". Observó cómo Dai Ling escapaba hacia adentro con el violoncelo como si Talya, cautiva, ya no existiese. Su cuerpo parecía viajar grandes distancias cuando tocaba; las piernas abiertas, los muslos apretando las curvas del instrumento que allí descansaba; la madera color miel resonaba a la vez que su cabeza se movía bruscamente y las manos volaban como aves en una danza de apareamiento. Las muñecas y codos se movían con fluidez, ligeros. Era como si tocara el instrumento con el cuerpo: una vibración de madera y tripa que le atravesaba carne, manos y brazos; todo volaba independiente del cuerpo y el violoncelo, mientras ella apenas lo rozaba. De nuevo Talya estaba en la calle Bloor, viéndola en imágenes parpadeantes, vislumbrando algo extraño e íntimo; una figura fugaz antes de cerrarse la puerta, dejándola con un anhelo que la sobrecogió.

Dai Ling mantuvo el gesto final, con la cabeza inclinada sobre el violoncelo, hasta que la última nota se apagó. Entonces levantó la vista para mirar a Talya.

—Voy a tocar el *Concierto para violoncelo* de Elgar como uno de mis extractos orquestales —dijo—. Ellos quieren... ¿Estás bien?

—Estuvo precioso.

—¿Estás segura?

—Sí —tenía los ojos fijos en los de Dai Ling, insistentes, hasta que ella rompió el silencio.

—Para mi pieza como solista voy a tocar el preludio de la primera *suite* de Bach para violoncelo, y tengo que trabajarlo mucho. ¿Quieres que nos veamos el domingo por la tarde?

Talya asintió, sin saber qué decir. La estaba despidiendo e invitando de un solo golpe.

—¿Qué tal a las dos, junto a las canchas de tenis en el Parque Withrow?

Talya se levantó de un salto para irse y se puso el abrigo rumbo a la puerta.

—Estoy contenta de que vinieras a buscarme —voceó Dai Ling tras ella, y Talya se dio la vuelta por un momento, levantó la mano, y volvió a girar.

"¿Qué me está pasando?" se preguntó Talya al cruzar el puente hacia el Camino del Filósofo. Avanzó aprisa, resbalando sobre los restos de nieve. Pasó a todos en la calle Bloor y redujo la velocidad solo cuando dio vuelta hacia Brunswick y pudo ver su casa. Tenía el apartamento de la planta baja; dos habitaciones con cocina y baño, y acceso a un pequeño jardín. Cerró las persianas y se acostó en la cama. El libro de Vesalio yacía abierto en el suelo en la Lámina 24, la Primera Lámina de los Músculos, que mostraba una figura finamente dibujada, con la cabeza echada atrás en éxtasis. Todos los músculos estaban expuestos en racimos y tejidos, manteniendo la forma. Talya se inclinó sobre la cama y comenzó a leer: *Una de las características distintivas de todas las figuras vesalianas es la intención de representar el cuerpo disecado de manera dinámica, haciendo un mayor énfasis en lo vivo que en lo muerto. En las disecciones más profundas esto ha dado lugar a una apariencia bastante extraña y desigual de las figuras, pero sirve para subrayar el hecho de que en el siglo dieciséis no se hacía una separación entre morfología y función. Sobre la importancia del fondo con respecto a las figuras, el lector deberá consultar...*

1545: Bruselas

Al despertar, Vesalio estiró el brazo hacia el otro lado de la cama y encontró la agradable tibieza del cuerpo de Ana; aquel punto suave en la parte baja de su espalda. Aunque su mano paseaba sin rumbo, acariciando la topografía de sus nalgas, su corazón palpitaba no de deseo, sino por la inmediatez de un sueño en el que evisceró su propio cuerpo por el anhelo intenso de saber qué había debajo de la piel. "Soy un hombre endemoniado. Necesito un cadáver fresco; no, un cuerpo vivo al borde de la muerte, y en el momento preciso del deceso atraparé el Alma cuando escape". Soñaba con la autodestrucción en aras del descubrimiento.

La primera vez que durmió con Ana van Hamme, en su noche de bodas, ella pasó sus largos dedos por los rizos de él, le clavó las uñas en la espalda y apretó las nalgas de su vigoroso cuerpo. Mientras él se impulsaba por la carne firme de ella, visualizaba su estructura interna; huesos, musculatura, sistema venoso. No podía evitarlo una vez que lo vio. No podía olvidar lo que había descubierto y no podía dejar de buscar aquello que lo eludía, el Alma danzante. Vesalio se pensaba como el hombre más afortunado por haber ganado lo que su corazón anhelaba. Ana era una mujer lozana, saludable y nada tímida. Su lecho matrimonial era un mar de pasión y deleite sensual en el que Vesalio unió sus conocimientos de la carne con los placeres de la misma.

Desde el inicio del embarazo, Ana se volvió distraída y soñadora, deliciosamente receptiva, incluso cuando estaba semidormida. Perdida entre sus sueños, murmuraba y se daba, flexible como una anguila. Muchas fueron las noches que él la hizo suya en ese estado, y en la mañana, su sonrisa secreta le contaba que había tenido un sueño erótico. "Conozco tu secreto, esposa libertina. No fue un sueño. Te tomé y te di placer cuando dormías", diría.

Su mano palpaba el vientre hinchado, pero aún tenía la mente en el sueño. Sintió una punzada de deseo frustrado al percatarse de que una vez más, la tramposa Alma lo había burlado, capturándolo en el lugar más profundo y más privado: su más íntimo santuario.

—¿Y dónde está *tu* santuario? —gritó, sentado de pronto en la cama—. ¿Dónde está *tu* escondite?

Ana se incorporó sobresaltada.

—¿Qué te pasa, esposo? —llamó, con la voz soñolienta.

Pero él ya iba por la mitad de la habitación, saltando en un pie mientras se ponía los calzones, golpeando los azulejos fríos.

—Vuélvete a dormir —le ordenó—; es temprano —y metió los brazos en las voluminosas mangas de una camisa de algodón áspera.

—¿Adónde vas a estas horas? Morirás de frío, Andrés —se acurrucó entre las cobijas, con una sonrisa que se le dibujaba en las comisuras de la boca.

Él dudó un momento, luego se inclinó y la besó en la frente.

—Voy a saludar el amanecer —dijo—. Estaré de regreso antes de que despiertes —y dando grandes zancadas, se dirigió hacia la puerta arqueada.

—Ponte la capa de lana —lo llamó, pero se había ido, dejando a Ana despierta y deseosa.

Era una mujer sensual, natural, de proporciones generosas y formas voluptuosas. No había nada que la hiciese más feliz que atrapar las caderas de su esposo con sus fuertes piernas, rodando juntos como un solo cuerpo, haciendo crujir la cama. Pero ahora, cuando despertaba buscando a tientas a Andrés, a menudo encontraba la tibia impresión de su cuerpo en el lecho y sentía la frustración persistente de perder frente a algo que ella no comprendía. Este hombre extraño, a quien ella le entregó la vida, albergaba secretos que le eran inescrutables. Incluso en medio de su pasión mutua, ella sentía un lugar frío en Andrés; un lugar rojo palpitante veteado de frío azul, que nunca aceptaría su propia paradoja.

—Frío y caliente eres —murmuró—; al mismo tiempo, como una fiebre. Nunca te entenderé, Andrés van Wesele —se dio vuelta, con una mano inquieta anidada entre los muslos.

Vesalio cruzó el patio al despuntar el amanecer con trazos de luz congelada en el cielo flamenco. De nuevo en casa, en Bruselas, luego de una larga estancia en el extranjero, revivía su niñez cada día. Fue una infancia dominada por la ausencia de su padre, que viajaba con Carlos V, Emperador del Santo Imperio Romano y Rey de España, como su farmacéutico, dejando a Andrés en Helle Straetken con su madre Isabel Crabbe, sus hermanos, Nicolás y Francisco, y la hermana menor, Ana. La casa en Helle Straetken era un hueco oscuro, sombrío como una cueva, dada por Jacob Crabbe como dote de su hija. Estaba cerca de Bovendael, un área desolada de Bruselas próxima al portal sur de la ciudad, habitada por prostitutas e indigentes. Entre Helle Straetken y Bovendael había una zona llamada Galgenberg, o Montagne de la Potence. Era un campo parcialmente arbolado que se elevaba formando una pequeña colina, en cuya cima colgaban los restos de criminales condenados, junto con los instrumentos usados en las torturas. Era allí que el joven Andrés se sentía atraído cada día, para registrar la transformación de la carne en hueso.

Andrés fue un niño solitario que extrañaba a su padre y anhelaba viajar con él. "¿Pero quién cuidará de tu madre y tu hermana menor?", preguntaba el viejo Andrés con su voz retumbante. "Confío en ti, hijo mío. En ti y en tus hermanos". Pero el joven Andrés se peleaba con sus hermanos y luego subía a la Montagne, se tapaba la nariz y mirando hacia arriba, toqueteaba los instrumentos hasta que el graznido de un cuervo o una ráfaga de viento lo hacía correr colina abajo, por el bosque, rumbo a casa. Entre los árboles había un lago escondido por donde el chico a veces merodeaba, metiendo las manos en el agua, viendo a los demás niños nadar. Le tenía miedo al agua. Una noche soñó que las Almas de los hombres ahorcados habían entrado al lago cuando metió las manos, y que lo esperaban allí para hundirlo. Pero no podía resistirse al lugar.

Fue el magnetismo de aquella horrible colina que veía a lo lejos desde su casa de la infancia, lo que trazó su vida frente a él como un mapa de carreteras; y fue el escudo de armas van Wesele con las tres comadrejas montadas una encima de la otra, contenidas entre armas que apuntaban hacia afuera, lo que imbuyó a Vesalio de su espíritu de búsqueda. Cuando frecuentaba los cementerios en la oscuridad de sus noches de estudios, excavando, excavando con su barba larga y cuadrada, imitaba el tótem familiar. Andrés Vesalio era esa anomalía del Renacimiento: un hombre que personificaba el curioso conflicto entre la fidelidad al pasado y la visión de un nuevo futuro. Aunque cumplía con la tradición, andando por la senda de sus ancestros masculinos que por generaciones sirvieron como médicos imperiales de la Casa de los Habsburgo, Vesalio tenía una nueva percepción del mundo que lo rodeaba. Se había ganado una reputación por su insistencia rebelde en llevar a cabo la práctica de disecar el *corpus* humano, y por su enérgico desafío al análisis estructural del cuerpo humano realizado por Galeno el Griego 500 años atrás, por el hecho de que se basaba en el cuerpo de monos.

Cuando el viejo van Wesele murió en el invierno de 1543, le dejó a Andrés una herencia espléndida, que le permitió casarse con Ana van Hamme en el septiembre dorado de 1544. En el año del fallecimiento del padre publicó, con gran aplauso y controversia, *De Humani Corporis Fabrica*, (*De la estructura del cuerpo humano*), junto con el *Epitome*. *Fabrica* constituyó un nuevo y revolucionario mapa del cuerpo humano, donde documentaba los descubrimientos de su funcionamiento interno; el andamiaje del cual colgaba la carne, las vías de las arterias y los ramilletes de músculos. Con esta publicación se hizo una buena reputación, por la que recibió una invitación para unirse a la corte de Carlos V como médico de la casa imperial. Su primera tarea fue como cirujano de campo en la guerra del Santo Imperio Romano contra Francia, que terminó con el Tratado de Créspy en septiembre de 1544, el mismo mes en que se había casado.

Vesalio construyó una casa en Bruselas. Plantó un huerto. Construyó establos. Él mismo colocó las piedras lisas del patio; cavó la tierra suave, la aplanó y puso las amplias piedras rosadas una por una. Cuando terminó, se paró en el centro del patio y pensó en su logros. Se convirtió en un hombre de medios que tenía una esposa, una casa, una consulta privada en Bruselas; pero todo esto lo dejaba especialmente insatisfecho. A pesar de haberse ganado su reputación, continuaba preso de una pasión insaciable por los descubrimientos, que lo alejaban de su soñadora Ana a la vez que el bebé la jalaba hacia adentro, lejos de él.

Vesalio era ajeno al frío del amanecer. Tenía la tenacidad de la pasión y la curiosidad; la cabeza rizada inclinada hacia atrás en un gesto histórico y extático hacia el cielo, como haría Don Quijote cincuenta y dos años después frente a los molinos de la imaginación de Cervantes, ladeada cual derviche, con los ojos abiertos de par en par para recibir los primeros rayos de la mañana. Era él un buen católico y se sentía iluminado por Dios. "Oh Señor", oró, "comparte conmigo el secreto del Alma escurridiza. Es lo único que siempre he querido. Todo lo que te pido es que me permitas conocerlo", se arrodilló, orgulloso y con el pecho henchido. Su mente ya andaba por otra vereda, recordando el ardor y la tierra de Helle Straetken, las caídas sobre las rodillas huesudas en charcos con piedras afiladas que lo cortaron; todas esas cosas que lo llevaron por su propio camino.

***

Fue un día extraño desde el comienzo, demasiado cálido para ser noviembre, con un cielo que se sentía tenso y oprimido. La nieve temprana de la semana anterior se había derretido por la noche. La gente hablaba del calentamiento global y el cambio climático, que presagiaban desastres futuros, pero Dai Ling se despertó con un rayo de sol en la cara y una sensación de hormigueo y expectación. Luego de practicar toda la mañana, con el esternón aún vibrante, subió por la avenida Logan hacia el Parque Withrow. Las canchas de tenis estaban vacías, la lluvia del día anterior dejó charcos en el asfalto. Había una electricidad en el aire; Dai Ling la sentía. Oyó ladrar a un perro y cuando se dio vuelta, venía corriendo hacia ella, persiguiendo un palo que volaba por el aire.

—¡Talya! No sabía que tenías un perro.

—Se llama Ruby. Es un perro de rescate.

Ruby dejó caer el palo y olfateó las piernas de Dai Ling, explorando cada pulgada de sus *jeans*, buscando información. Ella le rascó las orejas distraídamente, con la mirada puesta en Talya.

—Pareciera que tiene algo de setter rojo. ¿Y quizás algo de terrier o pastor?

—Es como una quimera griega. Tiene la cola de un zorro, el cuerpo de una cabra roja y sedosa, y la cabeza de un perro. Es de mis padres, pero ellos se fueron a Europa ayer, así que lo estoy cuidando en la casa. ¿Quieres venir? Está a unas pocas calles.

—Claro.

Caminaron a paso ligero por el parque, y las ideas se agolpaban en la cabeza de Dai Ling. "¿Qué hago aquí? ¿Acaso concerté una cita? Oh Dios mío, quizás piensa que soy lesbiana. ¿De qué vamos a hablar?".

La casa de los Kulikovsky estaba rodeada por un jardín secreto, protegido por un muro de piedras alto con un portón de hierro forjado que daba a una calzada de guijarros. La parra virgen que encendió el muro oeste de la casa en octubre, ahora estaba cenicienta. El jardín de invierno yacía encrespado y pálido, sacudido por cambios repentinos; el calor de finales de otoño hizo que muchos arbustos y rosales florecieran por segunda vez, solo para quedar atrofiados cuando las temperaturas cayeron en picada y sobrevino una nevada. El retorno del calor en noviembre engañó a la naturaleza, incapaz ahora de volver a responder. A la vez que algunas plantas se hacían más fuertes con esos cambios extremos, otras morían. Pero cada recoveco del jardín se mantenía vivo con el aroma de las lilas que perfumaban el aire primaveral, celindas en las ventanas, madreselvas derramándose encima de la puerta principal, rosas y peonías que llenaban los lechos alrededor de la casa. Un arce gigante se alzaba sobre la calzada como un ancestro perturbador y los escaramujos se henchían de promesas.

El jardín era del dominio de Katya. Le gustaba pasear allí, empujando una carretilla verde, agachándose para arrancar malezas, quitar las rosas marchitas para dar paso a nuevas flores. Pensaba en Nick mientras limpiaba el lecho alrededor de la Escalera de Jacob y la jara de hojas de salvia, y el placer que sentía la hacía reír a carcajadas. No cesaba de maravillarse con él, ni con el milagro de su hija. Si ella no hubiera sido capaz de darle un hijo que continuara su linaje, su vida hubiese sido un fracaso. Claro que sintió una punzada de decepción cuando le dijeron el sexo del bebé —ella hubiese querido un varón—, pero una vez que el doctor le puso a la pequeña sobre el pecho, aún unida a ella por el cordón umbilical, le fue imposible imaginar nada más emergiendo de su cuerpo que no fuese su hermosa hija. Pero Natalya se volvió una niña imposible, hosca y rebelde, y al llegar a la adolescencia, hacía llorar a Katya casi a diario. La madre trataba de ocultarle el conflicto a Nick, pero la hostilidad entre madre e hija llenaba la casa y la chica intentó interponerse entre ellos, exigiendo la atención del padre.

"Las chicas adolescentes hacen eso. Su único poder es la sexualidad. Está compitiendo contigo", le dijo su amiga psicoanalista una vez que tomaban un café en la terraza. Era imposible disciplinar a Talya; ella sabía lo que quería y era muy severa, arremetía y luego se retiraba en un silencio vengativo que duraba varios días. Katya había admitido su derrota mucho tiempo atrás, cediendo a las exigencias de la hija. "Claro, mi amor, claro que puedes tener tu propio caballo, claro que puedes ir a Europa, claro que necesitas tu propio apartamento".

Katya tuvo sentimientos encontrados cuando Talya se mudó, porque la echaba muchísimo de menos y anhelaba tener una relación cercana con su hija. "¿Por qué se separa de nosotros, Nick? Ella es parte de nosotros. ¿Por qué no quiere compartir nuestra vida?".

Pero en realidad era un alivio tener a Nick para ella sola. Era como empezar de nuevo. *"Love is lovelier the second time around"*, canturreaba para sí, *"even lovelier with both feet on the ground..."*. Le encantaban las canciones románticas viejas. Era irónico que le hubiesen diagnosticado la enfermedad justo entonces, como si la dicha no pudiese existir sin la amenaza de muerte. Ese día, antes de llamar para preguntar por los resultados de la biopsia, cortó una rosa roja perfecta para adornar la mesa de la cena. Se hirió la muñeca con una espina, y una gota de sangre cayó en el centro de la rosa, desapareciendo en su rojez.

"Te vas a poner bien, Katyushenka. Nada te puede pasar, mi vida, porque yo te amo demasiado". Nick estaba seguro. Ella le creía y se apoyaba en él, sacando la fuerza que necesitaba para negarse a recibir tratamiento convencional.

Dai Ling estaba parada en la entrada. El aire estaba fresco y vacío. "Esta casa se siente como un lugar turístico", pensó. "Toda la vida está en el jardín".

—Voy a prepararnos algo. ¿Quieres algo de tomar, algo de comer?

—Sí, gracias, siempre tengo hambre —dijo Dai Ling, mientras seguía a Talya a la cocina.

Vio a Ruby buscando con el hocico una línea de luz debajo de una puerta cerrada que salía del pasillo. Observó sus bigotes temblar, percibió la agudeza de su nariz fría, suave y negra con un tono rosa alrededor de cada narina. Ruby tenía semillas en el pelaje que se le habían pegado cuando se revolcó en el jardín. Dai Ling miraba cómo Talya se movía por la cocina; el barrido de sus largos brazos, la curva de la boca al levantar la vista, sonriendo con una botella de vino blanco en la mano. Puso aceitunas, uvas y un queso suave sobre una bandeja y comenzó a descorchar el vino.

—¿Cuando eras niña pisabas las grietas de la acera? —quiso saber Dai Ling.

—Todo el tiempo. Y me volvía invisible —Talya cerró los ojos con fuerza e hizo una mueca.

—Yo también —rio Dai Ling.

—Yo me escondía en el jardín debajo del rododendro gigante y viajaba a Rusia, Italia, Cuba, Guatemala... jugando al doctor, como mi tío Vassily. Apenas lo conocí cuando tenía siete años, pero Papá solía hablar de él, y muchas noches me quedé despierta, imaginando el día en que regresara; un cosaco gallardo sobre su caballo blanco. Él era mi héroe.

—¿Eres rusa?

—Soy una Romanov. Pero en realidad nuestra familia es más germana que rusa. Somos parte de la dinastía de los Habsburgo. Y por supuesto que todos estamos exiliados. Ninguno de los Romanov ha puesto un pie en Rusia desde la Revolución.

—¿Dónde vive tu tío?

—En Montreal. Pero viajó mucho con los Médicos Sin Fronteras. Fue a Guatemala, El Salvador, Colombia... por eso apenas lo conocí cuando tenía siete años. Acababa de regresar de Ecuador.

Se metió una uva en la boca y le ofreció otra a Dai Ling. La observó comérsela.

—Sírvete queso. Tú eres la que tiene hambre.

Dai Ling cortó el Brie y empezó a comer, parada cerca de Talya, como si estuviesen en un coctel, mientras ella continuaba su historia.

—¡Me desperté tan emocionada! Me puse mi vestido de terciopelo rojo y mis zapatos de charol nuevos, y me peiné el cabello cien veces. Escuché la aldaba en la puerta principal, bajé las escaleras corriendo y abrí, pero cuando lo vi, pensé que me había equivocado. Él dijo: "Tú

debes ser Natalya Tatiana. Yo soy tu tío Vassily" y me
levantó en brazos, me dio un gran beso y yo rompí a llorar
—sirvió el vino en dos copas azules altas—. Era tan
común; no tenía espada, ni abrigo rojo, ni botas de cosaco,
ni sombrero de piel. Salí corriendo por la escalera del frente
y me escondí detrás del rododendro. Tenía la esperanza de
que hubiese venido en un caballo blanco, pero cuando salí
de los arbustos y caminé hacia la calzada, la vi.

—¿Qué cosa?

—Una camioneta Toyota blanca, oxidada y sucia. ¡Y
lo peor de todo era que mis zapatos nuevos me apretaban
tanto que veía las estrellas!

Dai Ling reía cuando Talya le dio una copa.

—Brindemos por los viajes —dijo, cautivando a
Dai Ling con la mirada. Chocaron las copas y sorbieron el
vino seco, frunciendo los labios para atrapar su frescura,
saboreándolo. Dai Ling sintió el efecto de inmediato; se
mareó levemente. No estaba acostumbrada a beber.

—Si entro en la orquesta juvenil nos iremos de gira.
Sería la primera vez que esté lejos de casa.

—¿De verdad? ¿Nunca has estado lejos de tus padres?

—Las familias chinas son muy unidas. Muchas
personas viven con sus padres hasta que se casan. De
cualquier manera, no puedo pagarme un lugar propio —se
inclinó y acarició el pelaje sedoso de Ruby. El perro
jadeaba—. Creo que quiere agua.

—Claro, ya se la doy —Talya ya estaba en el
fregadero, echando agua en un cuenco. La puso sobre las
baldosas del piso y ambas miraron la lengua rosada de Ruby
mientras bebía.

Dai Ling tomó una rebanada de queso Cheddar y
unas cuantas aceitunas italianas. Cuando estaba nerviosa,
comía. Así, llenaba el vacío y calmaba la vibración que
sentía dentro.

—¿Cómo puede una chica china ser pelirroja?

66

—Por mi abuela franco-canadiense. Tenía una nube de rizos rojos. Y fumaba cigarrillos. Me sentaba en su regazo y la veía echando humo por la nariz, como un dragón rojo. Pero no la recuerdo muy bien. Vinimos a Canadá cuando yo tenía dos años. Mi padre es doctor de Medicina Tradicional China. Estudió en la Universidad de Pekín.

—¿Él practica aquí?

—Tiene una clínica en la avenida Danforth, pero antes trabajaba en la sala de nuestra casa. Me gustaba estar allí, abrir los grandes frascos de hierbas y olerlos. Mis preferidas eran las obleas de bayas de espino, para el corazón. Me llenaba los bolsillos de ellas y las chupaba como si fuesen caramelos, hasta que mi padre se dio cuenta. ¡Se enojó tanto conmigo!

—Debes tener un corazón muy fuerte. Déjame escuchar —Talya presionó la oreja sobre el pecho de Dai Ling y sintió que los latidos se apresuraban—. Perfecto — murmuró, sonriéndole.

—Es mi metrónomo —pronunció Dai Ling, ruborizándose—. Yo oigo los latidos de mi corazón y la música los sigue —con el vino y la cercanía de Talya comenzaba a sentirse un tanto rara—. ¿Y tu familia? —preguntó rápidamente—. ¿Estás emparentada con el zar? Ayer me puse a mirar un libro sobre los Romanov en los estantes. ¿Es por eso que te llamas Natalya? ¿Es un nombre Ruso?

—En realidad no. Es un nombre para niñas que nacen en Navidad, que por cierto no es mi caso. Pero mi segundo nombre es Tatiana... por una de las hijas del zar. Papá dijo que traería mala suerte, pero Mamá insistió, así que lo pusieron en el medio. ¿Qué decía el libro?

—Que la familia del zar fue fusilada. Hay una foto de los cráneos, siete de ellos. Pero alguien afirmó que el zar Nicolás y su hijo hemofílico fueron ejecutados, pero que su esposa e hijas, no. Dicen que mantuvieron a las cuatro niñas en un sótano después de los asesinatos y que Anastasia, la menor, escapó.

—El tío Vassily dice que los mataron a todos. Él dice que los Romanov eran una familia unida y que si alguno hubiese sobrevivido, hubieran entrado en contacto a través de la Asociación de la Familia en París. Los Romanov que reclamaron la herencia dijeron que toda la familia fue ejecutada en aquel salón en la casa de Ekaterimburgo en 1918.

—Suena como un gran misterio. ¿Qué crees *tú*?

—No sé. He hablado tanto de eso, que a veces parece irreal. Nadie sabe la verdad. ¿Tienes novio?

—Qué cambio de tema —se sorprendió Dai Ling.

—Bueno, ¿tienes?

—En realidad no.

—¿Algo así? ¿Quizás?

—Estás bromeando.

—Vamos, te enseñaré los establos —la invitó Talya, al tiempo que tomaba varias aceitunas—. En los años treinta había una granja en este terreno, antes de que se urbanizara Riverdale. Mi abuelo dejó mucho dinero para que mis padres pudiesen comprar esta casa cuando se casaran. Yo nací aquí. Toda mi vida está aquí; en el jardín, en los establos, en los parques.

—¿Tu abuelo Romanov? —preguntó Dai Ling, siguiendo a Talya al pasillo.

—No, del lado de mi madre. La fortuna de los Romanov la tomaron los bolcheviques. Se llevaron todo, incluyendo la famosa colección de huevos Fabergé de Alexandra. Ella tenía tiaras de diamantes fabulosas y collares de perlas. Aparentemente era una fortuna de mil millones de dólares, pero los descendientes de los Romanov no han visto ni un solo centavo. Ellos dicen que las monjas ocultaron una maleta llena de joyas para la familia real, pero que Stalin las torturó hasta... —Talya se detuvo de pronto a mitad del pasillo al oír sonar el teléfono—. Ahora no —dijo impaciente, a la vez que se activaba la contestadora automática y una voz de mujer, profunda y sensual, decía: "Llegamos bien, mi amor. Esto es tan bello. Quisiera que estuvieses con nosotros. Papá dice que te quiere mucho. Ya nos vamos a dormir, pero...".

—¿Por qué no contestas? —quiso saber Dai Ling cuando Talya bajó el volumen—. Es tu mamá.

Talya hizo un gesto de fastidio.

—El teléfono es tan invasivo, ¿no crees?

—No si es tu mamá.

Ruby iba delante de ellas y brincaba en la puerta, gañendo. Talya abrió, y la perra bajó saltando por los peldaños de piedra.

Dai Ling vio de nuevo aquella línea de luz que se derramaba por la puerta cerrada.

—¿Qué es eso? ¿Qué hay en ese cuarto?

—Te lo muestro luego. ¡Vamos!

Corrieron con Ruby detrás, pisándoles los talones, por el jardín de las rosas y sobre el césped, pasando una cancha de tenis de arcilla cubierta de maleza y altramuces esqueléticos que derramaban sus semillas.

—Esos son los establos —señaló Talya—. Ahora están vacíos, pero tuvimos tres caballos, Dublín, Limerick y el mío, Corky, un tordo. Vamos, te mostraré el cobertizo de los arreos.

Había perdido la virginidad con Corky, galopando vertiginosamente para saltar en la Gincana de Newmarket. Cuando Corky se elevó por el aire, Talya voló con él, imaginando alas doradas que se abrían sobre ellos. La chica y el caballo se movían como uno solo. Luego, los cascos de Corky chocaron contra el suelo y algo se disparó en ella que liberó su cuerpo para siempre, haciéndolo capaz de volar. Talya y Corky trotaron hacia la tribuna de los jueces para recibir su cinta roja, manchados de sangre pero victoriosos. La cinta aún colgaba en su habitación en la casa de sus padres como un recuerdo en jirones rojos del poder de las chicas.

—¿Y dónde están tus padres? —preguntó Dai Ling.

—En Ginebra. A mi mamá le diagnosticaron cáncer uterino. Fueron a una clínica que les recomendó el tío Vassily. Él es oncólogo, pero sabe de terapias alternativas. Ella se negó a la cirugía y a todos los demás tratamientos convencionales, así que...

—Oh Talya, lo lamento tanto —la interrumpió Dai Ling, estirando la mano para tocarle el hombro, pero Talya se puso rígida y se sacudió.

—Está bien; se va a poner mejor.

La luz se filtraba por las gruesas ventanas llenas de telarañas del cobertizo. Había en el ambiente un olor a cuero viejo; en la pared del fondo colgaban dos sillas de montar. Dai Ling se acercó y tocó el cuero. Estaba mustio y polvoriento. Al girar, movió con el hombro una brida que colgaba, y el ruido que hizo el freno la sobresaltó. Agarró las riendas; estaban secas y agrietadas, y una de las correas del cabezal estaba florecida de un fino polvo de moho. Al freno seguía pegado un poco de pasto seco.

—Estos arreos no se han usado en años —dijo Talya—. Papá se deshizo de los caballos cuando me fui.

—¿Adónde fuiste?

—A Europa, por seis meses, al graduarme de la escuela secundaria. Viajé por todas partes; Italia, España, Grecia, Francia, Alemania... Italia es el país que más me gustó. Allí fue donde oí de Vesalio por primera vez. Fui a Padua y vi el teatro de operaciones.

Dai Ling sintió una presencia que pasaba por la luz veteada. Seres de las sombras; personas altas, rápidas, que iban de un lado al otro, pasando a través de ellas mismas. Se dio la vuelta y vio a Talya parada en la puerta.

—Vamos, quiero enseñarte el huerto.

Para el momento en que Dai Ling la alcanzó, Talya serpenteaba por los manzanos, agachando la cabeza entre las ramas bajas. El huerto se veía descuidado. Los árboles, llenos de retoños, esperaban que alguien los podara; la tierra bajo sus pies estaba suave por la fruta podrida, congelada y descongelada; también yacían enterradas algunas avispas, cuyos cuerpos se congelaron mientras se alimentaban.

—Este era mi lugar preferido para esconderme —confesó Talya—. Mamá nunca lo supo. Me llamaba por todo el jardín, pero nunca llegó más allá de la cancha de tenis. El señor Brewster sabía dónde estaba, pero nunca me delató.

—¿Quién es el señor Brewster?

—Mi sepulturero —rio Talya, echando la cabeza hacia atrás—. En realidad era el jardinero, pero él cavó la tumba cuando atropellaron a Félix... mi gato. Aquí, te voy a mostrar.

Tomó a Dai Ling de la mano y la llevó entre los árboles. Se encorvaron para pasar debajo de ramas cubiertas de líquenes y se agacharon junto a una pequeña cruz, apenas visible ahora que la madera se pudría y solo le quedaban unas pocas chispas de pintura blanca.

—Hicimos un funeral de verdad, con una oración y una bendición, y él me dejó echar la primera palada de tierra. Y cuando lloré, él me dio uno de sus caramelos de mantequilla, pegajosos y lanudos. Siempre tenía varios en el bolsillo del peto. No podía creer que Félix estuviera muerto. ¿Qué significa eso para una niña... la muerte? Todas las noches, cuando me iba a dormir, pensaba que estaba solo, debajo de la tierra, en la oscuridad. En algún momento supe que tenía que salvarlo. Así que tomé la pala y excavé para sacar la caja en la que lo habíamos enterrado. Estaba segura de que saldría saltando y miando, y se frotaría contra mí.

—¿Qué pasó?

—Me arrodillé aquí, justo aquí y levanté la caja. Estaba demasiado liviana. La puse en el suelo y me incliné sobre ella. Cuando levanté la tapa, el olor me hizo retroceder, pero vi que algo se movía y pensé que era Félix que revivía. Entonces vi que estaba lleno de gusanos que se retorcían alrededor de los ojos y el hocico, la panza, el ano. Ya no tenía ojos, tenía la cabeza caída y estaba todo arrugado; era un pequeño ser transformado en un nido de gusanos.

Dai Ling estaba callada, pensando en su propio cuerpecito tendido bajo la tierra, pero no estaba lista para contárselo a Talya. Se levantó y se reclinó contra el viejo árbol, sintió cómo los nudos del tronco se le hincaban en la columna y recordó el jardín de Ray Lee; a Sam Ngan, Dee-Dee Chong y Celia Quan parados alrededor de ella mientras yacía en la tierra.

Talya se levantó de un salto.

—Te voy a enseñar los establos —la invitó, al momento en que avanzaba por el portón abierto. Dai Ling la alcanzó en la puerta doble del compartimiento central.

—Este era el establo de Limerick, el caballo de Papá. Un purasangre irlandés, muy brioso. Una vez, cuando tenía dos años, me escapé de mis padres. Buscaron por todas partes y al final Papá me encontró en este establo. Gateaba bajo la panza de Limerick, le daba palmaditas en las patas y cantaba. Yo no tenía miedo. Cuando tienes miedo, los animales lo sienten y se asustan. Son como las personas. O atacan, o huyen.

—¿Y qué tipo eres tú? —la voz de Dai Ling era casi un suspiro. Talya sintió el dulce aroma de su aliento.

—Yo no pierdo el tiempo huyendo. Solo se vive una vez.

—¿Tú crees?

Talya le clavó la mirada, sorprendida. Dai Ling estaba intensamente consciente de su cercanía. Se quedó muy, muy quieta.

—Bueno, es solo un decir —declaró Talya sin darle importancia. Giró veloz, haciendo que su cabello oscuro se meneara, y comenzó a dar vueltas por el perímetro del establo.

Dai Ling observó con una mezcla perturbadora de alivio y decepción cómo Talya seguía hablando, hablando, siempre hablando.

—Soy muy decidida. Cuando quiero algo, me lanzo. ¿Cómo crees que entré en la Escuela de Medicina? Había 1700 postulantes en mi año y solo aceptaron a 190.

—La Escuela de Música también es competitiva. Ese libro de anatomía que me enseñaste... ¿es uno de los textos que usan?

—No, nosotros usamos *Anatomía de Gray*. Es más llano. Las ilustraciones de Vesalio en el libro *De Humani Corporis Fabrica* son obras de arte. Fueron hechas como grabados de madera por estudiantes de Tiziano, el gran maestro, bajo su supervisión en su estudio.

Estaba apoyada contra la pared del fondo. Se miraban en silencio en el creciente crepúsculo, midiéndose sensorialmente entre sí: la curva del hombro, la prominencia del pómulo, el levantamiento del labio; pequeños ensayos de intimidad visual.

—¿Qué pasa cuando alguien pierde un libro de la biblioteca?

—Le ponen una multa, hasta cincuenta dólares.

—Quizás me quede con el Vesalio. No se consigue. No le digas a la señora Fox. No puedo dejarlo.

—Me estás haciendo tu cómplice —bromeó Dai Ling—. Podrías intentar renovarlo.

—Demasiado riesgoso. Pudiera haber una lista de espera. Siento que me pertenece. El otro día tuve mi primera autopsia, y cuando el patólogo abrió el cadáver, sentí que miraba un mapa viejo que había estudiado hacía mucho tiempo. Pensé en los españoles trazando América, Vesalio trazando el interior del cuerpo humano, Galileo trazando los cielos...

—¿Era un hombre o una mujer?

—¿Qué?

—La persona de la autopsia.

—Era una de nuestras pacientes. El corazón le falló; pero una vez que el cuerpo estuvo abierto, no pensé en ella de manera personal. Esto te lleva más allá de lo personal, Dai Ling, incluso más allá del género. La historia del universo está codificada en nuestras células y cuando abres el cuerpo humano todo está allí; un microcosmos. Me sentí como un viajero que iba a un lugar muy, muy antiguo y conocido.

Talya atravesó el establo y se paró muy cerca de Dai Ling.

—Apenas puedo verte desde allá —susurró—. ¿Has tenido un amante, Dai Ling?

—Todavía no —apenas podía respirar. Era demasiado raro. Deseó estar en casa, en la cocina con Ma, que nunca se le hubiese ocurrido invitar a esta loca a pasear un domingo por la tarde.

—Tu violoncelo es tu amante, ¿cierto?

Dai Ling rio demasiado fuerte.

—Supongo.

—Yo tuve mi primer amante en Italia. De hecho, fue en Padua. Estaba sentada en un café, el Caffé Pedrocchi. Un hombre se acercó a mi mesa. Lo vi parado en la barra tomando un expreso. No era muy guapo, de estatura mediana, cabello rizado marrón, ojos verdes; agradable pero común y corriente. Pensé que iba a preguntarme algo, pero claro que yo no sabía hablar italiano; además, tenía la cabeza llena de palabras que había aprendido en Grecia.

Aunque estaba tan cerca de Dai Ling, insistiendo con el cuerpo, la mirada de Talya era lejana.

—Pero él no habló. Solo me sonrió y levantó la mano, y con las puntas de los dedos tocó mi nuca muy suave, haciendo circulitos. Todo mi cuerpo comenzó a zumbar, como una copa de cristal cuando corres el dedo mojado alrededor del borde. Me veía fijamente y dijo algo en italiano. Me levanté y lo seguí por la calle, pasando un arco, hacia un patio. Estaba lleno de plantas y tenía una fuente de agua en el centro. Al fondo había un muro de piedra alto, en la sombra del patio. Me empujó contra ese muro y me tocó la cara con mucha suavidad, dibujando con los dedos mi boca, mis párpados, los huesos de mi rostro. Luego bajó por mi cuello para sentir el pulso de mi garganta, pasó por mis pechos y mi vientre, mis caderas y muslos. Sus dedos viajaban con mucha lentitud. Era como si el tiempo hubiese parado. Todo lo que yo oía era mi aliento acelerándose y el agua cayendo en la fuente. Entonces me besó, despacio y sensual. Fue esa clase de beso con la que una sueña; no tosco y agresivo, como a lo que estaba acostumbrada de los chicos de la secundaria, sino como un príncipe disfrazado de hombre común. Y mientras me besaba, empezó a mover su cuerpo contra el mío, despacio, hasta hacerme jadear de placer. Lo deseaba tanto. Yo llevaba una falda larga y él me dejó levantarla para invitarlo a entrar. Me concedió el mando. Tomé su mano e hice que me tocara allí. Cuando me vine, se descubrió y me penetró. No sangré, se deslizó dentro de mí con tanta facilidad como si hubiese esperado toda la vida por él.

—Yo pensaba que eras lesbiana —los labios de Dai Ling se separaron—. Christie dijo...

—Lo soy. Nunca más lo volví a ver —rio—. Quizás fue un sueño. Los hombres no son así *realmente*, ¿o sí?

Dai Ling pensó en Ray Lee y su beso abrupto, en lo mucho que le gustaba a pesar de que no quería besarlo. No podía imaginarse a sí misma besando a un extraño. Por encima del hombro de Talya veía un pequeño retazo de cielo que no presagiaba nada bueno, de un azul grisáceo, pesado de pigmento en la oscuridad creciente. Casi no definía el rostro de Talya. Mientras hablaba, sus rasgos fueron desapareciendo despacio, hasta volverse una voz incorpórea. El aire estaba lastrado por un silencio que iba en aumento, roto solamente por los gañidos insistentes de

Ruby, encogida de miedo junto a la puerta, con la cola entre las patas. Dai Ling sintió en el labio inferior el roce de la piel de Talya, que lo tocaba con el dedo. Un destello de luz reveló la cara de Talya por una fracción de segundo, luego hubo un estruendo justo sobre sus cabezas que rompió la quietud.

—Vamos corriendo a la casa antes de que empiece a llover —propuso Dai Ling.

Ya iba por la mitad del patio del establo cuando Talya la secundó, seguida de Ruby. Las sorprendió una cálida lluvia, casi tropical, como si los cielos no supieran qué estación del año era. Talya atrapó la mano de Dai Ling, le dio una vuelta y la besó, mientras la lluvia corría por sus párpados, por sus rostros, empapando sus cuerpos. Dai Ling sintió un destello de luz en la piel. Abrió los ojos, vio cómo se abría el cielo y corrió hacia la casa, jalando consigo a Talya.

Subieron corriendo por las escaleras de atrás, y al abrir la puerta, la cocina se iluminó con el fulgor de otro rayo. Después vino el estallido espeluznante de un trueno, seguido de un ruido estrepitoso.

—¿Qué fue eso? —Dai Ling dio un grito ahogado—. Fue en la casa, ¿verdad?

A las chicas se les heló la sangre, se miraron la una a la otra al tiempo que Ruby las pasó, deslizándose sobre la panza bajo la mesa de la cocina. Talya corrió por la cocina hacia el pasillo y se detuvo de repente, mordiéndose el labio inferior con fuerza. Lo primero que notó Dai Ling al llegar al pasillo fue que la línea de luz debajo de la puerta había desaparecido.

—¿Qué hay ahí? Enséñame.

Talya negó con la cabeza y trató de bloquear la puerta, pero Dai Ling agarró la manilla y la abrió, empujando a Talya, que intentó sujetarle el brazo. Al entrar a la sala, miles de trozos de vidrio crujieron bajo sus pies; fragmentos verdes pálidos.

—Ya nunca lo verás.

—¿Qué cosa?

—La posesión más preciada de mi mamá. Está rota.

Dai Ling miró fijamente a Talya, recordando la cara de Ma cuando llegó la noticia de la muerte de Geneviève.

—Todo está bien —afirmó, extendiendo los brazos hacia Talya—. Yo estoy aquí, todo está bien.

Talya gritó y giró; su largo brazo barrió el aire formando un círculo, alcanzando el esternón de Dai Ling.

***

1545: Bruselas

—¡Ratón de biblioteca! ¡Ratón de biblioteca! ¡Comadreja pequeña y miedosa! —canturreaban los niños, insistentes, ensordeciéndolo. Andrés se levantó de un salto y corrió por la biblioteca con sus cortas piernas doceañeras, volando sobre las losas de un largo pasillo de libros. Oía el tumulto que se acercaba, sentía el aliento de los chicos grandes sobre el cuello. Corría cada vez más rápido, doblando esquinas, tumbando libros de los estantes con las mangas bombachas hasta que, de pronto, una pila se estremeció y tembló. Un libro negro y pesado le dio en la nuca y lo derribó. Los demás cayeron en cascada, despacio, desde los estantes. Caían, caían, enterrándolo. Trató de gritar, pero no podía emitir sonido. Luchó por salir a la superficie, y al fin, un ruido estrangulado escapó de su boca al despertar, con el corazón palpitante y el aliento evaporándose en el frío aire nocturno. Oyó gemir a Ana en un tono un tanto contrariado y sensual; sus dientes rechinaban levemente al tiempo que adoptaba una respiración rítmica constante, con el feto de seis meses palpitando en su vientre.

Vesalio se dio la vuelta hacia su lado, con la frente bañada en sudor.

—La sabiduría perdura, todo lo demás es mortal —susurró.

Tanto que los chicos lo hostigaron, pero él les mostró quién era. Se hizo un nombre, más grande que el de cualquiera de sus antepasados, más grande que el de todos en Bruselas. Cuando los niños se tiraban al lago, él se abrazaba a la orilla, escondiéndose entre las cañas, avergonzado por su incapacidad de nadar. El pequeño Andrés no sabía en qué se convertiría, pero su curiosidad lo encendió y lo llevó por el camino a obtener un gran renombre. Con la publicación del libro *De Humani Corporis Fabrica*, Vesalio cambió la faz de la ciencia. "¡Ratón de biblioteca, ya lo creo! Publiqué mi propio libro. He trazado el mapa de cada pulgada del cuerpo humano. Soy el primero. ¡Yo soy el verdadero hombre!".

Cerró los ojos y delante de él vio una fila de cadáveres llenos de gusanos. Su visión lo transportó a Montfaucon, un montículo lúgubre junto al muro norte de París, donde dieciséis pilares de piedra, cada uno de treinta pies de altura, formaban una columnata conectada por fuertes vigas de madera. De ellas suspendían los cadáveres; quince círculos que ensombrecían el suelo bajo aquellos pies que colgaban, haciéndosele a Vesalio un nudo en el estómago cuando recordaba el aire podrido del lugar. Pero la estructura del siglo doce continuó teniendo las mejores horcas y osario de Francia. "Lo que he hecho por mi sabiduría", pensó. "He ardido en tan grande deseo que no temí robar de noche aquello que anhelaba". Se vio a sí mismo usando la máscara en forma de pico, rellena de tomillo de invierno y romero, las manos enfundadas en gruesos guantes de cuero, pasándole el mejor conservado a Gemma Frisius, un colega médico. Frisius envolvió el espeluznante ejemplar para evitar que se desintegrara, y juntos deambularon rumbo al sur, de vuelta a sus dependencias compartidas.

Abrió los ojos en la fría oscuridad y se quedó acostado, despierto, oyendo los suaves ronquidos de Ana. Ella le daba la espalda, presionando las nalgas generosas en su regazo.

—¿Qué me perdí? —susurró—. ¿Qué más puedo hacer? —la mente hurgó hacia adentro por el laberinto de sus misterios—. "Polvo eres y en polvo te convertirás, todo se lo han de comer los gusanos. ¡Pero el Alma! ¿Dónde está el Alma escurridiza? Este es mi ingenio, descubrir lo eterno".

Se movió despacio y sin despertarla, Vesalio penetró a su esposa dormida. La exploró suavemente con el ser prensil, cíclope, que se había levantado atento, compartiendo su búsqueda, apartando poco a poco la mente del tormento, hasta afirmar su dominio en el último instante.

—¡Debe haber *algo* dentro del cuerpo que pruebe que somos inmortales! —exclamó en un grito ahogado a la vez que derrochaba su semilla en el interior del cuerpo fecundo de la durmiente Ana.

✳✳✳

—Lo siento, lo siento, no fue mi intención golpearte, pero no me gusta ser...

—Fue un accidente —la voz de Dai Ling era suave. Sus labios estaban cerca de la oreja de Talya al abrazarla. Se asustó cuando Talya le dio, pero también la había besado, la había tocado, y con ese toque se tejieron lazos invisibles. Dai Ling era una chica que veía una garza colgada en su manto rojo, una chica con un padre apuesto que cuidaba su sueño. Dai Ling fue enterrada viva y sobrevivió bajo la tierra. Tenía recursos.

—Ayúdame a recogerlo —le pidió Talya—, no puedo hacerlo sola.

—No estás sola.

—Pero siempre... siempre me *siento* sola, desde... Mi mamá me va a matar.

—No fue tu culpa. Debe haber sido la vibración de ese trueno —Dai Ling fue a la cocina y abrió varios gabinetes hasta encontrar una escoba.

—Va a pasar algo terrible. Lo sé —dijo Talya mientras la seguía.

—No va a pasar nada. La tormenta ya terminó —declaró Dai Ling al tomar el recogedor—. Necesitamos una caja para los vidrios.

Talya desapareció hacia el porche trasero y regresó con una caja de cartón.

—Mira. ¿Esta sirve? —había renunciado a toda autoridad.

Dai Ling tomó las riendas de la situación. Sacó a Talya de la cocina hacia el otro lado del pasillo, donde Ruby merodeaba moviendo vacilante la cola, a la vez que ellas pasaban a la sala llena de añicos.

—Voy a abrir una ventana —propuso Dai Ling—. Aquí no hay aire.

—Son puerta ventanas —susurró Talya—. Las ventanas no abren.

Dai Ling giró la llave y abrió las puertas hacia una terraza empedrada que brillaba húmeda en la oscuridad. Cuando salió, algo atrajo su mirada: una rosa blanca abierta, increíblemente tarde. Se detuvo a oler su fuerte aroma, luego partió el tallo verde con fuerza entre el dedo pulgar y el índice. Entró a la sala sosteniendo la rosa junto a su esternón adolorido y caminó hacia Talya, dejando huellas húmedas por todo el piso. Talya tomó la rosa con una sonrisa curiosa.

—¿Una rosa? ¿En esta época del año?

—Es un día raro —rio Dai Ling. Aún evocaba la luz brillante sobre la piel húmeda de sus párpados, la sensación de la lengua resbaladiza de Talya contra la suya, pero no podía creer que en verdad se hubieran besado así, como amantes.

—¿Qué le diré a mi mamá? —preguntó Talya.

"¿Dios mío, qué le diré a mi mamá?", se preguntó Dai Ling.

—Ven, siéntate en el sillón mientras yo barro —empujó suavemente los hombros de Talya, haciéndola caer en el sillón. Dai Ling comenzó a barrer los vidrios rotos, amontonándolos. Con cuidado tomó los trozos más grandes y los puso en la caja.

—No te vayas a cortar.

—Deja de preocuparte.

La escoba dejó remolinos mojados al pasar sobre las pisadas de Dai Ling. De pronto hubo un destello.

—¡Dai Ling, mira! —gritó Talya, aterrada.

Dai Ling siguió su mirada hacia la terraza, donde un rayo zigzagueaba por las piedras mojadas, concentrándose junto a la puerta como un nudo de víboras. Entonces, mientras un trueno estallaba justo sobre sus cabezas, una corriente eléctrica recorrió el piso, girando según los dibujos que había dejado la escoba. Dai Ling saltó en el aire al momento en que el rayo pasaba debajo de ella.

—¡Levanta los pies!

Talya se hizo un ovillo en el sillón. Luego, la corriente se extinguió y la lluvia volvió a caer en torrentes.

—¡Dios mío! ¿Qué era eso, una especie de florero enorme? —Dai Ling tiró la escoba y se dejó caer en el sofá.

Talya cerró las puerta ventanas y se sentó junto a Dai Ling. Respiró profundo.

—Era... un útero de cristal. Me gestaron en él.

—¡Estás bromeando! —rio Dai Ling.

—No, no lo estoy. Mis padres en verdad me deseaban. Me deseaban más que a nada, pero mi mamá seguía teniendo pérdidas... —Talya dudó un instante, mirando con cautela—. Así que su doctor le sugirió la TRA: tecnología de reproducción asistida. Apenas sucedió la fertilización, los doctores me sacaron y me traspasaron a un tubo de ensayo. Ellos monitorearon mi progreso y me transfirieron desde ese tubo a otro más grande hasta que estuve totalmente formada y luego me decantaron al útero TRA.

—Eso no es posible.

—Sí lo es. Tengo recuerdos de ello —afirmó, sujetando insistente el brazo de Dai Ling.

—Pero no haber estado dentro del cuerpo de tu madre, nunca haber... ¿nacido?

—Estuve dentro de su cuerpo muchas veces. Ella tuvo cinco pérdidas.

—Pero esas no eras tú.

—Sí lo era —reiteró—. Te dije que soy una persona muy decidida. Lo recuerdo. Recuerdo todo de una manera... como sensorial. Cuando te oí tocando en la calle Bloor recordé... los sonidos que sentí cuando flotaba en el útero TRA... no eran sonidos exactamente, sino una vibración por todo mi cuerpo.

—Yo siento lo mismo cuando toco el violoncelo. Desde aquí —se puso la mano en la garganta y la dejó bajar por el cuerpo.

—Así que sabes de qué hablo —la voz de Talya tembló y por un momento Dai Ling pensó que lloraría, pero continuó—. Los científicos médicos venían trabajando en el útero artificial por años. El problema era la placenta. Tomó décadas de intensa investigación descubrir el proceso fisiológico involucrado en la difusión del oxígeno y el dióxido de carbono a través de la barrera placentaria para crear una placenta artificial —rio y giró un poco para ver a Dai Ling más de frente, inclinada hacia delante, concentrada en el tema—. La placenta es un milagro y en realidad no se puede simular. Es un diálogo bioquímico entre la madre y el feto. El embrión establece una conexión placentaria entre él mismo y el cuerpo anfitrión, mezclando sus células embrionarias con las células del endometrio que reviste el útero para formar la placenta. Es por eso que en los primeros meses de vida, los bebés no pueden distinguir entre sus propios cuerpos y los de sus madres —observaba a Dai Ling, ansiosa por ver su reacción—. Yo fui el único éxito, lo que me hace un milagro de la ectogénesis, porque me desarrollé por completo fuera del cuerpo humano. Mi supervivencia fue en contra de todas las probabilidades científicas.

—Ya hablas como doctora.

—Ellos nos entrenan para hablar así. No es algo que venga de manera natural.

Dai Ling notó lo pálida que era Talya; las tenues sombras azules bajo sus ojos.

—Mis padres nunca trataron de ocultármelo. ¿Cómo podían hacerlo, con los medios de comunicación encima del caso? Fui una gran noticia en el mundo de la medicina. "Nace niña sana luego de reimplantación – ¡un milagro de la medicina!".

—¿Crees que fue un verdadero recuerdo o tu imaginación?

—¿Qué?

—El recuerdo de estar en el cuerpo de tu madre.

—No me crees, ¿ah? Qué cínica eres.

—¡No, no lo soy! Pero es muy extraño. Nunca conocí a nadie como tú.

—¿Y qué es la verdad? —preguntó Talya con calma—. Yo me traje a este mundo con el poder de mi imaginación.

—Si era tan difícil crear una placenta artificial, ¿cómo sobreviviste?

Estaban sentadas tan cerca, que cada una sentía el calor del cuerpo de la otra. A Dai Ling le costaba trabajo concentrarse. Había perdido la noción del tiempo. Algo en su cabeza trataba de traerla de vuelta, pero estaba fascinada con la historia de Talya.

—No estoy segura, Dai Ling, pero esto es lo que creo. Que recuerdo todas las veces que estuve en el cuerpo de Katya; recordé el sonido de su corazón al latir, la corriente de agua que pasaba por sus riñones, el río lento de su sangre que fluía a mis venas. Sentí la vibración de su voz y el rebote de mi saco amniótico cuando se movía, y el silencio cuando dormía. De veras pensaba que estaba en su cuerpo otra vez.

Ruby aullaba desde el pasillo y Dai Ling comenzó a levantarse, pero Talya la agarró del brazo y continuó.

—Yo no estaba sola. Yo creé mi propio ambiente con recuerdos y puede ser que haya actuado como un placebo. Porque yo *creí* que estaba en el cuerpo de Katya y que ella al fin me mantendría hasta llegar a término, me alimenté y crecí —se reclinó hacia atrás por un momento, evaluando la situación, percatándose de que mantenía cautiva a Dai Ling, así que cuando volvió a hablar, lo hizo a un ritmo más pausado—. Claro que los médicos hicieron lo suyo. Probablemente me bombearon medio de cultivo para simular la liberación natural de hormona de un verdadero embarazo. Me estimularían agitando suavemente mi contenedor durante las horas del día, como si estuviera en un cuerpo vivo y en movimiento. Tuvieron el control total sobre mí, pero todo era virtual y no creo que hubiesen podido hacerlo sin mi participación. Yo me doy el crédito por mi existencia.

Escucharon un gañido repentino cuando Ruby cruzó el umbral. Dio vueltas en círculo, lloriqueando, y corrió hacia el pasillo dejando huellas sangrientas a su paso.

—Oh Ruby, ¿qué pasó? —exclamó Talya.

Las dos chicas corrieron tras ella y Dai Ling llevó consigo un paño húmedo del fregadero de la cocina para mojar ligeramente la pata de Ruby.

—Ella está bien, es solo un rasguño —aseguró Talya—, pero mira la sangre en la alfombra de mi mamá.

—Dios mío, me tengo que ir —dijo Dai Ling, de pronto percatándose de la hora—. Llevo horas aquí. Solo voy a terminar de recoger los vidrios; es muy peligroso.

—No, no, yo puedo hacerlo. Vete.

—¿De verdad? Lo siento tanto, pero mis padres... se preguntarán dónde estoy. Siempre cenamos juntos los domingos.

—Está bien, yo entiendo.

Talya vendó la pata de Ruby y le ordenó ir a su cesta en la esquina de la cocina. Después de limpiar la alfombra del pasillo y barrer el resto de los vidrios, se quedó parada mirando la luz roja titilante del mensaje de Katya, oyendo el silencio de la casa vacía, el latir de su corazón. Al subir las escaleras, oyó el tintineo de las varillas metálicas que mantenían la alfombra dorada opaca en su lugar. Una vez arriba, se detuvo, atenta. Adelante, la puerta del dormitorio de sus padres estaba abierta y ella entró titubeante, casi esperando que estuviesen allí. Cruzó el cuarto y se sentó en la ventana saladiza que daba al oeste, hacia los establos.

Todo estaba oscuro. El perfume de Katya llenaba la habitación. Talya imaginó cómo escudriñaban y atendían el cuerpo de su madre, potenciando su sistema inmunológico para que pudiera curarse por sí mismo; todo su ser transformado y renovado, como un jardín en primavera. Estaba contenta de que Katya se negara a la cirugía; lo hubiera detestado, lo hubiese sentido en su propio cuerpo, la entrada aguda del bisturí, el dolor sordo de las secuelas.

Talya se levantó y caminó por el cuarto, tocó el edredón acolchado y la cómoda con tope de cristal, donde estaban el espejo de plata y el cepillo de Katya. Tiró de uno de los largos cabellos atrapados en este y se lo enrolló en el dedo. Luego, levantando la mirada, se descubrió a sí misma en el espejo. Tantas veces se había parado detrás de su madre, observándola en ese espejo, preguntándose si llegaría a ser tan bella como ella cuando creciera. Katya parecía un personaje de cuentos de hadas y Talya siempre deseó entrar en su mundo mágico.

Afuera en el descansillo, la curva de la baranda de la escalera era suave al tacto. Recordó cómo se deslizaba por ella, gritando de alegría, y Lily la atajaba al llegar abajo. También recordó cómo Lily y el señor Brewster se hicieron amigos. Lily lo llamaba 'Señor B', porque no podía decir Brewster... sonaba como *rooster*, por lo que él siempre le bromeaba, cacareando y golpeándose las rodillas. Lily sin falta le preparaba una gran taza de té fuerte al mediodía y él la bebía sentado al sol en la escalera trasera, mientras comía su emparedado, que compartía con Talya. Luego su mamá se molestaba porque no quería almorzar.

Caminó por el largo corredor, pasó el baño a la derecha con sus baldosas azules, frescas. Hacia el frente de la casa se encontraba su dormitorio, con la puerta abierta y las sábanas revueltas en la cama; al lado, la vieja habitación infantil convertida en un cuarto de huéspedes. Giró la manilla y entró al frío recinto; los edredones acolchados de las camas individuales se veían lisos como porcelana. Las toallas colgaban rígidas de la barandilla metálica junto al lavamanos de la esquina. Recordó la canción triste de Lily en una lengua extraña, arrullándola hasta dormirla, los ojos de Lily brillando a media luz, el dulce aroma de las celindas. Un ansia repentina la hirió; Katya siempre estaba en otra parte, en el cuarto de al lado, en otro país, otra casa, ocupada en otra cosa. No quería llamarla por teléfono, aún no. Cruzó hacia la ventana y miró el jardín: arbustos de lilas, el rododendro gigante, arces con rastros de arañazos flameantes; todo estaba empapado, embebido en la tormenta. Las raíces apretadas abrazaban el agua de lluvia que se escurría por la tierra. Sintió el aplacamiento, el golpeteo que se ahogaba en su cuerpo, como cuando se

calma la sed en el verano. Pero era invierno y ella era una
inválida, confundida por su propio estado. La luz de
afuera se apagó y el jardín desapareció, revelando su rostro
en el espejo de la ventana. Era noche de luna oscura. Quiso
recordar la cara de Dai Ling, pero no podía evocarla. No
había más que un óvalo blanco con las facciones borradas.

Talya regresó a la habitación de sus padres, se sentó
en la cama del lado de Katya y levantó el teléfono. Marcó el
código de Montreal y un número. Sonó cuatro veces antes
de que se activara la contestadora. "Usted ha llamado a la
casa de los Kulikovsky. En estos momentos no estamos,
pero deje un mensaje para Vassily, Riva, Nathan o Sandra y
uno de nosotros le devolverá la llamada en cuanto pueda".
Era la voz clara de la tía Riva. Luego, la señal indicadora.

—Tío Vassily, soy yo, Talya. Tengo que hablar
contigo. ¿Tienes alguna noticia? ¿Vas a venir pronto a
Toronto? Es domingo por la noche. Por favor, llámame. Te
quiero.

***

Dai Ling reorganizaba la sección de las
publicaciones en la Biblioteca Riverdale cuando la portada
de una revista de arte que mostraba una escultura de cristal,
le recordó a Talya. Había tratado de no pensar en ella desde
los extraños eventos de casi una semana atrás. Parecía un
sueño, o quizás solo se lo imaginó. Se le ocurrió buscar
'útero TRA' en la red, y efectivamente allí estaba, en la
portada de la edición de primavera de 1980 de la revista *Art
in America*, con un artículo titulado 'El útero TRA, por Belle
Cloutier en la Galería DesJardins'. "Así que es real", pensó,
mientras su corazón latía más rápido, "al menos en forma
de escultura. Y el beso fue real, y lo que sentí fue real".

Había más imágenes del útero TRA y una
descripción: *Es una escultura de cristal color aguamarina pálido,
como un océano inundado de sol, con los lados soplados en curvas*

amplias y colocada en medio de un refinado arreglo de espejos, que produce múltiples imágenes de la misma.

El artículo lo describía como... *Una escultura feminista en su mejor expresión, que estudia el problema de la Tecnología de Reproducción Asistida del futuro. Con esta dramática pieza, Cloutier nos advierte de un futuro en el que se puede prescindir del cuerpo humano para la regeneración de la especie. "Imagine la mujer creadora de vida, usurpada por el patriarcado obsesionado con la ciencia y con envidia del útero", nos invita a pensar. "La TRA podría convertirse en una historia más terrorífica que la de* Frankenstein, *de Mary Shelley. Los hombres siempre han tenido envidia de la capacidad de las mujeres de engendrar vida en sus cuerpos", opina Cloutier. "Hacer que el papel de la mujer que pare hijos sea redundante con la invención de un útero funcional hecho de cristal elevaría el papel del patriarca a niveles mitológicos, como Zeus pariendo a Palas Atenea por la cabeza".*

Dai Ling levantó la mirada y vio a la señora Fox acercarse desde el mostrador de préstamos. Cerró el sitio rápidamente y corrió de vuelta a las pilas de revistas para continuar con la organización. "Tal vez la mamá de Talya vio la exhibición en Montreal y tomó la idea de Belle Cloutier", pensó. "O quizás compró la escultura y eso fue lo que barrí la otra noche. Es una historia tan increíble, no sé qué pensar. Talya es un misterio para mí, pero detrás de toda su rareza es tan cálida y tiene tantas ganas de vivir".

Durante su receso, Dai Ling revisó el catálogo en línea de la biblioteca y tecleó *Vesalio: Las ilustraciones de sus trabajos.* Había una sola copia y estaba registrada como 'Perdida'.

1545: Bruselas

—¿Qué creces ahí, esposa mía?

Las manos de Andrés descansaban sobre la cúpula del vientre de Ana, ahora más hinchado que el cuenco que hace una sola mano. La sonrisa de ella era enigmática, como la expresión enloquecedora del retrato de Lisa Gherardini, esposa de Francesco del Giocondo, pintado por el italiano da Vinci.

—¿Qué creces ahí? —había una gran impaciencia detrás de su tono burlesco. Era él un padre que esperaba y anhelaba ver a su hijo. Tan grande era su deseo de reclamar posesión del bebé, que a veces ansiaba reptar dentro de Ana y acurrucarse allí, observando la fuente de la vida. Y en esos momentos de pasión absurda, la garganta se adueñaba de él y sollozaba su amor impotente en el nido del hombro de ella. Entonces dormía, acariciándola, y se *soñaba* dentro de Ana.

Con el embarazo de su esposa, Vesalio volcó su atención en el estudio del feto; un tema que lo ocuparía por los siguientes diez años. Ya desde algunos meses venía estudiando el desarrollo del feto humano y ahora su propio hijo, carne de su carne, estaba a punto de venir al mundo. Sus ojos estaban hambrientos de verlo aparecer. Niña o varón, entero o deforme, sentado o de cabeza, él lo esperaba, curioso como el gato aquel que se ahogó en la fuente persiguiendo su propia imagen.

Sus colegas miraban las estrellas e invocaban a los demonios; la animada discusión salpicaba el cielo nocturno, creando nuevas galaxias. Pero Vesalio estaba anclado en el cuerpo humano. Todo lo que deseaba era descubrir sus misterios. Ansiaba atraer a sus compañeros exploradores desde las visiones cósmicas hacia su propio microcosmos, para verlos maravillarse ante un mundo nuevo que se revelaba frente a sus ojos.

—Espera y verás —dijo Ana al fin, como si hubiese estado en trance, ensimismada buscando una respuesta—. Varón o hembra, Andrés; espera y verás —y con las manos cubrió el rostro barbudo, con una dulzura y generosidad que llegaba más allá de todas sus preguntas.

Él se apoyó sobre el vientre de Ana. Su corazón palpitaba contra los latidos del corazón del feto. Se conmocionó al sentirlo, y su corazón se abrió a sus propios latidos.

***

—Gracias por venir, Tío Vassily.

—¡Natalya, tú eres familia! Cuando recibí tu mensaje llamé enseguida al hospital e hice arreglos para que alguien me releve, llamé a Air Canada y reservé el siguiente vuelo disponible —Vassily se pasó la mano por la cabeza, que empezaba a perder cabello. Su apariencia no tenía nada de especial: constitución mediana, cabello marrón, una barba bien mantenida, uñas cuidadas, excepto por los ojos luminosos, que le daban la apariencia de un personaje bíblico que había tenido una visión y aceptaba la responsabilidad de ello—. Riva te manda cariños, Nathan y

Sandra también. Dicen que deberías venir a visitarnos. ¿Lo harás? Puedes venir conmigo mañana.

Talya negó con la cabeza.

—Tercer año de Medicina, Tío Vassily. Recuerda cómo es.

—Una locura, ¿ah? ¿Rotación de prácticas clínicas?

—Exactamente. Ven, dame tu abrigo.

—¿Dónde te asignaron?

—Casi siempre al Hospital General. A veces a Mount Sinai.

—Yo hice mi pasantía en el Hospital General. Debo haber tenido tres o cuatro horas de sueño al día. Es una forma de tortura, sabes, la privación del sueño.

—Todavía no nos ha pasado —Talya lo tomó de la mano y lo llevó a la sala.

—Les pasará. Tienes que asegurarte de descansar lo suficiente; si no, perderás la conexión con tus pacientes y todo puede convertirse en algo así como el mantenimiento de automóviles —ambos se echaron a reír—. Estoy orgulloso de ti —afirmó Vassily—. Tal vez estamos comenzando una tradición familiar aquí; una línea de médicos. Mis hijos no muestran interés en nada remotamente científico. Sandra quiere ser cantante en clubes nocturnos y Nathan quiere ir a la Escuela de Cine.

—¿Se va a curar? —era la pregunta que flotaba en el aire.

—No lo sé, Talya —Vassily se sentó con pesadez y suspiró—. La clínica en Ginebra ha tenido algunos éxitos notables, pero tú sabes igual que yo, querida, que el cuerpo humano es un misterio —dio palmaditas en el sofá junto a él y Talya se sentó, inclinada hacia delante, con el cuerpo tenso.

—¿Cuáles son los tratamientos de inmunoterapia que está recibiendo?

—Un coctel nutritivo desintoxicante intravenoso durante un par de horas al día. Una dosis alta de vitamina

C, 62.5 gramos, alternada con peróxido de hidrógeno. Grandes cantidades de complementos diarios, enemas de café para limpiar el hígado y la sangre, y para reducir el dolor —continuó contándolos con los dedos—. Una dieta de alimentos orgánicos: granos enteros, legumbres, vegetales y pescado. Nada de azúcar. Como tú sabes, el cáncer se alimenta de azúcar. Nada de lácteos, harina, soya, nada de frutas, excepto bayas. Una hora al día en una cámara hiperbárica de oxígeno envuelta en una funda parecida a un capullo, en la que se aumenta la presión y se inyecta oxígeno puro —se volvió hacia Talya y sonrió—. La oxigenación aparentemente es muy relajante —entrecerró los ojos mientras se echaba atrás mirando al techo, pensativo—. Una hora diaria en el sauna infrarrojo; al cáncer no le gusta el calor, de hecho, no sobrevive por encima de los 40.5 °C. Acupuntura dos veces por semana, masaje linfático, consejería y meditación guiada. Homeopatía y terapia de luz, estudios de actividad electrodérmica y autohemoterapia.

—¿Qué es eso, autohemoterapia?

—Extraer la sangre, mezclarla con solución salina y volver a inyectarla por vía intramuscular. Esto fortalece el sistema inmunológico, porque el cuerpo debe iniciar una nueva respuesta hacia las substancias que causan la enfermedad y están dentro de los glóbulos rojos; algo así como reiniciar la computadora.

—¿Tú crees que debió someterse a la cirugía?

Vassily extendió las manos y se encogió de hombros.

—Tu madre se negó categóricamente, así que busqué la mejor alternativa disponible.

—¿Pero la pueden curar?

—Solo podemos esperar que así sea. Soy parte del sistema que le dio un pronóstico terminal, pero son las excepciones las que nos hacen ver como tontos.

—Si hay alguien que pudiese ser la excepción, sería Mamá.

—Ella es una de las mujeres más resueltas que he conocido.

—¿Qué quieres decir?

—Comenzando por tu nacimiento.

Talya se puso de pie y caminó hacia la vitrina vacía. Vio su cara reflejada en el cristal.

—¿Lo notaste?

—¿Qué?

—No está.

Vassily se inclinó hacia delante, con los codos en las rodillas, perplejo.

—El útero TRA.

—Oh, esa cosa horrible. Nunca me gustó.

—Tío Vassily, ella va a estar devastada. Era su orgullo y alegría.

—*Tú* eres su orgullo y alegría.

—Pero yo salí de ahí.

Vassily rio.

—*¡Diévochka!* Eso me dijiste cuando eras una niña. Me hiciste entrar aquí y te quedaste parada con tu vestidito de terciopelo rojo, con las manos en las caderas. "Yo salí de ahí", dijiste. "Soy un milagro de la Medicina". ¡Qué mocosa precoz eras! Te seguí la corriente, porque no estaba dispuesto a explicarte las cosas de la vida en ese momento.

—¿De qué me hablas? —el rostro de Talya estaba pálido; se veía preocupada.

—De esa monstruosidad que Nick le compró a Katya cuando estaba embarazada de ti.

Talya se quedó helada.

—Espera un momento. Yo me desarrollé dentro de esa 'monstruosidad', como tú la llamas.

—¿En serio crees eso?

—¡Es la verdad! —replicó con vehemencia.

La dulzura se esparció lentamente por el rostro de Vassily al extender la mano hacia Talya. Midió sus palabras al hablar.

—Mira, Talya, ya eres adulta. No tenemos que jugar a esto.

—No es un juego. Yo salí de ahí. Aquí vinieron el *Globe & Mail*, el *Toronto Star*. Fui una gran noticia.

—Fue un caso inusual. Lavada del útero y reimplantada.

—En el útero TRA.

—No, Talya. En tu mamá.

Talya quitó la mano y se amasó los brazos con los dedos, como si fuesen tijeras.

—Yo estaba trabajando en Guatemala —dijo Vassily con suavidad—. Pero esto fue lo que Nick me contó. Debido a tantas pérdidas, decidieron intentarlo con una sustituta. Una mujer filipina que luego fue tu niñera. Pero cuando llegó el momento de la reimplantación, Katya te quiso de vuelta. Estaba tan desesperada por tener a su propio hijo, que estaba dispuesta a arriesgarse. Pasó casi nueve meses acostada para poder dar a luz. Claro que tenían encima a los medios de comunicación. Te llamaron 'La nacida dos veces', 'Las gemelas en un solo cuerpo'. Nick odiaba la publicidad. Ellos estaban tan emocionados contigo y solo querían que los dejaran en paz.

Talya temblaba tan fuerte, que sus dientes tiritaban. Vassily la tomó entre sus brazos.

—Me siento tan estúpida —pronunció, sumida en la tela áspera de su hombro—. Aquí estoy, estudiando Medicina... Debí haberlo sabido. Pero siempre he creído en la magia...

—Mándale algo de esa magia a tu mamá, Talya. Le están dando los mejores cuidados, y Nick hará todo lo posible por mantenerla con vida, eso lo sé. Pero le vendría bien algo de magia.

Talya asintió, acurrucándose en él, reacia a soltarlo.

—Recuerdo cuando viniste a Canadá. Eras mi héroe. ¿Por qué tardaste tanto? Yo te estaba esperando.

—No quería volver a vivir en Norteamérica
después de lo que vi en las aldeas de Guatemala. Fue un
tiempo sombrío a principios de los ochenta, Talya; cientos
de aldeas mayas destruidas en una campaña genocida
respaldada por los Estados Unidos. Terror generalizado.
Era imposible ayudar. Así que seguí adelante: El Salvador,
Colombia, luego Ecuador. Solo regresé para verte. Pensé
que ya era hora. Se suponía que mi viaje sería una vacación.
Entonces conseguí trabajo en el Royal Vic y conocí a Riva.
Es increíble lo rápido que te puede seducir tu vieja vida,
caer en la costumbre y olvidar aquello que te llevó más allá
de ti mismo.

—Tú te alejaste mucho de tus raíces Romanov, Tío
Vassily.

—Para decirte la verdad, no sé mucho de la historia
de la familia. Nick es quien sabe. Él guardó todas las fotos de
la familia. Yo me desentendí de todo cuando fui a trabajar
en Latinoamérica.

—A veces me pregunto si es real. Papá nunca habla
del pasado, solo sobre él y Mamá, como si no hubiese
existido más nada hasta que la conoció. Ni siquiera
recuerdo a mis abuelos.

Vassily negó con la cabeza.

—Ellos eran relativamente jóvenes cuando
murieron. Yo no estuve cuando murió Papá. Estaba en
algún lugar en el Altiplano de Guatemala y para el momento
en que recibí la noticia fue muy tarde —encogió los
hombros—. Pero ahora entiendes lo de tu nacimiento,
¿cierto?

—Sí —la voz de Talya se detuvo mientras
hablaba—. Me gustaría que vivieras en Toronto.

—Hay un *bat mitzvah* mañana por la noche; la amiga
de Sandra, Naomi. Tengo que regresar, hablaré en nombre
de la familia, pero ¿qué tal si te llevo a cenar esta noche?

—Sí, me gustaría —asintió—. Tío Vassily, tengo
tanto miedo.

—Talya, si este tratamiento falla...

—¡Por favor! No hables de eso —su voz se volvió un susurro.

—Solo digo que...

—No, harás que pase algo malo. Vamos a dejarlo.

—¿Pero vas a llamarla? ¿Me lo prometes?

Talya asintió.

—Te lo prometo.

✳✳✳

—Me siento mucho mejor con la pieza de Beethoven —confesó Sylvie, volviéndose desde el piano para ver a Dai Ling y Christie—, pero ¿pudiéramos repetir una vez más la de Mendelssohn?

—Yo iba a preguntar lo mismo —dijo Christie—. Hay un par de momentos donde no estoy clara acerca de mi entrada. ¿Y tú, Dai Ling? Dai Liiing... ¿estás soñando?

—Oh... Estaba marcando mis páginas.

—Sobre todo, si tú nunca miras la música. ¿No te parece que ella tiene la memoria más brillante?

Sylvie asintió, mientras se enrollaba un mechón de pelo alrededor del dedo.

—Ella se pasa todo el tiempo practicando, eso es. Dai Ling, deberías vivir un poco.

—Me encanta practicar. Es como más me divierto.

—¿De verdad? —comentó Christie con malicia—. Pensé que ahora tendrías nuevas ideas, pasándotela con Talya Kulikovsky.

—Oh, solo es una amiga. ¿Dijiste la de Mendelssohn?

Christie y Sylvie rieron.

—¿Ella vendrá a nuestro recital? —quiso saber Christie.

—No sé. Tal vez.

—Eres tan reservada.

—Oh, por favor. Vamos a tocar —dijo Dai Ling con impaciencia, bajando la cabeza para volver a afinar su violoncelo.

Christie y Sylvie se miraron y Sylvie, sentada al piano de cola ligeramente detrás de Dai Ling, rozó sus mejillas con los largos dedos para indicar que Dai Ling se había ruborizado. Christie, tratando de no reír, levantó el violín preparándose para el *Trío en Re Menor*.

Dai Ling encontraba la libertad en la música. Era su refugio y su alegría. Cuando era pequeña, en primer grado, se dio cuenta de que era distinta de la mayoría de los demás niños, con sus ojos rasgados y sus palabras en mandarín. Nadie podía pronunciar su nombre y se reían de ella cuando les insistía: "No, no, ¡Dai Ling! ¡Dai Ling!".

"Vamos a llamarte... Daisy", propuso la señora Westerly. "Así será más fácil para todos nosotros". De esta forma fue Daisy Xiang, hasta que se mudaron al Barrio Chino Este. Allí vivían muchos chinos, y en la nueva escuela encontró su pandilla: Ray, Dee-Dee, Celia y Sam, y otra vez volvió a ser Dai Ling.

Dai Ling comenzó a viajar cuando tomó el arco por primera vez, con la crin tensa y la colofonia que la maestra le había preparado, tocando con él las cuerdas de su pequeño violoncelo. Los sonidos que producía la elevaban hacia otro mundo, donde el tiempo se detenía y ella encontraba muchos espíritus, figuras y formas que danzaban en el universo. Tocando ahora y hallando de nuevo la armonía con Christie y Sylvie, visualizó a su abuela Geneviève, su cabello una nube roja y suave, rizado como las volutas del humo del cigarrillo que tenía en la mano. Parecía flotar sobre Dai Ling y el violoncelo, emitiendo su propio sonido extraño, triste y penetrante. Dai Ling sintió una figura que se formó y disolvió antes de que pudiera distinguirla bien; un hombre de ojos oscuros, pómulos anchos, la boca semiabierta, Geneviève recostada en sus brazos. No había palabras, solo distorsiones del sonido que los envolvía como un idioma nuevo, juntas sus carnes, cantando.

Geneviève tenía tierra debajo de las uñas y le dolían los músculos de tanto cavar. Trabajaba junto a su amante chino. En cuanto lo vio, supo que él era la razón de que ella hubiese ido a China. Fue en los primeros días, cuando solo sabía unas cuantas palabras en mandarín. Había estudiado cantonés en Montreal, pensando que la enviarían al sur de China, pero cuando llegó, todo era distinto de como lo imaginó y supo que nunca se iría de China. Liu Zhen, su amante, tocaba la *pipa*. El laúd de cuatro cuerdas parecía una lágrima color miel, las cuerdas le hicieron callos en los dedos mucho antes de que la tierra afilada lo marcara. Liu tenía una familia, esposa y dos hijos, pero al igual que muchas familias en la China maoísta, fueron separados. Los niños fueron con los abuelos, mientras él y su esposa fueron enviados a provincias separadas para trabajar la tierra. Él se enamoró de la extranjera alta, pelirroja, y el amor lo volvió imprudente. Dejó caer la guardia y habló su corazón. Geneviève no estuvo segura de su embarazo sino hasta una semana después de habérselo llevado.

"¿Dónde está él? ¿Dónde está Liu?", preguntó en su escaso mandarín. Una mujer joven, orgullosa de su inglés, explicó, "Liu fue llevado a un entrenamiento especial en pensamiento político correcto".

No supo cómo pedir una prueba de embarazo, y tampoco supo cómo contarle de su sospecha. Al llevarse a Liu, Geneviève ya no tenía a nadie. Continuó trabajando la tierra, cavando y sembrando, imaginándolo junto a ella. Por la noche llamaba su nombre, "Liu, Liu", y su garganta ardía de deseo. Todos vieron cómo le creció el vientre y nadie dijo nada. La extranjera de huesos grandes con un sombrero de ala ancha que le protegía la cara pecosa siguió trabajando, doblándose y enderezándose, removiendo la tierra, excavando y paleando, hasta que un día gritó y cayó al suelo sobre sus piernas dobladas. Cuando la levantaron para llevarla al hospital, la tierra bajo ella estaba enfangada con las aguas de su hija y un hilo de sangre quedó pegado al nuevo surco.

Geneviève nunca perdió la esperanza de que Liu regresara. Aprendió a hablar mandarín con fluidez porque pensaba que algún día vendría y podrían hablar por primera vez. Su hija no pudo esperar. Xian Ming tenía su propio enamorado, Jia Song Xiang, un estudiante disidente que protestaba por el proceso no democrático mediante el cual los cambios económicos rápidos se extendían veloces por toda China, inundándola con ideas de occidente. Momentos después del nacimiento de Dai Ling, Geneviève sostuvo a la bebé en su brazo, acunando en su palma la cabecita oscura y mojada, y se vio a sí misma en la niña y oyó las cuerdas del laúd de Liu. Dos años más tarde, Xian Ming y Jia Song le rogaron que los acompañara a Canadá, pero ella se negó: "Tengo que esperar aquí. Ahora este es mi país".

Cuando acabó el trío y Dai Ling dejó caer el arco al suelo, no pudo hablar. En sus oídos sonaba una canción milenaria.

✳✳✳

Talya levantó el teléfono del cargador, marcó y caminó por el pasillo, esperando que Dai Ling contestara. Ruby estaba sentada en la puerta de la cocina observándola, con las orejas levantadas, lista para salir a pasear.

—Hola, esta es la casa del doctor Xiang —dijo una voz.

—¿Puedo hablar con Dai Ling?

—Dai Ling no está. ¿Quién es?

—Talya. Soy una amiga de ella, de la universidad.

—Ah, también eres músico —dedujo la voz—. Dai Ling está ensayando para su recital. ¿Tú también vas a tocar?

—No, yo soy estudiante de Medicina.

—Oh, ya veo. ¿Quieres que le dé un mensaje? Soy su Ma.

—¿Puede decirle que me llame cuando regrese a casa?

—Seguro. ¿Ella tiene tu número?

—Sí, sí, pienso que sí.

—Quizás te vea en el recital.

El teléfono chasqueó y Talya enganchó el portátil. Por un momento se quedó allí, indecisa, luego lo levantó y lo puso contra el hombro a la vez que buscaba entre los papeles del escritorio. Encontró el número y lo marcó. Hubo un silencio atroz y después comenzó a sonar, al fin, con ese sonido familiar lejano.

—¿Hola?

—Papá.

—¡Talya, al fin! Hemos estado esperando tu llamada, *moya dochenka*.

—Perdona, Papá. No pude llamar antes.

—Espera un momento. Tu madre está aquí. Espera.

—¡Querida! ¿En verdad eres tú?

—Hola, Mamá. ¿Cómo estás?

—Estoy bien, querida, bien.

—Estoy tan preocupada.

—Nosotros estamos preocupados por *ti*, ¿no es cierto, Nicky?

—¿No es muy tarde? Sé que hay una diferencia de seis horas, pero...

—Tú nos conoces, somos noctámbulos, metidos en la cama, leyendo. Papi y yo tenemos nuestra propia habitación en la clínica, con una magnífica vista del Lago de Ginebra.

Talya la imaginó recostada sobre una pila de almohadas, alcanzando su mano. Siempre se tocaban. Ella estaría en su camisón de seda, con el cabello suelto sobre el rostro pálido, rozando los hombros al mover la cabeza, volviéndose para sonreírle a él.

—¿Alguna noticia, Mamá?

—Todavía nada. Me tienen ocupada con tratamientos. Esto toma tiempo, querida. Te extraño tanto. ¿Cómo está Ruby?

—Oh, ella está bien. Se cortó la pata, pero está sanando.

—¡Auch! Pobre Ruby. ¿Rompiste algo?

—No, no, había unos vidrios en el jardín —la línea empezó a crepitar—. ¿Mamá? Mamá, ¿estás ahí? —su voz venía en fragmentos, palabras partidas en dos con ritmo de *staccato*, como una lenta lluvia de balas—. La conexión está muy mal, Mamá. Llamaré en otro momento. Cariños a Papi.

Colgó el auricular, intentando tragar el dolor que se expandía por su garganta; la vieja aflicción de la infancia que se arrastraba en la luz tenue, suplicando. "Mentí, ella lo sabe. Mentí, soy mala". La sala poco iluminada y el silencio de la gran casa la rodeaban en un ambiente sombrío. Sintió que el hocico húmedo de Ruby le empujaba la pierna y se agachó para abrazar al gran perro rojizo, enterrando la cara en su pelaje. Ruby siempre sabía. "No voy a llamar de nuevo", pensó. "Duele demasiado. Es peor que extrañarla".

Entró en la sala con Ruby tras ella, taconeando el piso de madera con las pezuñas. Prendió un pequeño fuego; arrugó periódicos, echó leña menuda, encendió un cerillo. Cuando la leña ardía, añadió unos pocos troncos pequeños del aliso que Nick derribó en la primavera y se dejó caer en el sofá para ver las llamas. Pero estaba inquieta, a pesar de haber tenido un turno de ocho horas en Emergencias. Tomó el libro de Vesalio de la mesita frente al sofá, lo apoyó sobre el estómago y hojeó las páginas hasta llegar a las ilustraciones de los órganos reproductores femeninos. Curiosamente no había ilustraciones del feto, excepto por un hombrecito peculiar con las piernas cruzadas que se chupaba el dedo y flotaba anclado a una cáscara de nuez por medio de un cordón. *Lámina 62,* leyó: *En sus figuras del feto y sus revestimientos, que aparecieron en la primera edición de* Fabrica, *Vesalio cometió el imperdonable error de ilustrar la placenta anular del perro como parte de los revestimientos humanos. Al escribir unos tres años después, se excusó por los motivos de que no había tenido la oportunidad de examinar el feto humano y que Jacobus Sylvius le había informado que la disposición de los revestimientos en el perro se mantenía en el hombre. Este y otros errores los corrigió en la segunda edición. Sus tres membranas son la placenta, el corion y el amnios. Pero confundió la placenta, su revestimiento más externo, con el corion, como lo describió Galeno. Su segundo revestimiento, el verdadero corion, lo describió erróneamente como el alantoides del perro. Él pensaba que el tercer revestimiento, el amnios...*

El libro resbaló de las manos de Talya y se deslizó sobre la alfombra. Ruby gimió; las patas le vibran a la vez que sueña que corre, corre... En el horizonte, una delgada línea de luz anaranjada sangra al momento en que un trueno sacude el cielo. Los labios de Talya tiemblan en las comisuras. Un feto enroscado se asoma; su ojo anciano observa mientras flota, jalado por el cordón umbilical como si fuese un juguete. Una luz que lo inunda todo barre el mapa; sube hasta el norte de Italia, enciende las almenaras por toda Alemania y los Países Bajos, y por el suroeste hacia España, dejando cicatrices de luz en la tierra roja. Como banderas que definen una zona de guerra, hombres nacidos de mujeres brillantes cubren la tierra con visiones extraordinarias. Hombres de mentes libres, borrachos de la luz ingerida con la leche de sus nodrizas, llenan el aire de pensamientos que no se habían pensado nunca antes, grabando el espacio con nuevos diseños. Los gritos de los torturados encierran códigos alquímicos que retumban por el universo a lo largo de los siglos. La música se compone y se anota en papel fino que se desmorona, dejando ecos armónicos que resuenan en el cielo. Óleos de colores brillantes dan toques ligeros a los lienzos con pinceles finos; la voluntad sin aliento de embellecerlo todo brilla a través de las capas de esmalte. Los códigos para reestructurar todo el campo planetario están enclavados en pinturas llenas de luz y oscuridad. Talya oye un susurro. Una ola de miedo le atraviesa el cuerpo, el cielo se vuelve rojo y ve cómo apilan haces de leña, encienden fogatas, arman potros, construyen horcas. El cielo se oscurece y las luces se van extinguiendo una por una, tragadas por la tierra que las abriga, mientras la carne se desgarra y se quema, los huesos se fracturan y los gritos mueren. La tierra gira cada vez más rápido hasta que ya no puede refrenar la luz, que se filtra poco a poco; lenta y furtiva, como un ladrón que se roba la oscuridad. Es el año 1600, el comienzo de un nuevo siglo, y Giordano Bruno no puede contener su sabiduría de múltiples dimensiones y civilizaciones extraterrestres. Con tinta exprimida del pulpo, araña sus conocimientos sobre el papel. El papa declara sus escritos herejía y ordena su ejecución; el cielo arde de nuevo cuando Bruno se quema en la hoguera. Las Almas llenan el cielo; perdidas, confundidas, fugitivas, buscando protección frente a la prueba de su existencia. Todo lo que no puede verificarse se vuelve parte de los "débiles de mente". Por toda la tierra, los rebaños berreantes son pastoreados por hombres que predican Creencias; hombres poderosos que se esconden bajo túnicas femeninas, ritualizados, fetichizados, hombres con licencia.

Al despertar, Talya no sabía dónde se encontraba. Todo estaba oscuro, excepto por un montón de ceniza resplandeciente. Volvió en sí despacio, rodó del sofá al piso y gateó hacia la luz. Ruby la acarició con el hocico mientras ella tiraba unos leños en la chimenea y se quedaba acostada en el repentino calor, observando las llamas.

Vesalio salía apresurado del hospital, ansioso por llegar a casa junto a Ana, cuando el vigilante cojo tiró de su manga.

—Doctor Vesalio, señor. Algo de su interés, señor.

Vesalio se sacudió de la mano del hombre.

—¿Qué pasa, hombre? No me haga perder el tiempo.

—Sígame, señor, si gusta.

—Tengo prisa, le digo. ¿Qué es lo que quiere?

—Por favor, señor. Creo que lo encontrará digno de su tiempo, señor —lo sonsacaba el hombre.

Siguió al cojo por los escalones de piedra hacia el sótano del hospital y la morgue.

—Aquí está —susurró el hombre con voz ronca al quitar la sábana de la difunta con el vientre hinchado—. Una indigente preñada. Una de la calle Bovendael.

—Ah —comentó Vesalio, tocándose la barba.

—Lo escuché diciendo, apenas ayer, señor, que...

—Sí. Muy bien —Vesalio le presionó un florín en la palma abierta—. Ahora déjeme.

El celador cojeó por las losas y subió los escalones, sobando el florín entre el pulgar y el índice, pensando en el buen corte de cerdo que compraría con él, la sorpresa en el rostro cansado de su mujer. Vesalio oyó sus pasos lisiados resonando en la distancia y levantó su rostro hacia los cielos.

—¡San Judas Tadeo! —dijo exaltado—, no sabía que vendrías a mí en la forma de un humilde celador de hospital y con tales dádivas. ¡Gracias, gracias por permitir lo imposible! Y benditos sean tus restos santos en la basílica de San Pedro en Roma —besó el aire y, levantándose las mangas, comenzó a sacar sus instrumentos—. Después de tanto esfuerzo, publicar un error... pero no había tenido la oportunidad de examinar un feto humano. ¡Hasta ahora! ¡Gracias, San Judas! —se frotó las manos, inspeccionando el cadáver que tenía delante—. Mi error de ilustrar la placenta anular del perro fue un detalle menor en el contexto de mi obra. ¿Acaso es mi ingenio lo que será recordado? —preguntó a su público ausente—. No importa. Ahora rectificaré mis errores —declaró, ardiendo en el fervor de la expectación.

La mujer era en efecto una indigente, sucia y demacrada por su vientre hinchado, que brillaba en la penumbra.

—Nadie reclamó su cuerpo, no tenía a nadie que la extrañara. Yo solo estoy robando la tumba del mendigo antes de que la llenen —pronunció Vesalio, convenciéndose a sí mismo. Descubrió una línea roja fina que corría desde una herida ulcerada en el tobillo, serpenteando por el muslo.

—Linfangitis ascendente —murmuró Talya a las llamas, viéndolo en la mente.

—Envenenamiento de la sangre —afirmó Vesalio—. La sangre viaja, ¿cómo viaja? El río corre, ¿desde dónde hasta el océano?

Vesalio hizo la incisión con cuidado. Era el feto lo que buscaba. Sus ilustraciones previas fueron hechas a partir de suposiciones, basándose en los sacos fetales de animales, y su texto arrastró el mismo error. Ahora se revelaría el secreto. Talya se inclinó sobre el hombro de Vesalio mientras este cortaba limpiamente a través de la superficie del útero. Se abrió como un huevo, mostrando dos membranas fetales en un saco; la coriónica, fusionada con la placenta en esta etapa avanzada del embarazo, y la amniótica.

Vesalio tomó pluma y papel y esbozó con rapidez, cortando y profundizando; explorando cada detalle del saco fetal. Notó entusiasmado un racimo coalescente que no había esperado. El alantoides era parte del cordón umbilical, que estaba fusionado con el corion para formar la placenta. Cuando sondeaba y pinchaba la última capa del amnios, un hilo de agua se filtró hacia la cavidad del cuerpo de la mujer, dejando al bebé varado y encogido dentro de la membrana amniótica colapsada. Era una cosa mojada y muerta, oscura del misterio de su origen, como un pez arrojado desde el fondo. Vesalio se sorprendió; tenía el corazón hinchado de la emoción ante la forma prematura perfecta. Los ojos se le llenaron de lágrimas y al girar la cabeza para secárselos con la manga, que todavía tenía las huellas grasientas de los dedos del celador, su silueta se fusionó con el cuerpo de Talya, parada detrás de él.

—¿Qué es lo que sucede cada vez que corto el cuerpo? —susurró—. Tal vez es, como dice la Iglesia, terreno sagrado que no ha de pisarse —continuó su trabajo, negándose a ser distraído de la naturaleza científica de su actividad. No buscaba la *fuente* de lo que sentía; su propia abstracción temblorosa. No buscaba la *fuente* de los chorros de sangre que salían rítmicamente de sus pacientes vivos. Andrés Vesalio indagaba afuera, en el espíritu de su tiempo, buscando evidencias de una abstracción. Y Talya, invisible en su ensueño, lo seguía.

***

El vestíbulo se puso húmedo a medida que la gente se quitaba los abrigos incrustados de nieve, los sacudían y los colgaban en los respaldos de las sillas, donde comenzaban a gotear sobre la alfombra gris. Era el primer recital de la serie *Jóvenes Artistas* llevado a cabo en Walter Hall. A mediados de diciembre al fin hacía frío, como debe ser el invierno; con una gran nevada. Dai Ling le había dado a Talya uno de sus tres boletos de cortesía. Echó un vistazo por la cortina entre bastidores y la vio, al centro de la tercera fila, detallando los tubos del órgano que se elevaban sobre el escenario circular. Un piano de cola esperaba; frente a él dos atriles, dos sillas y su violoncelo reclinado contra una de ellas. Talya debe haber llegado temprano para conseguir un asiento tan bueno. Dai Ling vio a sus padres en la primera fila y junto a ellos Ray Lee con su Ma. Sintió un temblor en el vientre y no supo si eran los nervios de tocar para ellos o miedo de presentar a Talya a su familia después.

Un murmullo invadió todo el auditorio cuando entraron los músicos. Dai Ling sostenía el arco, recién untado de colofonia, colgado de su mano derecha. Ya se había distanciado de sí misma, preparándose para entrar en su mundo musical. Sylvie se sentó al piano de cola y se movió en el banco hasta sentirse cómoda, luego flexionó los dedos sobre las teclas como si estuviera calentándolos en una fogata, a la vez que Christie y Dai Ling afinaban sus instrumentos; Christie con una almohadilla en el hombro, aferrando el violín rojizo con la barbilla. Dai Ling blandió el arco y lo pasó por las cuerdas. A la breve llamada y respuesta de su afinación siguió un silencio total. Los músicos asintieron entre sí, y Christie tomó un ligero aliento en el que flotaron las primeras notas del *Trío #1 en Sol* de Haydn. Mientras tocaba, Dai Ling se percató de que Talya se inclinaba hacia delante, observando atenta, y recordó aquel día en la sala de música cuando Talya fue a buscarla. Se preguntó si de verdad conocía mejor a Talya ahora que en ese momento, a pesar de todo lo que hablaban. Pero su corazón estaba seguro de una cosa; la había besado.

Ya iban por el tercer movimiento, el alegre *Rondó gitano*, cuando Dai Ling vio al público y cruzó la mirada con Talya. Entonces le permitió entrar, girar con ella, viajar por un sendero de sonido en el que formaban una escala celestial conectada a intervalos.

Hubo un repentino estallido de aplausos y Talya ya estaba de pie, junto con Ray Lee, Jia Song y Xian Ming, gritando "¡Bravo!".

El resto del programa fluyó con suavidad; el *Trío en Re Menor* de Mendelssohn y el *Archiduque* de Beethoven. Era música que viajaba por dos siglos. Cada interpretación trataba de recapturar el espíritu de ese instante de inspiración original, siempre distinto del anterior, del primero; cada vez un intento de regresar a la fuente. Terminó. El público aplaudió y vitoreó, pidiendo otra pieza más. Los músicos consultaron brevemente y luego Christie asintió, y comenzaron a tocar el primer movimiento del *Trío en Si bemol* de Mozart.

La gente se ponía los abrigos y guantes, hacinándose en el vestíbulo, mientras Dai Ling se abría paso hacia el fondo para encontrar a Talya.

—¡Estuviste maravillosa! —Talya la abrazó efusiva—. ¡Debí haber traído flores!

—Oh, gracias. Ven para que conozcas a mis padres.

—Ah, esta es Talya. Dai Ling nos habla mucho de ti —indicó Xian Ming.

Talya sonrió y miró a Jia Song al tiempo que él le apretaba la mano, sacudiéndola con firmeza. Ella percibió de inmediato el parecido de Dai Ling con su padre en la mirada cálida, la boca sensual, el ligero ángulo en que sostenía la cabeza.

—Tiene usted la hija más extraordinaria —afirmó Talya—. ¡Estoy enamorada de su música!

—Gracias. Sí, estamos orgullosos —Jia Song se inclinó ligeramente—. Tenemos que salir a celebrar. ¿Quieres acompañarnos, Talya?

—Gracias. Me encantaría —sonrió.

Dai Ling le presentó a Ray Lee y su madre. Luego se les unieron Christie y Sylvie, y al fin todos estaban listos para irse.

—¡Dai Ling, eres la mejor violoncelista de Toronto! —gritó Ray Lee de un lado del tablero al otro una vez sentados a la mesa del restaurante Sichuan Gardens—. Un día haré una película sobre ti, ¿sí?

Dai Ling rio.

—Seguro, Ray. Los dos seremos famosos.

Talya se sentó entre Jia Song y Dai Ling. Todos hablaban sobre el concierto y lo exitoso que fue. Xian Ming, sentada junto a su esposo, se inclinó hacia Talya y le contó:

—Recuerdo cuando Dai Ling era bebé, tan pequeña en su cuna, sus deditos siempre se movían en el aire, como si estuviese tocando música invisible. Está tocando el violoncelo desde que tenía cuatro años. Va a hacer una gran carrera —terminó orgullosa, y Jia Song asentía y sonreía. Luego, Xian Ming se volvió hacia la señora Lee y empezó a hablar en mandarín.

La mano de Dai Ling se deslizó en la de Talya cuando comenzó a llegar la comida: grandes platos de *dumplings* al vapor con langostinos rosados, y germinados vegetales verdes sobre un enredo de fideos con sabor a jengibre y ajo.

—Estuviste brillante —susurró Talya—. ¡Cómo quisiera estar a solas contigo ahora!

Dai Ling se sonrojó y bajó la cabeza al tomar los palillos y balancearlos entre los dedos.

—Nosotras hablamos por teléfono —afirmó Xian Ming, inclinándose hacia Talya—. Tú eres la doctora.

—Todavía no. Aún estudio.

—Mi esposo es doctor.

—El oriente se encuentra con el occidente —dijo Jia Song, riendo.

—Dai Ling nos contó que tu mamá está enferma —comentó Xian Ming—. Quizás mi esposo pueda ayudarla.

—Mi papá la llevó a una clínica en Europa. Se fueron hace ya más de dos semanas. Quizás cuando ella regrese... —había recibido más mensajes telefónicos y correos electrónicos enigmáticos: "Ginebra es tan limpio y ordenado... El lago es bello... No tenemos noticias aún... Llevamos pocos días".

Cuando Talya le contó a Jia Song sobre sus estudios de Medicina, él asintió en silencio y se llenó la boca con los palillos bien cargados, masticando con hambre. Ella misma no tenía mucho apetito y al final pronunció:

—Me temo que debo irme. Tengo evaluaciones clínicas mañana temprano y debo prepararme —se despidió de Jia Song y Xian Ming. Después se inclinó hacia Dai Ling y susurró—: Llámame luego, ¿sí? Estaré despierta.

Dai Ling le apretó la mano antes de soltarla. Talya saludó con la mano a las caras emborronadas alrededor de la mesa y se apresuró en salir.

Al llegar a casa, subió y se sentó al escritorio de su padre. Encendió la computadora portátil y entró un mensaje de Ginebra. Se le aceleró el corazón. Pulsó sobre el mismo.

"Las noticias no son buenas, Natáshenka. Tu mamá está muy enferma. Yo creo que deberías venir. Te queremos, Papi".

El estudio estaba rancio del humo de cigarro que se había pegado a las cortinas. Los estantes estaban llenos de libros, el escritorio cubierto de pilas de papeles. El estómago de Talya se volvió un puño, haciendo que se doblara. Al recuperarse, se hundió en la silla de piel negra de Nick y dio dos vueltas. Cuando se detuvo, quedó mirando hacia afuera, al jardín de rosas iluminado por la luna, lleno de espinas y del recuerdo de voces suaves.

"¿Qué quiere decir? ¿Qué demonios quiere decir?". Se levantó de un salto y dio zancadas por el cuarto, con el corazón acelerado. Comenzó a ir hacia la puerta, pero se volvió, con movimientos agudos y espasmódicos. Se sentó frente a la pantalla con las manos listas sobre el teclado, se levantó de nuevo y corrió a la ventana. "¿Qué voy a hacer? Oh Dios, ¡qué puedo hacer!". Giró y caminó rápidamente al descansillo. Se detuvo. Tenía la mano en el pomo de la puerta del cuarto de sus padres. Abrió y miró la enorme cama, tan ancha como larga. Allí estaba ella, distorsionada en el espejo de la cabecera. Talya se lanzó y cayó en el centro, en aquel colchón suave que cedía, y se quedó en silencio, con el rostro enterrado en la colcha, apenas respirando, hasta que sonó el teléfono. Extendió la mano y rozó el borde de la mesa de noche, donde su padre tocaba cada mañana, buscando apagar la alarma del despertador.

—¿Talya? Soy yo, Dai Ling.

—Dai Ling. Oh, Dios...

—¿Qué pasa? ¿Estás bien?

—Sí, sí, estoy bien. ¿Dónde estás tú?

—Acabamos de llegar a la casa. Estoy arriba, en mi cuarto. ¿Estás en la cama?

—Quisiera que estuvieras aquí.

—No estoy tan lejos.

—¿Puedes venir?

—¿Ahora?

—Creo que me estoy enamorando de ti.

Hubo un silencio al otro lado de la línea.

—¿Dai Ling? ¿Estás ahí?

—Sí —su voz era un susurro—. Yo... no sé qué decir.

—¿Estoy sola en esto?

—Oh no... No, pero... no puedo ir ahora. Mis padres; pensarían que es raro que yo salga tan tarde...

—Está bien, entiendo. Mientras tú...

—Sí, sí, yo creo; quiero decir...

—No digas más nada. ¿Cuándo te puedo ver?

—¿El viernes por la tarde?

—Estoy en el turno de la tarde en Mount Sinai. ¿El sábado?

—Después de la biblioteca. Podríamos ir al Parque Riverdale, como cuando nos conocimos.

—Estará oscuro.

—Luna llena.

—Perfecto. ¿A las cinco?

—Cinco y media. Trae el Vesalio.

—Ni pensarlo. Ahora es mío.

—Eres mala.

—Sí, lo soy. Dulces sueños.

—Buenas noches.

Talya se levantó de la cama de sus padres y fue a la puerta de al lado, el estudio de su padre. Se sentó en la silla y miró fijamente la pantalla por un momento; luego presionó 'Respuesta' y escribió: "Tráela a casa. Los espero. Con todo mi cariño", y envió su mensaje, que voló desde la pequeña carpeta por una flecha curva hacia el vacío confiable del ciberespacio.

Estaba parada con su bata blanca, escalpelo en mano, rodeada de un público de melómanos. Cada uno tenía un programa con un diagrama del corazón que flotaba en un fondo blanco, mostrando las amplias cámaras contenidas dentro del pericardio; los ventrículos y aurícula, la aorta, la arteria pulmonar, la vena cava. Como gaitas que respiran música dulce, la sangre fluía por el corazón, oxigenando, bombeando, salpicando. "¡Toca! ¡Toca!" gritaban, y ella levantó el escalpelo como una batuta, para bajarlo despacio, muy despacio, y entrar en el cuerpo envuelto en una sábana. La sangre se había esparcido como una mancha oscura, pero ella no podía ver el cuerpo, así que le pidió al público que retirara la sábana. Una niñita con un vestidito rojo tiró vigorosamente de la esquina de la sábana y corrió con ella por la sala. Cuando Talya bajó la mirada, vio el corazón revelado dentro del pecho abierto, pero era negro, tenía tentáculos como un pulpo y chorreaba tinta. Vio con horror a la niña que corría por el salón de recitales, ahora con un vestido negro. Al mirar el rostro del cadáver, se vio a sí misma y oyó llorar a su alrededor. Después, la cara se desintegró en una masa de gusanos retorcidos. Vio, espantada, cómo el rostro del cadáver se transformaba en la cara de su madre, y despertó sollozando.

Elliott empujó a Talya y ella regresó; el olor antiséptico del pabellón de hombres le llenaba la nariz.

—Tengo náuseas, Doctora. Tengo el estómago hinchado y me siento cansado todo el tiempo.

Talya asintió, mirando al paciente sin verlo realmente.

—¿Examen abdominal? —sugirió Elliott; su delgado rostro brillaba de ironía.

—Por supuesto —concedió Talya—. Acuéstese por favor, señor uh... —buscó a tientas en el portapapeles.

—Fraticelli —dijo el viejo.

"Síntomas clásicos de parásitos", pensó ella, aferrándose a lo obvio.

—¿Ha estado usted fuera del país?

En el pasillo se abrieron las puertas del ascensor y un grupo de cantantes de villancicos se lanzó a interpretar una versión diluida de *Jingle Bells*. Sus voces crecían a medida que ganaban confianza.

—¿En algún lugar tropical?

—No por muchos años, Doctora. Dejé de regresar a mi país de origen cuando murió mi esposa. Claro que estaba la guerra de Corea, yo estuve allí...

Talya palpó el estómago y el señor Fraticelli gritó de repente.

—Lo siento. ¿Eso le dolió?

—Me quitó el aliento —resolló.

Los cantantes entraron en la sala. Tenían rostros radiantes y estaban vestidos de verde y rojo. Interpretaban *Adeste fidelis*.

Talya le susurró a Elliott:

—¿Este es de verdad o es un simulador de pacientes? —el hospital contrataba actores sin trabajo para que estudiaran enfermedades específicas y simularan los síntomas a los estudiantes como parte de su entrenamiento en diagnóstico.

—Es de verdad. Y son las diez de la mañana y estamos en el Hospital General de Toronto haciendo rondas clínicas. ¿Te parece suficiente para volver a la realidad?

El viejo los observaba, esforzándose por captar lo que decían.

—No puedo hacer esto, Elliott. Hay un crecimiento enorme en el extremo inferior del hígado. ¿Puedes cubrirme?

—Seguro. Pero trata de no parecer un zombi, o te las verás con el doctor Mukherjee —dio un paso adelante y

114

comenzó a palpar con suavidad. Su cara alegre de pronto se tornó seria.

Talya estaba tan aliviada que sentía ganas de llorar. De nuevo se le empañó la mente y se perdió en el enjambre de estudiantes que rodeaban la cama del señor Fraticelli. Las esquinas de las sábanas del hospital le hicieron pensar en Lily. Así le tendió la cama a Talya, con un doblez perfecto en las sábanas, siempre alineado por ambos lados. Cuando se enfermaba y tenía fiebre, Lily le daba baños de esponja y le ponía sábanas frescas. Su lecho era liso como la superficie del agua y ella se imaginaba como una trágica heroína, flotando mientras se alejaba, con las manos entre los nenúfares, los dedos aferrados a sus tallos de goma... Tuvo frío. De repente sintió tanto frío; la niebla la rodeaba...

El doctor Mukherjee era quien dirigía las rondas esa mañana. Al terminar su evaluación y dejar ir a los estudiantes, Talya corrió por el pabellón haciendo que su bata blanca batiera de un lado al otro, al tiempo que los sonidos de la música navideña y el murmullo del personal del hospital quedaban amortiguados en sus oídos. No sentía nada. Estaba entumecida. Y en la mente veía la imagen insistente de su corazón congelado en un pequeño ataúd de cristal. Alguien le tocó el brazo y ella giró, recogiendo las manos hacia el cuerpo. Era Elliott, que la miraba y sostenía un embrollo de mangueras de goma.

—Tu estetoscopio. Lo olvidaste —dijo.

Talya lo miró por un segundo, sin entender. Entonces, la forma del estetoscopio cobró sentido y ella rio.

—¿Estás bien, Tal?

—Sí, estoy bien —contestó, riendo más fuerte a la vez que los cantantes de villancicos se movían por el pabellón hacia el ascensor.

—No, no lo estás.

—Oh Elliott, ¡vete a la mierda!

Él le agarró el brazo.

—No te voy a dejar ir tan fácil, cariño. Dime qué te pasa.

—Estoy esperando que mi padre llame y me dé noticias. Todo es muy incierto con Mamá y yo no tengo tiempo de ir a Europa.

Elliott la miró con las cejas levantadas, manteniendo silencio hasta que Talya estalló.

—¡La verdad es que no quiero, Elliott! ¡No quiero ir!

—Tenemos que hablar. ¿Cuándo estás libre?

Talya negó con la cabeza, impaciente.

—No puedo pensar, Elliott.

—¿El miércoles, después de tu turno diurno en Emergencias? Oh sí, tengo memoria fotográfica. Miré los horarios esta mañana. ¿Te parece?

—Está bien. A las cinco y media en el solario de Allen Gardens.

—¿Sirven cocteles allí? —dijo, levantando la ceja izquierda, lo que generalmente hacía reír a Talya. Pero ella no respondía.

—Oh Elliott, allí no hace frío —afirmó, temblando.

—Bueno. Siempre podemos beber el néctar de las flores de la pasión. Ahora ve a casa y descansa, ¿sí?

Talya huyó. La mandíbula le dolía de tanta risa falsa. Bajó corriendo siete pisos para evitar encontrarse en el ascensor con los cantantes y sus caras alegres, que la aterraban. Y no soportaba la preocupación de Elliott. Sacó el libro de Vesalio del casillero y corrió a casa. Debía llevar a Ruby a caminar.

***

Ray Lee y Dai Ling andaban con dificultad entre la nieve por la avenida Broadview. Se habían encontrado en la librería de la universidad, donde Ray trabajaba medio tiempo, y tomaron el metro juntos.

—Vamos, Dai Ling, caminemos en vez de esperar el tranvía. Tengo que llegar a casa a terminar el trabajo sobre Ozu, Kurosawa y Mizoguchi. Es solo una comparación y contraste, pero me está tomando una eternidad.

—Eso es porque tú eres un perfeccionista —dijo Dai Ling, subiéndose la capucha de la chaqueta de esquí.

—¿Y tú? Nunca te veo porque siempre estás practicando —bromeó—. Tu concierto fue impresionante, Dai Ling.

—Gracias.

—¿Quién es la chica que vino con nosotros a Sichuan Gardens?

—Talya. Es una amiga de la U de T; es estudiante de Medicina.

—Ella te mira un poco raro para ser una chica.

—¿Qué quieres decir, Ray?

—Bueno, tú sabes; como miraría un chico.

—¿En serio? ¿De verdad me mira así?

—Sí —sonrió Ray, asintiendo con la cabeza—. No quiero entrometerme, Dai Ling, pero hemos sido amigos toda la vida, ¿no?

—No me preguntes, Ray. No sé nada. Estoy tan confundida.

—¿Cómo sabes lo que iba a preguntarte?

—Solo lo sé. Te conozco demasiado bien, Ray. Eres mi mejor amigo y... bueno... ¿me prometes no contarle a nadie?

—¿Cómo puedo prometerte algo si no sé lo que me vas a contar?

—Ay Ray, tan solo prométemelo, ¿sí?

—Te lo prometo, Dai Ling, por la memoria de Ozu. Él murió muy joven, tú sabes, de cáncer de la garganta.

—Ray, creo que me estoy enamorando... Ya, ¡lo dije! Pero no estoy segura porque nunca me había pasado antes. Me la paso pensando "Oh Dios, ¿qué me está pasando...?", todos estos sentimientos...

—¿Como la delicia que se siente cuando se derrite el helado de chocolate? ¿Como un día caliente en la cancha de tenis, Dai Ling? ¿Como el verano pasado?

—Bueno, no exactamente; más bien como flotar en el cielo. ¡Ella me besó, Ray!

—¡Dios mío!

—Así es. ¿Cómo le voy a decir a mis padres?

—No les digas, Dai Ling. Mira lo que le pasó a Mei Li cuando se casó con un tipo blanco. Mi madre la repudió. Fue hace dos años y todavía no quiere hablar con ella. ¡Talya no solo es una bola de arroz, es una chica!

—¿Tú crees que soy rara?

—Para nada. Amigos por siempre, Dai Ling, ¿sí? —dio un puño en el aire y casi perdió el equilibrio en la nieve.

—La cosa es, que no solo es ella. Soy yo. Yo la llamé y la invité al concierto, después la volví a llamar... No estoy segura... pero quizás ella piensa que me interesa.

—Dai Ling, tienes que ser honesta contigo misma. Olvídate de tus padres. Nosotros somos la siguiente generación, así que para nosotros es distinto. Puede que yo me case con una chica blanca, y puede que tú seas... lesbiana.

—Oh, no lo digas. No me imagino contándoles a mis padres. Me echarán.

—Puede ser. No les cuentes hasta que estés segura. Ellos lo superarán, y te prometo que yo siempre seré tu amigo, Dai Ling. Podemos compartir mi habitación, no hay problema, ¿sí?

Dai Ling tomó un puñado de nieve y se lo tiró. La bola le dio en el cuello y Ray chilló mientras se le derretía bajo la camisa. La persiguió al doblar la esquina hacia la calle Gerrard, corriendo rumbo a su casa. Le hizo un placaje volador y la tumbó al suelo consigo, a un banco de nieve.

Quedaron tendidos allí, riendo. Cuando Dai Ling recuperó el aliento, se volteó hacia Ray y le confió:

—Yo te quiero como a un hermano, Ray. Ni te imaginas lo bueno que es poder hablar sobre esto. Me estaba volviendo loca.

—Tú eres un poco loca, pero yo también te quiero. Tu secreto está seguro conmigo.

***

Talya esperaba afuera de la Biblioteca Riverdale, encaramada en la parte superior de los escalones, cuando salió Dai Ling.

—Pensé que nunca vendrías —tocó los hombros de Dai Ling, sonriendo, intentando contener la dicha que bullía en ella.

—Parece que tuvieras un pajarito en la boca tratando de escapar —dijo Dai Ling y Talya rio, revelando la boca, rosada y húmeda, tras la blancura de sus dientes.

Se engancharon de brazos y caminaron juntas por Broadview como dos viejas amigas, con suficiente confianza para estar en silencio, saboreando el peso de las palabras que flotan en el aire.

La gente esperaba por el tranvía. Otros pasaban corriendo con bolsas de víveres, apurados por llegar a casa a cenar. Al tiempo que la luna aparecía por detrás de las nubes, inundando poco a poco las lomas del parque, Dai Ling volvió el rostro hacia el cielo, cautivada por la luz. Talya detalló sus labios entreabiertos, la curva de sus ojos.

—Quiero conocerte por siempre —susurró, tan quedo que no estaba segura de que Dai Ling hubiera oído.

—Pídele un deseo a la luna —propuso Dai Ling.

—Ya lo hice.

Dai Ling estiró la mano y tocó el cabello oscuro de Talya. Imaginó su peso, dejarlo caer. "Dios mío, ¿qué me pasa?". Los besos de Ray Lee la habían irritado, haciéndola sentir como una gata que quiere que la acaricien, erizada de fastidio al mismo tiempo. Pero Talya la encendió.

Era un misterio. En el oscuro silencio, sintió que la tapa se cerraba. Oía los susurros de los niños encima de ella. Esperó el primer terrón. Sabía que primero tendría miedo y después vendría la música. Dai Ling empezó a temblar y Talya la tomó en sus brazos, estrechándola por lo que pareció un largo tiempo, hasta que se pusieron a patear el suelo y saltaron, cimentando la delicia que desataban la una en la otra.

—Subamos a Danforth —propuso Talya.

Caminaron despacio a pesar del aire frío de la noche, cada una intensamente consciente del cuerpo de la otra, sin querer romper el contacto. Cuando al fin se sentaron frente a frente en una mesa pequeña junto a la ventana en Second Cup, Dai Ling le puso demasiada azúcar a su chocolate caliente, consciente solo de que su pie tocaba el de Talya. Al rodear la taza con las manos, el dedo de Talya rozó el pulgar derecho de Dai Ling. Sus ojos se encontraron.

—El callo es por el arco, por sostenerlo seis horas al día.

Talya le tomó la mano izquierda y la abrió sobre la palma de la suya. Con suavidad le trazó las líneas.

—Tu línea de la vida y tu línea del corazón son muy fuertes.

—Debe ser por todas esas obleas de bayas de espino que me robé —rio Dai Ling, tratando de ignorar el fuego que se le disparaba por el cuerpo.

Talya le tocó las puntas de los dedos, una por una, haciendo pequeños círculos con el dedo medio. Los dedos de Dai Ling tenían callos que parecían mapas de la tierra.

—Es la presión de las cuerdas del violoncelo —dijo Dai Ling, apenas respirando.

Cuando el dedo de Talya bajó en espiral hasta la palma de la mano, estremeciendo y encendiendo el brazo y todo su cuerpo, Dai Ling retiró la mano y tomó un gran trago de chocolate.

—Cuando comencé a tocar me dolían mucho los dedos. Los callos me protegen.

—Tus dedos son maravillosos. Ellos recuerdan las notas de la música de violoncelo escrita por todos los grandes compositores. Cada punta está densamente codificada con información. Imagina la piel elevándose en respuesta a la música como una especie de Braille genético, encontrando las cuerdas, permitiéndoles ser leídas. Casi puedo oír la música al tocar tus dedos.

—Nunca lo pensé de esa manera —se percató Dai Ling—. A veces sueño la música más exquisita. Bueno, no es exactamente música; es más como una armonía queda, pero puedo sentirla en mi cuerpo. Es como todos los sonidos del mundo: el canto de las aves, el viento, los océanos y ríos, todo junto en una armonía loca. En mi sueño pienso que debo recordarla y tocarla cuando esté despierta, pero al despertar todo es distinto. Entonces me siento muy desilusionada y por un rato pienso que todo lo que tocamos es solo un eco superficial de esa... música celestial.

—Eso es lo que pasa —aseguró Talya, cayendo en cuenta—, cuando conoces a alguien que te hace ver las cosas de otra forma. Hace que se ilumine una parte de ti que ha estado en la oscuridad. Cuando yo estaba en Padua...

—¿Con tu amante italiano?

—No —Talya rio—. Estaba sola en el Caffé Pedrocchi...

—¿Esperándolo?

—No, no exactamente; pero esperando algo. Pedrocchi es una trampa para turistas, pero me gustaba. Era algo que tenía que ver con... la ubicación. Pude ver el panorama general. Yo era como un punto en el mapa de Europa, moviéndome de un lugar a otro, y había una bandera roja en Padua, justo junto a ese café. Crucé la calle, en diagonal, hacia la derecha...

—¿Qué había allí?

—El Palazzo Del Bo. La Facultad de Medicina de la Universidad donde enseñaba Vesalio. En ese momento no sabía nada de él. Acababa de salir de la escuela secundaria y no sabía lo que iba a hacer con mi vida. Me sentía paralizada por todas las opciones. Entonces entré a ese edificio grande y gris con el patio de pilares de piedra. No fue algo consciente, no fue como una idea que resulta de un proceso del pensamiento, pero cuando salí de ahí supe que me dedicaría a la Medicina; no como algo nuevo, sino como algo que ya sabía y redescubrí de pronto. Me olvidé de Vesalio, pero cuando encontré aquel libro de ilustraciones y vi el dibujo del teatro de operaciones, lo recordé.

—Yo también he estado recordando cosas —Dai Ling deseó que Talya le tocara la mano de nuevo—. Tengo recuerdos que estallan y chisporrotean dentro de mí, generalmente cuando toco. El otro día vi a mi abuela y oí una música extraña; debe haber sido de China. Sonaba como un laúd. Cuando nos fuimos, Ma quería que viniera con nosotros, pero ella se quedó en China esperando por mi abuelo. No la vi más desde que tenía dos años. Ahora es demasiado tarde.

—¿Murió?

Dai Ling asintió.

—¿La recuerdas?

—Recuerdo lo grande que era, como el mundo entero. Me sentaba en su rodilla y yo alzaba la vista, y su rostro era como la luna dentro de una nube roja. Pero las nubes no se movían. Siempre estaban alrededor de ella. Recuerdo sentirme tan feliz en sus brazos. Tenía brazos suaves y llenos, y cuando se reía, todo su cuerpo se sacudía y su risa era rica y ronca.

—¿Qué hay de los padres de tu papá?

—Lo separaron de ellos cuando era pequeño. En la China maoísta muchas familias resultaban separadas cuando enviaban a los padres a trabajar en el campo. Mi papá fue a vivir con su tía en Pekín.

—¿Eres hija única?

—Ajá.

—Yo también.

—Es una gran responsabilidad; ellos esperan tanto de nosotras.

—Mira, está nevando otra vez —señaló Talya.

Dai Ling miró hacia afuera, fijándose en la nieve que caía con suavidad. Se sintió como si estuviese dentro de una cúpula de cristal que tiene agua, donde todo está en silencio, y que de pronto una gran mano le agitó el mundo y los copos de nieve ahora se asentaban en la novedad de su vida.

—¿Cuándo es tu audición?

—En dos semanas, justo después de Año Nuevo —Dai Ling respiró hondo—. Lo que más quiero es entrar en la orquesta juvenil.

—¿Más que nada?

—Lo quiero todo, Talya, pero lo que más quiero...

—¿Qué es?

—De verdad oír la música.

—Pero tú eres quien toca la música.

—Algo que no haya oído antes.

∗∗∗

Julio de 1545: Bruselas

Ana van Hamme estaba en trabajo de parto a altas horas de la noche, dándole vida a la penumbra de las velas con su ruidosa queja al tiempo que la partera la atendía, masajeando la cúpula de su vientre, limpiándole la frente. "Aguanta, querida" le instaba, mientras su propio rostro brillaba con el sudor del esfuerzo. Era un parto largo y sus brazos estaban veteados de sangre y excremento. Ana parecía sorda a las súplicas, ajena a todo menos al desgarramiento que sucedía dentro de su cuerpo, y volvió a gritar.

Vesalio estaba sentado encorvado en una esquina. A pesar de sus años de investigación médica, se sintió inseguro de cuál era su lugar en esa habitación. "El parto es terreno de mujeres. Pero esto podría ser la respuesta a todas mis preguntas", pensó, "aquí, esta noche, con el nacimiento de mi hijo". Ana soltó un grito agrio y él se levantó de un salto, acercándose a la cama a tiempo para ver cómo la sangre chisporroteaba sobre la sábana desde su perineo roto. Como siempre, se preguntó de dónde salía la fuerza tras todo ello; la fuerza que expelió el río rojo fuera del cuerpo en chorros pulsantes. Al grito siguió un largo gemido cuando apareció la cabeza del bebé en la abertura de la vagina. La partera puso la mano bajo el rostro arrugado y tiró suavemente. Vesalio se agachó y miró hacia arriba por entre la curva del codo, con los ojos aguzados. De repente, un chorro de agua aceitosa le salpicó la cara, deslizándose por sus ojos mientras pestañeaba. Vio un atado rojo de miembros deslizarse fuera del cuerpo de su esposa, aún envainados en la membrana del saco. "Está muerto", pensó, y en el mismo instante la partera jaló a la criatura, sosteniéndola por los tobillos, y abofeteó sus nalgas arrugadas. Entonces vino el grito del bebé y el grito de respuesta de su esposa, que levantaba los brazos.

—¡Una niña! ¡Una niñita vigorosa! —voceó la partera y colocó a la bebé sobre el pecho de Ana, donde la pequeña palpó con la nariz buscando su pezón.

"Si estaba muerta cuando la partera la sacó y el Alma entró o despertó dentro cuando la partera abofeteó su carne, entonces...". No podía pensar. Sintió un revuelo que apartaba su mente del asombro. Sacudió la cabeza y continuó... "entonces el Alma es parte del cuerpo, pero es animada, no como los otros órganos; tiene la capacidad de estar afuera y entrar, o de irse cuando el cuerpo está muerto, como las Almas de mis cadáveres cuando las siento flotando, inseguras de adónde ir. O tal vez el Alma yace dormida en los no nacidos, haciéndose la muerta, esperando por la bofetada como señal de habitar la carne, o...". De pronto lo invadió la furia y la frustración, que lo hizo golpear la frente abultada en el poste de la cama.

—¡Oh, esposo! —exclamó Ana, mirándolo con adoración, viendo a su Andrés en el éxtasis de la paternidad—. ¡Mira a nuestra pequeña hija!

Vesalio, con la frente palpitante, se rindió a la insistencia que lo llamaba desde dentro al ver maravillado a su esposa e hija.

—Mi amada —dijo—. ¡Oh, mi amada!

Celebraron el nacimiento de Anita con el resto del vino de invierno durante una extraña tormenta en la canícula de julio. La lluvia caía en cascada sobre la tierra seca. La bebé estaba acostada, arrullada en su cuna, mientras Vesalio y su esposa recordaban el duro invierno del confinamiento de Ana, que pasó acurrucada junto al fuego chisporroteante de la madera helada, temblando en la cocina al instruir al nuevo cocinero y atender a Griet, la doncella cuyos pies llenos de sabañones se habían tornado azules, al tiempo que el vino se congelaba en los barriles y lo astillaban del jarrón con un hacha.

—Has obrado un milagro, mi amor —la aclamó Vesalio, encendido de orgullo paterno—. Bebe, mi amada, mi esposa, a la que nunca podré elogiar suficientemente — le llevó la copa tibia a los labios—, para que repongas la sangre.

El vino tinto se derramó en finos hilos por la barbilla de Ana, que disfrutaba la efusividad de su marido a la vez que oía a la bebé gorgoteando tranquila. Anita parecía estar justo donde quería, sin nostalgia por los Cielos; una niña rara, muy satisfecha con su condición. Vesalio le trajo a su esposa conservas vigorizantes, jarras de agua de cebada mezclada con jarabe de limón, ya que tenía una sed voraz. Hizo agua de buglosa, extraída de las raíces rojas de la lengua de gato, y se la dio para que recuperara la sangre. Jugaba con la bebé, ya de una semana, y miraba el minúsculo misterio que encerraba. Se puso cariñoso con Ana, pero ella rio con una risa profunda y gutural, sostuvo a la bebé junto a su pecho y lo apartó.

—No con mis partes rasgadas, Andrés. Debes esperar a que sanen. Ve ahora, ve —lo ahuyentó, y se acurrucó entre el edredón con su nueva bebé.

✳✳✳

Nicolás Kulikovsky estaba sentado junto al lecho de su esposa, con el rostro agotado por los desvelos. Temía quedarse dormido y que ella se le escapara. Katya estaba tranquila, con las manos semicerradas al borde de la sábana blanca, agarrándola holgadamente. Se acercó a ella oyendo su respiración, que traqueteaba de repente por el cuerpo agotado, agrio y acre. El pecho se alzó, luego bajó, y Nick suspiró, aliviado. Se inclinó y la besó en la mejilla, cubierta de una humedad salada que se le pegó a los labios. Se imaginó lamiéndola toda, como un animal que cuida a su pareja, absorbiendo y deteniendo su enfermedad. Tomó la mano de ella entre las suyas, besó la punta de cada uno de los dedos y frotó la cerda de su mentón en la palma. Su vida encantada se había reducido a esto, una vigilia de cabecera en una habitación blanca en un país extranjero. Siempre estuvieron juntos, desde aquel primer momento en que él atravesó la sala y le susurró al oído. Se arriesgó y por un instante su corazón se detuvo cuando ella lo miró a los ojos, echó la cabeza hacia atrás y se rio, haciendo temblar la blanca garganta. "Nunca nadie me dijo algo así", exclamó, y él supo que lo había logrado. Una sonrisa le estiró la boca con dolor mientras recordaba, ¿pero de qué servía una sonrisa, si ella no la veía? ¿De qué servía nada? Surgió en él la determinación de mantenerla viva, de creer en un futuro. No podía concebir otra cosa. Acarició el rostro dormido de Katya y tomó el teléfono.

Ella contestó al primer timbre.

—¿Dai Ling?

—Talya, ¿eres tú?

—Oh, Papá, lo siento, pensé...

—Oh, Natáshenka, ¿vas a venir?

—No puedo. Estoy en una rotación de seis semanas en el Hospital General.

—¿No tienes unos días libres en Navidad?

—No, Papá. No puedo ir, de verdad. Hay una tormenta de nieve enorme y todos los aviones están en tierra.

—También aquí estamos en lo más profundo del invierno. Faltan solo unos pocos días hasta la Navidad. Oscurece tan temprano...

—Dijiste que había malas noticias. ¿Puedes traerla a casa? Hay un doctor que conocí, que pudiera ayudarla.

Nick miró el rostro pálido de Katya. Él sentía que ella escuchaba; sus ojos se movían bajo los párpados delgados, veteados de azul.

—Papá, ¿puedo hablar con ella?

—Está dormida.

—¿Puedo llamar más tarde?

—No, no, la vas a molestar.

—¿Qué dicen los médicos?

Nick se alejó de la cama y susurró en el auricular.

—No tienen esperanzas, Natáshenka. Pero si podemos mantenerla viva hasta la primavera, yo sé que se pondrá mejor. La llevaré a casa y se sentará en el jardín cuando esté cálido. Tú sabes cómo adora su jardín.

—La rosa blanca del patio floreció hasta que llegó la nieve.

—Se lo diré; eso le gustará. Cuídate, querida. Le daré tus cariños cuando despierte.

Nick colgó el teléfono, luego estiró la mano hasta un florero con rosas rojas que estaba sobre la mesa junto a la cama, y con la punta del dedo acarició la suavidad de un pétalo caído. Pasó el pulgar y el índice por el tallo largo y pálido, moviéndolos cuidadosamente alrededor de las espinas, que parecían palpitar con toda la vida y belleza de la flor, protegiéndola. Presionó el pulgar sobre una espina grande, lo mantuvo allí y vio su sangre brotar alrededor, goteando por el tallo lleno de savia.

—Tu vida está allá, Katya. Nunca debí haberte traído aquí. Perdóname, mi vida. No me dejes, Katya, Katya, Katyushenka, no me dejes...

***

Cuando Talya se fue del hospital esa noche, se sentía tan agotada que casi llamó un taxi, pero recordó que había quedado de encontrarse con Elliott. Miró el reloj y caminó rumbo al este por la calle Carlton, pasó Maple Leaf Gardens y atravesó la calle Jarvis, andando con dificultad por la gran cantidad de nieve. La nevada, que empezó tan suave cuando estuvo con Dai Ling en Danforth continuó por tres días, silenciando la ciudad y cubriéndola con un grueso manto blanco. Atravesó Allan Gardens rumbo al solario botánico; un invernadero victoriano rodeado de árboles con ramas colgantes, dobladas por el peso de la nieve. Se sacudió los pies al tiempo que veía a un par de borrachos desmayados en un banco del parque, uno de ellos aún aferrado a su botella. Era Nochebuena y todo lo que Talya quería era dormir un poco. Tenía guardia de nuevo al día siguiente.

Al entrar en la estructura abovedada de cristal, un vivo olor a setas se alzó desde la tierra llena de bagazos y su cuerpo comenzó a relajarse, adormecida por el calor húmedo. A través del solario serpenteaban caminos llenos de mantillo flanqueados por bananos. Había bancos a intervalos regulares, y al Talya sentarse debajo de una nube de jazmines florecidos a esperar por Elliott, una mariposa cola de golondrina se posó en su mano y la acarició con el ala amarilla peluda, mientras ella la miraba y se le formaba una sonrisa en los labios, casi lánguida en lo profundo del invierno. Cerró los ojos y vio el rostro de su madre, siempre aquella cara, esperando que se rindiera al sueño, donde luego se le aparecía. "Es tu cuerpo, tú tienes que saber. ¡Mándame una señal, di algo!". Sus párpados revoloteaban, burlados por la luz que se reflejaba en la nieve.

Recordó cuando caminó con su madre por la calle Bloor, un día claro de otoño, buscando ropa para su viaje a Europa. "¿Por qué no me da el dinero y ya?", pensó. "Pero no, ella insiste en que vayamos de compras para hacer realidad su fantasía de aquellas cosas que las madres e hijas hacen juntas". El viento le soplaba en la cara. Se sentía hosca, irritada; algo le inhibía el espíritu. Y cuando Katya tomó su brazo y la llevó a Holt Renfrew, ella quiso soltarse y correr. Era cierto que Katya tenía un gusto exquisito. Fue ella quien encontró la blusa magenta de seda, la que se había vuelto importante para Talya, la que usó en Padua. Recordó las luces calientes en el probador, la mezcla empalagosa de perfume y sudor. "¿Cómo te va, querida? Sal para verte". Descorría la cortina; ahí estaba la efusiva ayudante de la tienda, los ojos brillantes de Katya. Se sintió como si tuviese doce años, aguantando la respiración, esperando que se acabara, esperando crecer. Nunca pudo ceder ante su madre, a pesar de sus mejores intenciones. Siempre en el último minuto frenaba, amordazada, como Corky frente a una cerca demasiado alta, quedando parada allí, mordiendo el freno, llena de remordimientos.

Allí estaba Elliott, saludándola con la mano a través del vidrio empañado. Irrumpió por la puerta con esa energía que parecía no abandonarlo nunca.

—¿Es este el Hawaiian Lounge? ¿Me permite acompañarla? Oh gracias, Yo quiero un *Missionary's Downfall* con triple ron —dijo, danzando hacia ella, girando un bastón imaginario—. Y para la dama, un Zombi —indicó, dirigiéndose a un mesero invisible.

Cuando se inclinó para besarle la mejilla, Talya sonrió sin ganas.

—Vamos, querida, vámonos de aquí. Te ves agotada.

—Debiste haberme visto cuando salí del turno. Ya me recuperé más o menos en cincuenta por ciento.

—Bien, gracias a la Diosa que no llegué temprano. Solo Ella sabe qué clase de ruina hubiese encontrado. Vamos, Tal, necesitamos un bebedero. Después de todo, ¡es la temporada para ser feliz! —Elliott la abrazó con fuerza al salir del solario, andando por Allen Gardens hacia la calle Carlton—. ¿Qué te parece un vinito?

—Necesito un *whisky*.

Caminaron hacia el oeste por Carlton hasta donde se convierte en College y entraron al Bunch of Grapes, un pub que Elliott frecuentaba. Dirigió a Talya hacia una mesa de esquina con bancos de terciopelo rojo y ordenó. A pesar de sus orientaciones sexuales mutuamente excluyentes, él siempre se hacía el caballero con ella, como si estuviesen en una cita retro de los sesenta. Así satisfacía sus inclinaciones teatrales.

—Dios, no creo que pueda resistir otro día en Emergencias.

—Te toca mañana, ¿eh?

—Y pasado mañana.

Elliott se volvió hacia ella con las cejas levantadas.

—¿Por qué no te tomas libre la Navidad como todos los demás?

—Porque estoy tomando una electiva, como hiciste *tú* el año pasado —afirmó Talya con toda intención—. Nos mantiene ocupados, ¿cierto?

—No este año. Tengo planes —dijo, presumiendo.

—¿Vas a casa a pasar la Navidad?

—¿Estás bromeando? ¿Pavo relleno de puré de culpa, ahogado en salsa pegajosa y amorosa? No gracias, cariño. Me voy un par de días, para descansar y relajarme.

—¿Con quién?

—Lawrence, con 'w', querida.

—¿Es lindo?

—Un dios griego, ¡con una erección inmortal!

—Estoy celosa.

Elliott levantó las manos sorprendido, bromeando.

—¿No te volviste hetero, querida?

Talya rio y se inclinó sobre la mesa.

—Nunca podría tomarme en serio a un hombre —confesó, y besó a Elliott en la boca.

—Ni yo. Ese es mi problema. ¿Qué tal si bebemos en serio?

A veces, cuando estaba bebido, Elliott le contaba a Talya de sus juegos sexuales sadomasoquistas.

—Es como la lucha libre, querida; parece peligroso, pero es tan teatral, y tenemos reglas.

Talya nunca sacaba el tema; le dejaba eso a él.

—Salud, Elliott. Feliz Navidad.

—Oxímoron —chocaron las copas y bebieron.

El sacó su cigarrera esmaltada con escenas del *Kama sutra* y la abrió, ofreciéndole.

—Sabes que no fumo.

—Oh, pero a mí me encanta ofrecer —explicó, tomando un cigarrillo y encendiéndolo con un floreo—. Y quién sabe, un día pudieras cambiar de parecer y hacer que me de una embolia. ¿No te gusta esa palabra? Emmm-booo-liii-aaa.

—No sé cómo puedes fumar, Elliott, después de todos los pulmones que hemos visto.

—Pero yo soy inmortal, ¿no lo sabes?

—Eres imposible —rio Talya.

—Eso es lo que todos me dicen. Pero en serio, Tal, tengo que vivir en el momento. De qué vale ser un buen chico y negarme unos pocos placeres cuando en realidad no sabemos qué va a pasar. Quizás no haya un futuro. Seamos sinceros, el planeta es un desastre. Yo compro cigarrillos con el dinero que ahorro de mi seguro de vida. ¿Cómo está ella? —preguntó sin detenerse.

—No hay noticias.

—Significa que son buenas, ¿cierto?

—Cierto —Talya se terminó el *whisky* de un golpe.

—¿Otro?

—A ti no se te escapa nada, ¿eh?

Elliott le hizo una seña al mesero.

—No, Ellie, debo ir a casa —dijo Talya abruptamente, buscando a tientas su abrigo.

—¿Estás esperando la llamada de tu papá? —quiso saber, ceñudo.

—La diferencia de horario es imposible. No podré volver a hablar con él hasta mi día libre.

—¿Así que sí hablaste? —tenía la mano sobre el brazo de Talya, refrenándola.

Ella asintió.

—¿Y? Vamos, cuéntame, ¿qué pasa? El otro día estabas como una zombi en las rondas. Estoy preocupado por ti, Tal.

—Oh, Elliott —exclamó, intentando zafarse—. Esto parece un episodio de una telenovela de hospitales...

—No huyas —insistió, agarrándole el brazo con más fuerza.

—Papá quiere que vaya a Ginebra.

—¿Y vas a ir?

—¡Sabes que no puedo! ¡No me mires así, te odio! Mira el tiempo, está horrible, el aeropuerto está cerrado.

—¿Hablaste con ella?

—¿Qué sentido tiene? Estaría incoherente. Las medicinas... De todos modos, él no me deja.

—¿Supiste del paciente que no comía y no dormía?

—No. ¿Qué tenía?

—Pues hambre y sueño.

—Oh, Ellie, dile a tu Lawrence con 'w' que te enseñe trucos nuevos.

—Los trucos los tengo. Estoy corto de chistes, dada nuestra larga relación. ¿Qué tal la nueva novia? ¿Tenemos un rayito de sol allí?

—Va a celebrar la Navidad con sus padres y sus vecinos. No sé por qué. Todos ellos son chinos.

—Tú sabes cómo son los inmigrantes, tienen que encajar; más canadienses que el castor. Pero no me dices cómo les va.

—Va... bien. Ahora mismo es la única alegría en mi vida... aparte de ti.

—Huy, gracias.

—Aunque tus chistes son malísimos.

—Sabes que siempre estoy aquí para ti, Tal. Si hay algo... *cualquier* cosa... solo tienes que llamarme. Tienes mi número de buscapersonas, ¿cierto?

—Por supuesto —ella rio.

—Tengo guardia en Noche Vieja y Año Nuevo, ¿te imaginas? ¡La Ciudad de la Cruda!

—La gente no llega a la Emergencia con crudas, Elliott.

—Pero yo podría. Sin mencionar toda la violencia relacionada con el alcohol. Narices rotas, ojos con moretones, mujeres que gritan cuando las arrastran desde sus cocinas...

—El hogar es donde está el corazón.

—Magulladuras múltiples y fémures rotos, conductores sacados inconscientes de entre los restos destrozados de sus vehículos. Oh, los días de fiesta son tan divertidos.

—Qué cínico eres —ella le dio un choque de palmas alto y él le agarró la mano y se la besó.

—Dai Ling es una chica con suerte. Pero espera a que le cuente a sus padres, ¡volarán los palillos chinos!

—Yo ya los conocí. Son gente encantadora. Estoy segura de que funcionará.

—Los derechos de los gays no son parte de la cultura china, querida. ¿Te imaginas el Orgullo Gay en la Plaza de Tiananmén? La vida gay era completamente clandestina en China hasta hace unos pocos años.

—Eh, Elliott, cae en cuenta. Esto es Canadá. ¿Y desde cuándo eres tan político?

—Bueno, tal vez soy un activista en secreto. La gente cambia, ¿sabes? Más aún cuando se pasa por lo que yo he pasado.

—¿Qué quieres decir?

—Oh, cariño, no tendrías tiempo para yo contarte —declaró, poniendo los ojos en blanco con aire dramático.

—Elliott, yo siempre tengo tiempo para ti —Talya lo miró fijamente—. Cuéntame qué es eso por lo que pasaste.

Él abrió la boca y respiró hondo, entonces tomó un trago de su bebida y continuó:

—He estado con *todos* los chicos del bar Woody's y del Lub Lounge. En verdad tengo que encontrar un nuevo bar al cual ir. Este pueblo es demasiado pequeño para mí, Tal. ¿Alguna vez te conté acerca de...?

—Mira, de verdad me tengo que ir, Elliott. Estoy agotada. Y Ruby está sola en la casa. Estará muerta de hambre.

—Oh Dios, pobrecita la perrita; veo una noticia triste en primera plana: "Joven estudiante de Medicina devorada por chihuahua hambrienta en Nochebuena!".

—¡Ella no es una chihuahua, idiota! —Talya se rio de corazón, al fin relajada por el *whisky* y la atmósfera festiva del pub.

—No, no, los tragos van por mi cuenta —insistió Elliott, empujando de vuelta el billete de diez dólares que ella había puesto sobre la mesa—. Esta noche me siento cariñoso. ¿Dije caro? Oh, espero que el ministro de salud de Ontario esté oyendo. Tómalo con calma, cariño; solo dos días más y podrás descansar.

***

Las cuerdas rasgadas de un instrumento perfectamente afinado vibraban por el sótano desierto del edificio Johnson; era Dai Ling que practicaba para su audición. Las notas del *Concierto para violoncelo* de Elgar hacían eco en el silencio y entraban en las órbitas que mantenían girando a los planetas. El tono profundo de la cuerda Do abierta vibró a través del mundo silente del inmortal Beethoven, cuya genialidad rodeaba el universo, colocando en posición las esferas que giraban en el cosmos, cada una un aro de quintas cruzado por una escala de siete; la octava, subiendo eternamente, repitiéndose a sí misma, bordeada de sus propios doce tonos.

Mientras Dai Ling tocaba, se imaginó rompiendo círculos disectados por escalas que trepaban a los Cielos, donde un cinturón de doce signos zodiacales mapeaba la ruta de siete esferas clásicas: la Luna, Mercurio, Venus, el Sol, Marte, Júpiter, Saturno... cada esfera girando a su ritmo, planetas que crean la armonía y disonancia de los Cielos, resonando en cada criatura, una parte microcósmica del todo, como el ADN, perfecto, ordenado; un rompecabezas inmenso que mantenía la unidad del mundo perceptible que luchaba por liberarse de una red invulnerable.

Cuando salió del edificio, había caído la oscuridad y los faroles arrojaban su peculiar resplandor sobre el mundo blanqueado. Pero la música estaba por todas partes, era un rubor de color en el cielo, los árboles, sobre los edificios altos, el recuerdo de ella en su cuerpo, un músculo que le movía los dedos con insistencia; la música no se detenía.

Dai Ling caminaba esquivando multitudes de compradores de Navidad, medio esperando encontrarse con Talya. Incluso en los raros momentos cuando no pensaba en ella de manera consciente, Talya estaba allí, flotando, entrando en su música sin invitación. Hablaban por teléfono y sus voces tejían un capullo que las sujetaba tortuosamente.

"No puedo encontrarme contigo. Estoy esperando la llamada de mi papá".

"No puedo ir. Tengo que practicar".

"No puedo, tengo el turno de la tarde en el hospital".

Cuando sí se encontraban, la piel de Dai Ling se estremecía de presentimiento. ¿Eran los nervios por su audición o la expectación de algo más? Comenzaba a sentirse incómoda en su propia casa, como si estuviese llevando una doble vida. Y sin embargo, nada había pasado; solo un beso. "De seguro no significó nada para Talya. ¿Es eso lo que hacen las chicas, besarse así como así?". La idea de besar así a Celia Quan o Dee-Dee Chong la hizo reír. Christie la había prevenido sobre Talya; dijo que era una coqueta, pero Dai Ling no terminaba de confiar en Christie. Deseó hablar de nuevo con Ray, pero últimamente nunca parecía estar en casa. Se cansó de la incertidumbre, y en la mente tocó el *Concierto para violoncelo* de Elgar mientras el metro chillaba hacia el este.

Toronto, sumido en el invierno, durmió desde una Navidad silenciosa hasta el Año Nuevo. En los cementerios de toda la ciudad, las bocas de los ángeles se congelaron en círculos mudos, las alas se tornaron tiesas por el hielo, los ojos se pusieron vidriosos y los oídos sordos a todo, menos al recuerdo de la vibración.

El jardín de Katya quedó borrado por la nieve. Los arbustos jorobados se alzaban alrededor de la casa, volviéndose azules en las sombras de la tarde. Cada rama de cada árbol estaba cargada de nieve que se endurecía, quedando revestida de hielo al caer la noche.

Talya pensó que se escaparía de la Navidad trabajando durante las fiestas, pero cuando regresó del hospital, todo su peso cayó sobre ella. Ni siquiera la bienvenida desproporcionada de Ruby, con su carrera loca mordiendo y ladrándole a la nieve, pudo levantarle el espíritu a Talya. Encendió un pequeño fuego en la sala y se sentó al frente, presa de los recuerdos de todas las Navidades solitarias. "Es algo que hay dentro de mí", pensó. "Algo anda mal".

Se había comprado un regalo; un CD clásico: *Especial de Violoncelo*, que incluía una pieza del *Concierto para violoncelo* de Elgar interpretada por Jaqueline du Pré. Mientras lo oía, cerró los ojos y vio a Dai Ling tocando; ¿cómo no hacerlo? La música expresaba perfectamente su sentimiento de desolación apasionada. Talya confiaba en su propio poder de permanencia a pesar de lo profundo de su descontento, porque era un descontento dinámico el que tenía, y era presa de él, como una mosca en la red de la curiosidad, que lucha hasta el fin. Leyó en las notas del CD que Elgar compuso el *Concierto para violoncelo* en 1919 en la agonía de la desesperación que siguió a la Primera Guerra Mundial. Lo hospitalizaron a causa de una amigdalotomía y cuando despertó de la anestesia después de la operación, escribió la melodía que luego se convertiría en el primer tema del concierto. Talya se preguntó de dónde venía la música y por qué la escuchó durante la autopsia. ¿Tendría que ver con el hecho de abrir el cuerpo, la reacción del corazón a esa afrenta?

***

1547: Bruselas

La vida juntos no resultó ser como Ana la imaginó. Aparte de una pasión a veces exagerada por su trabajo, Andrés era todo suyo; pero algo había cambiado desde la llegada de la bebé. Era como si se estuviesen separando, aunque en realidad Andrés estaba a su lado con frecuencia, con las manos sobre ella. La abrazaba en las noches de sueño y la honró con su cuerpo, como debía hacerlo un esposo. Y sin embargo, Ana sentía una pérdida; sí, eso era: sentía que había perdido a Andrés. No que él hubiese cambiado, pero quizás *ella* sí, con el nacimiento de su hija. Ella se culpó a sí misma, pero no entendía de qué era culpable. "¿Acaso las mujeres no cambian con el nacimiento de un hijo? ¿Acaso todos los hombres permanecen iguales?". A veces ella sentía que su vida juntos existía solamente en la oscuridad de sus cuerpos, como topos que recorren túneles y hozan en la noche. Le resultaba difícil reconciliar la noche con el día, su esposo desconcertado con aquel hombre que entraba en ella y la completaba y luego escapaba, como un fugitivo, a pesar de que su cuerpo se quedaba allí.

Una noche en el salón, ella levantó la vista de su bordado y lo sorprendió clavándole la mirada con expresión de desconcierto.

—¿Qué sucede, Andrés?

—Nada, mi amor.

Ella se levantó y cruzó el salón. Toda su falda ondeó. Se sentó junto a él en el escaño tapizado y levantó la mano hasta su frente arrugada. Él le agarró la muñeca y la sostuvo.

—Ahora te tengo. Mía.

Ella rio y se acurrucó en él como un ave que sopla sus plumas para pasar la noche, deleitándose en su cercanía, en aquel olor a hombre mezclado con las hierbas punzantes y los alcoholes que usaba en sus remedios.

—He estado demasiado atareada con mi bebé.

—Ya no es un bebé. Anita ya camina. Y está destetada —las manos de Vesalio se ajustaron a los pechos de ella, levantando su peso, amasándolos—. No me perderé la dulce leche en nuestras sábanas cuando te derramas en el cima del placer, esposa mía.

Ana se ruborizó, pero su risa ronca la delató.

—Quizás concibas otra vez ahora que se te secó la leche.

—¿Quieres otro hijo, Andrés?

—Por supuesto. Quiero un varón.

—¿Acaso nuestra hija no es suficiente? —Ana temía que otro hijo pudiese aumentar la distancia.

—Un hombre debe tener un hijo que continúe su trabajo. Yo sigo los pasos de mi padre y él siguió los del suyo.

—Pero tus pasos son más grandes.

La sangre había retrocedido, dejándola pálida al tiempo que Andrés continuaba, aparentemente ajeno a ella.

—Sí, y los de nuestro hijo serán aún mayores. Vivimos en una era de expansión. *Plus ultra*, aún más. No existen límites, Ana, a lo que un hombre puede hacer.

Su chispa había vuelto, pero ella se sentía extraña y vacía. "Debo esforzarme más", pensó. "Mientras Andrés se enciende, yo me apago; pero en nuestro lecho ardemos juntos". Su espíritu se rebelaba contra la separación.

***

Xian Ming estaba inclinada sobre la mesa de la cocina cortando verduras cuando Dai Ling llegó a casa. Se limpió las manos en el delantal, nerviosa, tomó un sobre blanco alargado y se lo dio a Dai Ling.

—¿Ya llegó?

Xian Ming asintió, con los ojos fijos en el rostro de Dai Ling. Se había contenido todo el día de mirar la carta.

—Oh no, he estado temiendo esto. ¿Estás segura que viene de ellos? Solo ha pasado una semana desde la audición.

—Vamos, sé valiente, Dai Ling. Yo sé que serán buenas noticias.

Se cernieron encima del sobre como si fuese una bomba. Dai Ling lo rompió y sacó la carta. La abrió, conteniendo la respiración; entonces inspiró de repente y se le llenaron los ojos de lágrimas.

—¡Me aceptaron! ¡Oh, Ma, me aceptaron! —echó los brazos al cuello de su alta madre y bailaron por la cocina.

—¡Lo sabía! —gritó Xian Ming—. ¡Mi hija lista es miembro de la Orquesta Nacional Juvenil de Canadá! Tu abuela estaría tan orgullosa. En su propio país.

—No puedo creerlo, Ma. He querido esto por tanto tiempo.

—Es apenas el comienzo de una gran carrera, Dai Ling. Estoy tan orgullosa de ti. Deja que tu padre llegue a casa. Se le arrugará la cara de tanta sonrisa.

—Los jueces se veían tan severos cuando terminé de tocar, sobre todo en la pieza de Boccherini. Pensé que no les había gustado mi interpretación.

—Supongo que estaban impresionados. ¿Recuerdas cómo empezamos con el método Suzuki cuando tenías cuatro años? Cada semana íbamos a tu lección y la maestra me enseñó cómo ayudarte en casa, aprendiendo repetición, ritmo y expresión. ¡Y todo nos trajo a esto!

Dai Ling la abrazó con fuerza.

—Gracias, Ma, por darme la música y ayudarme a tocarla.

—Solo hasta que tuviste siete años, luego me dejaste atrás. Ya no pude ayudarte más.

—Ma —dijo Dai Ling, sentada a la mesa de la cocina, al tiempo que se servía una taza de té—. Yo sé que la razón por la que no fuiste a visitar a Abuela fue porque tenías que pagar por mis lecciones.

—¡No, no! —Xian Ming se inclinó sobre la mesa, apoyándose en las manos—. Tu Babá todavía se preparaba para ser médico y estábamos apretados de dinero. Una vez que se estableció, tuvimos que ahorrar para adquirir esta casa. Tantas veces le pedí a tu abuela que viniera a Canadá, pero ella me escribía diciendo "Estoy esperando por tu padre. No puedo dejar mi país". Siempre tuve la intención de regresar a verla.

—No importa, Ma. Tal vez algún día regresemos a China juntos; tú y yo y Babá.

—Ven, puedes tomar el té después. Tengo algo para ti.

Xian Ming tomó a Dai Ling de la mano y la llevó por el pasillo hacia la sala del frente, donde la orquídea florecía en la ventana junto a la gardenia y la planta de jade. Tomó una caja pequeña que estaba sobre la mesa y se la dio. Dai Ling abrió la caja y miró el brazalete de jade que había dentro.

—¡Oh Ma! —se le cortó el aire—. Era de Abuela.

—Y de tu bisabuela. Ahora es tuyo. Es hora.

—Cuéntame de nuevo la historia.

Mientras hablaba, Xian Ming levantó la delgada pulsera y se la puso a Dai Ling en la muñeca izquierda.

—En China el jade funerario es muy importante. Este brazalete lo usaron muchas generaciones de tus ancestros femeninos y contiene su esencia. Cuando tu bisabuela murió, tenía puesto este jade y la enterraron con él. A los siete años la desenterraron y recuperaron el jade. Nosotros creemos que después de muchas generaciones, si lo pones bajo la luz, puedes ver la sangre de tus ancestros.

Dai Ling sostuvo la muñeca bajo la luz de la lámpara. El jade translúcido parecía brillar con un tono rojo opaco.

—Siempre debe haber alguien que queme incienso para los antepasados, o se perderán y vagarán sin hogar por el inframundo.

—Pero Abuela Geneviève era canadiense.

—Eso no importa. Ella fue a China y mezcló su sangre con la de un chino: mi padre. Él le dio esta pulsera que había pertenecido a su madre y a la madre de ella y a su abuela. Recuerdo que mi Ma usó este brazalete todos esos años, esperando que mi padre regresara a casa. Es el uso lo que le da la esencia. Y la mezcla de la sangre. La sangre es vida, Dai Ling. Cuando dejamos China, ella me dio este brazalete y me dijo que te lo diera a ti algún día. Tal vez sabía que no nos volvería a ver.

—¿Le contaste a Babá que me lo ibas a dar hoy?

—No lo supe sino hasta que llegó ese sobre. Además, estas son cosas de mujeres.

—Pero tu papá se lo dio a Abuela.

—Es cierto. Tuvimos suerte, Dai Ling, de que él fuese tan loco de romper las reglas —rio—. Hice una cena especial; un platillo de Sichuan: cerdo con pasta de ajonjolí y pimienta de Sichuan. Picante, como te gusta.

—Mmm, delicioso. Tengo que llamar a Talya y darle la buena noticia. Y a Christie; me pregunto si ella también entró, y a Sylvie...

—No te quedes hablando por horas. Tu Babá estará en casa pronto y vamos a comer.

Al abrir la puerta de su habitación, la máquina contestadora parpadeaba. Dai Ling sabía que era un mensaje de Talya y un temblor de anticipación se apoderó de ella. Presionó sobre la luz roja y la cinta rebobinó brevemente. "Por favor, ven. Ha pasado algo terrible". Marcó el número de Talya. El teléfono sonó cuatro veces y luego se oyó el mensaje de bienvenida. "Residencia de los Kulikovsky. Tú sabes qué hacer". Oyó el mensaje otra vez... "Algo terrible... por favor, ven".

—Oh no, ¿qué puedo hacer? Tengo tanto miedo.

Cuando Dai Ling llegó, encontró que la puerta del frente no tenía el seguro puesto. Entró, y de inmediato Ruby saltó al pasillo, ladrando y moviendo la cola, brincándole encima.

—¡Talya! Talya, ¿dónde estás? —llamó Dai Ling a la vez que se agachaba, abrazando a Ruby, enterrando el rostro en su tibio pelaje rojo. La casa estaba tranquila y en silencio. Todo estaba oscuro, solo había una mancha de luz en la mesita del teléfono. Subió las escaleras corriendo y buscó en las habitaciones; un presentimiento surgía en ella mientras corría abajo hacia la cocina. Un constante zumbido de electricidad llenaba el aire; la luz encima de la estufa estaba encendida, derramando una media luz sobre el refrigerador blanco brillante. Dai Ling lo abrió y se quedó parada en la luz fría, frente a paquetes de comida casera preparada que descansaban sobre travesaños de metal, verduras y frutas borrosas tras la cubierta de cristal de las bandejas, botellas con líquidos de colores. Una débil onda helada flotaba como niebla, haciendo que temblara y cerrara la puerta de un golpe. De pronto supo. Fue hacia la puerta oscura y se lanzó por el césped, con Ruby pisándole los talones, más allá de las canchas de tenis y el huerto, hacia los establos, tirando la puerta de la casilla de Limerick, respirando rápido, con el corazón galopante. Talya estaba acurrucada en la esquina del establo.

—¿Qué pasó? —la rodeó con los brazos suavemente—. Cuéntame qué pasó.

Talya miró a Dai Ling como si fuese una extraña.

—Es demasiado tarde.

—¿Demasiado tarde para qué?

—Es demasiado tarde para que yo vaya a Ginebra —su voz no tenía emoción alguna—. Mi padre viene en camino con su cuerpo.

—Oh, Talya, lo lamento tanto.

Por un momento pareció como si Talya fuese a llorar. De repente retrocedió.

—¡Está muerta! —gritó—. ¡Está muerta, está muerta! —y rio, con un sonido feo y desesperado, que rebotó en las paredes cerradas del establo.

Dai Ling la agarró por los hombros.

—¡Para, Talya, para! —sin pensarlo, le dio una bofetada.

Luego de un instante de conmoción y silencio, Talya comenzó a temblar. Dai Ling sostuvo su cuerpo estremecido y la levantó.

—Vamos. Te voy a llevar a la casa. No puedes quedarte aquí. Hace demasiado frío.

Ruby se quedó encerrada en el establo. Saltó hacia la puerta y la parte superior se abrió cuando la golpeó con las patas. Saltó una y otra vez, pero era demasiado alta para sortearla. Se acostó en la paja mohosa, con la cabeza sobre las patas, levantó el hocico y olisqueó el aire, buscando la pista de Talya. Ruby llevaba la historia de la tierra en su modesta nariz. Veía a través de ella; confiaba en ella. Podía oler un racimo de emociones a cincuenta pies de distancia y un gato a trescientos; podía sentir el primer temblor de un terremoto menor o un ataque de angustia existencial; podía detectar el aroma de una parrilla de pollo a tres cuadras de distancia. Ahora, los bigotes de su hocico temblaban y su cuerpo se puso tenso, como si fuese a perseguir algo. Se levantó de un salto y se paró sobre las patas traseras, mirando la parte superior de la puerta inferior. Entonces se arrojó a ella con todo el cuerpo, una y otra vez, sacudiendo el perno hasta que, con un poderoso salto, se elevó por el aire, las garras arañaron el borde de la puerta cerrada y al fin pudo pasarla. Con el vientre rozado y astillado voló por el césped hacia la casa. Era ella una franja roja de seda ondulante; un recuerdo de alas revoloteando en sus patas las hacía moverse como tijeras rumbo a la casa de los Kulikovsky. Con el hocico en el suelo, dobló la esquina y olfateó en círculos hasta llegar a la puerta trasera. Estaba cerrada. Olisqueó a lo largo del borde, lloriqueando y gimiendo. Retrocedió impaciente, con el hocico tembloroso en el aire gélido, y ladró breve, fuertemente. Ladró de nuevo, implorando y arrastrándose, con el vientre en el suelo, para al fin reclinarse sobre las ancas y aullar.

En su sueño, Talya estaba sentada en una mancha de sol después de un largo, largo viaje. Estaba en la casa de su madre y Katya se sentaba al otro lado de la habitación. Talya puso los brazos sobre la mesa que tenía delante y acunó la cabeza en ellos. Katya cruzó el recinto y se paró detrás, y Talya levantó la cabeza y retrocedió, recostándose en sus brazos, vencida por un peso que amenazaba con sofocarla. No podía respirar; una profunda resaca la jalaba hacia atrás hasta que no le quedó aliento para exhalar y así quedó: ciega, sorda, incapaz de hablar. Moría en los brazos de su madre. Luego despertó por un aullido y se encontró en los brazos de Dai Ling.

—Es Ruby. Tengo que dejarla entrar.

—Yo voy —Dai Ling ya se había levantado y cubría su desnudez con la bata de Talya.

Talya la observó cruzar la habitación. Sus pequeños pies recorrieron el pasillo con suavidad. El milagro de Dai Ling aún estremecía su cuerpo, a la vez que el terrible hecho de la muerte de Katya comenzaba a filtrarse en su cabeza: inaceptable, increíble, mezclado con los restos del sueño. Una sombra se escapó del cuerpo ahogado y ahora flotaba en su mente, atada a una larga soga en el cielo. Y entonces, oh sí, cayó al suelo. La oyó en el pasillo de afuera, arrastrándose como un cangrejo viejo; era una criatura recién nacida parecida a un anciano, que deseaba su vida apasionada. La figura pasó a través de la puerta cerrada de la habitación, se alzó sobre la cama y quedó flotando allí. Talya se volvió parte de ella, y se vio a sí misma acurrucada en los brazos de Dai Ling. Una luz extraordinaria emanaba de la piel de cada una, formando una capa que las rodeaba como una tercera piel.

Ruby saltó encima de la cama y lamió la cara de Talya, mientras la cola plumosa cepillaba la pierna de Dai Ling. Talya arrugó el grueso pelaje de su cuello y la perra gruñó de placer; luego gañó rendida, rodando sobre la espalda entre las dos mujeres.

—Su pelo está tan frío. ¿Cuánto tiempo dormimos?

—No mucho —contestó Dai Ling—. Son las 9:30. Acabo de llamar a Ma y le dije que me voy a quedar, ¿está bien?

—¿Cómo podría dejarte ir ahora?

—Nunca he hecho esto —dijo Dai Ling con timidez, sin poder creer lo que había sucedido.

—Tienes un talento natural —rio Talya, cuando de pronto, Ruby se lanzó hacia ella con su gran lengua rosada colgándole del hocico, y empezó a lamerle los ojos hinchados—. Vamos, Ruby, bájate —ordenó con un tanto de impaciencia, empujándola de la cama al tiempo que alcanzaba a Dai Ling con el otro brazo.

La boca de Talya encontró la de Dai Ling; sus labios carnosos se hincharon al besarla. Con los ojos medio cerrados vio la cara empañada de Dai Ling, sintió su carne ceder suavemente, como una flor que se abre, y la invadió una confusión de dolor y deseo. Una forma movediza se sumergió en el patrón caleidoscópico que las rodeaba; eran amantes que flotaban en un río lento que se agitaba y las jalaba, sosteniéndolas en el fondo para lanzarlas al aire, jadeando. Talya viajó a través de una cordillera en movimiento que ascendía desde un desierto. Una criatura aullaba y acorralaba su amargo deseo mientras la tierra se hinchaba y se levantaba, dejando ver una cueva con paredes curvas haciendo un círculo, que moldeaba y contenía generaciones. La cueva boqueó. Luego, con un gran suspiro se cerró sobre la criatura, tornándose una con el universo palpitante. Talya se retorció en su sueño cuando la criatura hambrienta se arrastraba, llena de deseo pero sin los medios para cumplirlo; esperando en la ventana abierta, mirando hacia un paisaje sombrío, sabiendo que era el final de una existencia eterna, sabiendo que nunca vendría nadie, y sin embargo, lisiada por la creencia eterna frente a lo imposible.

Ruby levantó el hocico y lamió la mano de Talya, se estiró y rodó sobre el lomo, con las patas delanteras apuntando hacia el cielo y las traseras abiertas, abandonada. Retorció el cuerpo, meciéndose hacia adelante y hacia atrás, con la nariz y la cola juntos, hasta formar un círculo rojo que cubría las páginas del gran libro, abierto en la Lámina 64; un dibujo del corazón con la cubierta pelada hacia atrás y los pulmones floreciendo a su alrededor como pétalos, el volumen representado en sombreado cruzado, la raíz robusta de la vena cava elevándose sobre su eterno latido. Dentro del círculo rojo de su cuerpo, Ruby albergaba una criatura encorvada que soñaba con un mundo perfecto. Desde la comisura de su ojo se deslizó una lágrima que liberó a la criatura en un aullido de felicidad y circundó a la perra, a la vez que los anillos de sonido rodeaban las esferas. Ruby, dormida, golpeó la cola al ritmo del corazón negro de la criatura.

✳✳✳

Era un hombre muerto quien subía los escalones hacia el avión; su esposa venía sellada en un ataúd en la barriga de un ave monstruosa. Nick no oyó nada cuando rugieron los motores, no sintió nada mientras avanzaron por la pista y se empujaron hacia el cielo. Estaba sentado junto a la ventana sin sentir nada; las sienes grises pulsaban con un enorme deseo de volver, de cambiar el curso de lo que había ocurrido.

La lluvia fluía en líneas horizontales, que se borraron cuando alcanzaron una altitud en la que todo se evapora y la inspiración revienta los pulmones. Se durmió un rato y sintió algo que flotaba; una oscuridad que tiraba de su mente encogida, formando círculos anhelantes por volver a la tierra. "Una vez que se despega ya no hay vuelta atrás", escuchó decir a una voz débil que se apartaba de él rumbo a un lugar donde todo se transforma en lo opuesto. Un cordón cayó, enrollándose sobre sí mismo; sombras de líneas de lluvia que se entrecruzaban, borrando el cielo que se convirtió en una cueva de proporciones descomunales, donde se veía subir el rubor del amanecer por sus lejanas paredes.

Lo despertó alguien que le sacudió el brazo cuando se acercaban al Aeropuerto Internacional Pearson. Había olvidado que estaba solo y se volvió hacia Katya. Al ver a un extraño sentado junto a él, lo asaltó una nueva ola de dolor y volvió su rostro avergonzado hacia la desolada ventana. Miró abajo, a la tierra que se acercaba con rapidez, veteada de ríos que fluían por curvas subterráneas bajo el tráfico estancado de pequeñas calles bordeadas con edificios de juguete. "Vamos a chocar en ellos", oró. "No puedo comenzar de nuevo. No puedo, estoy preso, no tengo salida".

—Papá, tienes que comer algo.

—Nunca me imaginé que regresaría sin ella.

—¿Comiste algo en el avión?

—¿Esa basura? No gracias —Nick se sirvió otro trago de Stolichnaya y dejó caer la botella pesadamente sobre la mesa de la cocina.

—Puedo pedir que nos traigan algo. No tuve tiempo de comprar comida. He estado trabajando en Emergencias en el General. Me dieron una semana de permiso. Oh Papá, cómo quisiera haberla visto, para despedirme.

—Podríamos pedir que nos abran el féretro...

—No, no, Papá; quise decir antes, cuando estaba... Lamento tanto no haber ido.

—Fue mejor que no lo hicieras. Ella no hubiese querido que la vieras como estaba al final.

—Llamé al tío Vassily. Llegará mañana temprano.

—¿Riva?

—No puede venir.

—Gracias a Dios —se sirvió otro trago de vodka—. Sabes, tu madre y yo, teníamos nuestro propio mundo. No necesitábamos de nadie, solo de ti, nuestra sangre.

—El tío Vassily es nuestra sangre.

—Pero no soporto a su esposa ni a sus hijos llorones.

—Pero no los has visto en años. Ya crecieron. Papá, tenemos que llamar a la gente y decirles.

Nick negó con la cabeza.

—No puedo. No puedo hacerlo.

—Dame una lista. Yo lo haré.

—No puedo pensar.

—Solo dame tu libreta telefónica y yo los llamo a todos —sus ojos brillaban con aquella extraña energía que alimenta a las personas a través de las crisis—. Papá, el funeral es pasado mañana. No podemos perder tiempo.

Nick buscó a tientas en su bolsillo y le dio una libreta de direcciones raída.

—La funeraria se está encargando de los refrigerios —prosiguió Talya, dirigiéndose hacia el pasillo—. Y también se están ocupando de la esquela. Saldrá mañana en el *Globe* y el *Star*.

—Gracias, querida. No hubiera podido lidiar con todas esas decisiones solo —le dijo mientras ella se alejaba. "Se parece tanto a su madre, siempre dando la cara. Yo era el débil, el que sentía todo por los dos". Momentos después escuchó la voz de ella; una repetición constante que pronto se volvió insoportable. Se sirvió otro vodka para llevárselo arriba. Cuando pasaba a Talya en el pasillo, ella levantó la vista y por un instante él pensó que ella pudiera colgar el teléfono y abrazarlo, pero ella volvió su atención a la larga lista de amigos y conocidos que a él no le importaban para nada. Se percató de que se había convertido en una responsabilidad para su hija, su única hija.

Al llegar arriba, tuvo la loca esperanza de que Katya estuviera sentada en la cama esperándolo, como si todo hubiese sido una pesadilla horrible, y ella lo abrazaría y se reirían de todo eso juntos. Hizo una pausa, saboreando la posibilidad, casi creyendo que pudiera hacer que sucediera con el poder de su deseo. Abrió la puerta y lo saludó una ráfaga de aire frío. Su maleta estaba parada junto a la de Katya, donde él las colocó cuando regresaron de la funeraria por la tarde. Fueron allá directo desde el aeropuerto, sin pensar que les tomaría todo el día, que pudiera haber tantas preguntas ocultas en el manejo de un cuerpo, ya embalsamado y sellado herméticamente en presencia del cónsul suizo. "Debe ajustarse a la política internacional en materia de higiene pública en una aerolínea pública", afirmó en su lengua cantarina.

Nick levantó la maleta con cuidado y la colocó sobre la cama. Abrió las cerraduras y la tapa hasta que rebotó en las bisagras; era una maleta clásica. "A Katya no le gustan las de cremallera". Cada vez que pensaba en ella, sentía que aún existía, luego la espantosa realidad de su muerte lo contraatacaba, su corazón se detenía, su aliento se congelaba, y quedaba colgado, como un muerto viviente. Nick se sentó en la cama y sacó sus prendas. Deslizó la puerta de espejo del armario y las fue colgando una por una; prendas dobladas y empacadas por las manos de Katya, con las huellas de Katya sobre ellas, por siempre sobre él. Al momento en que abría las prendas, su perfume llenaba la habitación, liberando la memoria de la única mujer que alguna vez las usó. Una risa repentina lo conmocionó. Era Talya, riendo al teléfono; su risa era igual a la de Katya. Nick tiró la puerta y lloró. Quería más que nada estar solo, seguir en comunión con Katya. No podía pensar en el futuro; se había borrado con la muerte de ella. Cuando se imaginaba el funeral y toda la gente, su hermano, sus amigos, le daba náuseas. Enterró el rostro en el camisón de ella, el que dejó debajo de la almohada antes de partir a Ginebra con grandes esperanzas.

Vassily llegó en un taxi. Talya estaba en la puerta, esperándolo. Casi lloró al verlo, pero se contuvo; quedó rígida en su abrazo mientras las manos le apretaban las costillas a través de la fina tela de la blusa. El cuello de su abrigo de lana era áspero y le picó en la mejilla, y olía a humo de cigarrillo.

—¿No tienes frío? Está helado aquí.

—Puedo subir la calefacción. Tío Vassily, tienes que ayudarme. El estado de Papá es terrible.

—Me lo temía. ¿Dónde está?

—Arriba. Estuvo despierto toda la noche, bebiendo.

Vassily sacudió la cabeza.

—Lo siento tanto, Talya. Yo... me siento responsable de alguna forma porque...

—Tío Vassily, ya he aprendido suficiente de medicina como para saber que los médicos no son responsables de todo.

Se miraron el uno al otro por un instante y luego ella le acarició la cara con cariño; había una complicidad entre ellos.

—¿Qué tal algo de desayunar? —preguntó él—. Me muero de hambre.

—¿Huevos revueltos? ¿Tocino?

—Suena bien —él asintió y ella desapareció en la cocina.

Vassily caminó hasta el pie de las escaleras.

—¿Nick?

No hubo respuesta. Subió las escaleras de dos en dos y tocó a la puerta de la habitación principal.

—¿Nick? Eh, Nicky, soy yo, Vassily.

Tocó de nuevo y entró en la habitación. La ropa de Katya estaba esparcida por toda la cama y Nick estaba tendido debajo, desnudo. Vassily se acercó y sacudió el hombro de Nick. Él se agitó y se agarró la cabeza con ambas manos. Vassily se sentó en la cama, poniendo a un lado un fondo de seda negra.

—Este es su lado de la cama. Estoy tratando de llenarlo —explicó Nick, con la boca seca y pegajosa, articulando mal las palabras.

—Esto va a tomar un tiempo, Nick.

—Oh Dios, mi cabeza —gimió.

—Baja y desayuna. Talya está haciendo huevos — Vassily tomó a Nick por los hombros y lo apoyó sobre dos grandes almohadas—. Vamos, Nick. No puedes abandonarte así. ¿Qué tal un vaso de agua y un par de aspirinas?

—El agua es para lavarse. Stolichnaya es para beberla —afirmó Nick con un acento fuerte.

—*Dyédushka.*

—Sí, el viejo Abuelo tenía razón.

—Era un hombre arruinado lleno de pretensiones.

Nick entrecerró los ojos al momento en que una luz invernal iluminó la habitación. Se sentó despacio y balanceó las piernas sobre el borde de la cama, sosteniendo la cabeza como si se tratase de un objeto frágil.

—Se me murió, Vassily. Se me murió.

—Recuerdo cuando ustedes dos se conocieron —comentó Vassily, con expresión solemne—. Fue en uno de esos cocteles donde estás de pie con un vaso en la mano, medio escuchando a la gente, pero mirando a otras personas por encima de sus hombros.

—Yo miraba a Katya.

—Y yo veía cómo Katya y tú se miraban. Te vi bajar el vaso y cruzar la sala. Tú le susurraste algo al oído y ella se rio. Me acuerdo de eso, cómo echó atrás la cabeza.

—Su hermosa garganta blanca.

—Entonces ella tomó tu mano y tú la llevaste afuera, a la terraza. Yo pensé que ustedes dos se conocían. Eso parecía, Nicky; como si ustedes se hubiesen conocido desde siempre, como si estuviesen predestinados.

—Seis meses después nos habíamos casado.

—¿Qué le susurraste?

—"Soy tu alma gemela". Y ella contestó, "Nunca nadie me dijo algo así". Ekaterina Vinográdova. ¿Recuerdas cómo bailaba? Para mí siempre fue una maravilla, Vassily. No puedo creer que se haya ido... tan enigmática como apareció. La perdí a ella antes que su cuerpo se fuera. Algo seguía viviendo en él, pero ella ya no estaba allí. Era como un animal que no quería soltarla y yo continuaba alimentándolo.

—A la mente le toma tiempo caer en cuenta.

—Yo no quiero caer en cuenta. Yo no acepto lo que pasó. ¡La mantuve viva demasiado tiempo como para dejarla ahora, Vassily!

—Se fue, Nick. Está muerta. Déjala descansar en paz.

Nick hundió la cabeza entre las manos y la dejó allí un momento. Luego la levantó y miró a Vassily a los ojos.

—Le hicieron una autopsia en Ginebra. Y encontraron algo muy extraño.

—Era una forma rara de cáncer, Nick.

—Esta fue la cosa más rara que jamás hubieras visto.

"Si tan solo ella hubiese accedido a la cirugía. 'No dejes que me corten, Nicky', decía. 'No los dejes. No soportaría que me cortaran'. Y yo la protegí de eso. Si solo yo hubiese... ejercido mi voluntad... te hubiese persuadido de eliminar esa cosa...", Nick vivía la dualidad mágica de la pena insoportable.

***

Dai Ling lanzó una bola de nieve a la ventana del dormitorio y segundos después vio aparecer a Ray, entrecerrando los ojos en la claridad.

—Quiero hablar contigo —pidió con urgencia cuando él abrió la ventana.

—Yo también. Sube. La puerta está abierta.

—Está bien.

Wayne, el hermano mayor de Ray, estaba inclinado frente a la televisión. Era como un lagarto: apenas se movía, a menos que lo molestaran; entonces saltaba, sorprendiendo a todos, y en un solo movimiento se ponía el abrigo y salía deslizándose por la puerta. Dai Ling pasó con cuidado por la sala para no molestarlo, corrió escaleras arriba y por el pasillo a la habitación de Ray, en la parte delantera de la casa. La puerta estaba entreabierta. Ella la abrió y entró de golpe.

—Ray, he querido hablar contigo por tanto tiempo. ¿Dónde has estado?

—Es una larga historia, Dai Ling —dio una palmadita en la cubrecama junto a él—. Ven y siéntate.

Ella no había estado en su habitación en años. Los modelos de aeroplanos habían desaparecido y los dinosaurios en la pared fueron reemplazados por carteles de películas.

—Tengo algo maravilloso que contarte, Ray —dijo, mientras subía de un salto a la cama.

—Yo sé. ¡Felicitaciones! Son grandes noticias, Dai Ling.

—¿Qué quieres decir?

—Que te aceptaron en la orquesta juvenil. Ma me contó. Tu Ma le contó a ella.

—Oh, eso. No, Ray, hay algo más.

—¿Qué? Oh no, no me digas. Creo que adivino por la manera en que te brillan los ojos. ¿Acaso tú... tú...?

—¡Sí! Creo que estoy enamorada, Ray; pero es tan complicado y... —se ruborizó y se volvió hacia el otro lado.

—No seas tímida conmigo, Dai Ling. Eres mi mejor amiga, después de Wayne. Pero él está muy malhumorado desde que volvió a abandonar la escuela. Bueno, felicitaciones dobles; ahora eres la violoncelista principal de la orquesta juvenil *y* tienes una novia... como yo.

—¡¿Qué?!

—De eso es que quiero hablar contigo. Necesito tu consejo.

—¿Tienes novia? —preguntó incrédula Dai Ling.

—Una mujer —afirmó solemne—. Una mujer madura —reiteró, esperando a que ella cayera en cuenta.

—¿Quién es, Ray?

—Tienes que prometerme no contarlo, sobre todo a tu Ma.

—¿Es Karen? —preguntó, pensando en la vecina rubia y esbelta que trabajaba en el jardín durante todo el verano en pantalones muy cortos y tops de bikini.

—¡No! Tú no la conoces. Es mi profesora de la universidad. Su nombre es... Ana Lisa —respiró la palabra como si se tratara de un hechizo—. Profesora Ana Lisa Tredicci.

—¿Es italiana?

—Sí. Ma me mataría. Primero Mei Li, ahora yo.

—¿Cómo pasó?

—Tengo un seminario con ella sobre cine japonés y siempre me quedo después de clase para hablar con ella de Ozu y Mizoguchi. Me ha estado ayudando en mi trabajo de investigación, sugiriéndome libros y sitios en Internet. El miércoles le contaba del Festival Kurosawa en el Cine Bloor y hablamos tanto, que ni me di cuenta de que habíamos llegado a su oficina y me había invitado a pasar.

—Quizás piensa que eres japonés.

—¡Dai Ling! Esto es serio.

Dai Ling saltó sentada sobre la cama.

—Vamos, Ray, cuéntame. Te prometo que estaré muy seria —ahora estaban sentados con las piernas cruzadas, uno frente al otro.

—Bueno. Estábamos de pie junto al estante y ella se volvió hacia mí para darme un libro. Es alta como yo, y nuestras caras estaban muy cerca. Podía oler su perfume, como de flores y limón, entonces... Entonces me besó. Le quité el libro de las manos y lo puse sobre el escritorio. La rodeé con mis brazos y la besé, Dai Ling, por largo tiempo. Luego dijo, "Vamos a mi casa, Ray. Estaremos más cómodos allí". "¿Pero no estás casada?" dije yo, y ella dijo, "Él se fue a un viaje de negocios, no te preocupes".

A Dai Ling la sorprendió un tañido de celos, como si fuese una cuerda sola y discordante.

—Ella te sedujo. ¿Cuántos años tiene?

—Treinta y siete —confesó con reverencia—. Ella es tan maravillosa, Dai Ling. No puedo dejar de pensar en ella, pero no sé qué hacer, porque está casada y es blanca. Mi familia *de verdad* quiere que yo esté con una chica china.

—Lo sé. Mi Babá es igual. Él piensa que un día me casaré contigo.

—Qué poco saben de nuestras vidas, ¿ah? ¿Qué harías tú en mi lugar?

Dai Ling inclinó la cabeza hacia un lado, pensativa.

—Yo lo haría —concedió al fin.

—¿De verdad? —se inclinó hacia delante, ansioso.

Ella asintió con la cabeza, muy vehemente.

—La vida es corta, Ray. No podemos perdérnosla por nuestros padres.

—¿Pero y si Ma se entera?

—Se dará cuenta de que eres un hombre y no un niño.

Dai Ling se sentía más fuerte ahora, más audaz desde que le había dado a Ray el consejo que ella misma necesitaba.

"No les cuentes hasta que estés segura. Ellos lo superarán", opinó Ray la última vez que hablaron. Ella sabía que no podría vivir mucho tiempo con ese secreto. Y ahora estaba segura.

***

1552: Bruselas

—¡Tráiganme ostras! —ordenó el rey, y el mayordomo jefe se apresuró a transmitir la orden a un paje que corría a las cocinas del palacio. Carlos V, soberano del Santo Imperio Romano, era un hombre impaciente que exigía la gratificación instantánea a sus apetitos. Andrés Vesalio, en el espíritu de sus antepasados varones, se había establecido en una vida de servicio como médico de la corte y cirujano de campo, aplicándose en la reparación de la carne herida en tiempos de guerra y en las repercusiones domésticas de los excesos de apetito del rey. Carlos era un paciente imposible, exigía cantidades groseras y glotonas de comidas muy condimentadas para acariciar su paladar entumecido. Además de sus excesos, tenía una inclinación por los mariscos, especialmente por las ostras, las anguilas y las anchoas, que no le venían bien. Sufría de insomnio, así que se sentaba en la cama y comía durante toda la noche, pidiendo liebre y cerveza fría a las tres de la madrugada, ostras y aguamiel a las cuatro, continuando todo el día, tal vez luego de una siestecita al amanecer. El emperador sufría de gota, por lo que Vesalio le prescribió moderación en su dieta, todo en vano.

—¡No me hace caso, Ana! ¡Se sienta a la mesa con una docena de platillos por delante! Grandes pasteles, nudos de carne asada, aves de caza y tartas, todo condimentado para el rey. Y come con las manos, el glotón, sosteniendo el plato debajo de su mandíbula sobresaliente de los Habsburgo. *Plus ultra,* aún más; un buen lema para un emperador, pero no cuando se aplica a su cincha. ¿Qué debo hacer?

—Ven a cenar, esposo. El cocinero hizo una tarta rellena de carne de jabalí en salsa oscura. Comeremos moderadamente para compensar lo que hace el emperador.

—Me preocupa su salud. ¿Qué pasará si muere?

—Tú dirás "Se lo dije", y tu reputación estará asegurada; yo lo confirmaré. Luego lo disecarás y con las tripas harás una gran tarta —Ana rio y le dio una palmada en el trasero.

Vesalio la agarró de la muñeca y la jaló hacia él.

—Tenemos suficientes problemas en nuestra propia casa, Andrés —dijo ella, soltándose de su mano.

—¿Qué problemas?

—Ven y siéntate, mi amor. Sé un ejemplo para nuestra hija. Ven a la mesa, Anita. Apúrate.

La niña saltó alrededor de la mesa y se sentó con una expresión pícara en el rostro. Vesalio estaba parado a la cabeza de la mesa, con el cuchillo y el tenedor de servir sobre la tarta. Su cara era un gran signo de interrogación.

—Nosotros no tenemos problemas —murmuró, ya que su mente no estaba en el frente doméstico. Su hogar era un paraíso donde reflexionaba sobre dilemas científicos y la salud del emperador.

"Cuando lo sangro, la sangre se arremolina un momento en el cuenco y después se queda quieta, y por un rato se alivia; su tez rojiza palidece. Como si la sangre, al dejarla salir, cesara su agitación del cuerpo, pues de seguro ha de estar en constante circulación respondiendo a las emociones".

Vesalio vio el rostro de Ana, tendida debajo él en el lecho, ruborizada de placer bajo la delicada y veteada piel de sus senos. Sus caderas se elevaban y tensaban para encontrarse con él; tenía el rostro bañado del clímax del placer.

"¿A cuál emoción responde la sangre y qué se lleva del cuerpo cuando sale, que deja al paciente en paz? ¿Qué hace que la sangre circule por el cuerpo? ¿Emoción? ¿O acaso es la sangre quien gobierna las emociones? Sí, seguro es así, porque cuando sale, la emoción disminuye. Pero el apetito del emperador no disminuye...". Sintió los ojos de su hija sobre él, y los de su esposa, interrogantes, mirándolo parado como el director de una orquesta silenciosa.

—¿Entonces? ¿Qué problemas, esposa? ¿Qué problemas hay en nuestra casa?

—El techo del ático está goteando, y los ladrillos de la chimenea del salón están desmoronándose.

—Pero la casa está recién construida.

—Ni tanto, Andrés. Ocho años han pasado y la casa se está acomodando bien a nosotros, pero necesita atención en ciertos puntos.

—Nos ocuparemos de eso cuando regresemos —afirmó, cortando la tarta y sirviéndole un buen trozo a Anita.

—¿Vamos a ir contigo, Padre? —los ojos de la niña brillaban.

Andrés asintió, vertiendo la salsa a cucharadas sobre el plato de su hija.

—¿Adónde? ¿Adónde? —la niña chirrió, saltando en la silla, aplaudiendo.

—Estate quieta, Anita —indicó su madre y se dirigió a Andrés—. ¿Adónde iremos esta vez?

—A Nuremberg —dijo, cruzando la mirada con la de su esposa, sonriendo—. El emperador viajará por asuntos imperiales y nosotros debemos acompañarlo.

El carruaje retumbaba en medio de la noche. De vez en cuando, las ruedas se quedaban atrapadas en las profundas zanjas del camino, haciendo que el cochero saltara del asiento y obligara a los caballos a tirar con más fuerza.

—¡Vamos, jacas vagas!

Con el estallido del látigo, el carruaje se liberó en una sacudida. Ana despertó sobresaltada.

—¿Qué fue eso? —exclamó ella, aferrada al brazo de Vesalio—. Ah, otra vez estamos en camino. Por un momento pensé que estaba en mi cama y la tierra temblaba —se volvió hacia su hija, que dormía profundamente, acarició la cabecita cubierta y se volteó de nuevo hacia su esposo—. Hemos viajado tanto en estos años, que a veces ni sé dónde estoy.

Ella se acurrucó en Andrés, empujando los senos con fuerza contra el pecho de él, mientras las manos buscaban a tientas, como criaturas ciegas, por capas de envolturas y telas tejidas. Vesalio, aún medio dormido, encontró sus pezones duros y los pellizcó hasta hacerla jadear. La miel se derramó entre sus generosos muslos al tiempo que ella se deslizaba sobre él, enterrándolo hasta el pubis en su cuerpo almizclado. Él jadeó por su audacia, que siempre lo tomaba por sorpresa, y quedó sentado, pasivo, dejando que el movimiento del carruaje los ayudara a transportarse.

Cuando al fin Ana abrió los ojos en la oscuridad, Vesalio susurró:

—¿Y la niña?

Ana miró a la esquina del carruaje, se inclinó y acarició el rostro dormido de Anita. Luego se balanceó de vuelta hacia sus brazos y le dijo al oído:

—Ella duerme, mi amor. Duerme profundamente, como una niña de siete años.

Despacio levantó las nalgas, parecidas a dos grandes hogazas de pan dorado. Sintió a Andrés deslizarse fuera de su cuerpo como un pez agotado, con un hilo de líquido como el que sale de la boca de los recién fallecidos.

—Oh, esposo mío —susurró queda, más como un respiro que como una declaración—, ¿adónde te has ido? ¿Dónde te escondes? Falta algo que solía haber aquí.

Ella sabía que él la escuchaba porque sintió su cuerpo ponerse tenso. Lo había perdido de nuevo detrás de su muralla de carne y él pretendería no haberla oído, para salvarlos a los dos.

Ana se ocupó en rearreglar su ropa y el edredón. Después entrelazó su brazo en el de Vesalio y volvió a acurrucarse en él. Por más que intentara mantener su natural plenitud de espíritu, se preguntaba y preocupaba por el sutil alejamiento de su marido, igual que Vesalio se había preguntado por el de ella cuando se volvió madre. Él estaba orgulloso de sí mismo al caminar en los pasos más pequeños de su padre, extendiendo la zancada, agrandando la huella. "Henos aquí, juntos en el carruaje", pensó, recordando las largas ausencias de su padre. "Mis hijos nunca me verán como un extraño", fue su último pensamiento antes de volverse a dormir.

Pero Ana estaba despierta. A veces pensaba que se imaginaba la distancia entre Andrés y ella, pero en el fondo sabía que él la estaba dejando, de manera gradual, imperceptible; como alguien que moría en un lapso de años. En su interior se alojó un temor que ni siquiera ella podía enfrentar: que de alguna forma, ella y su hija lo estaban matando con su amor, con su necesidad.

Cuando estaba en Nuremberg, Vesalio fue llamado para recetar remedios contra un brote de peste. Se pensaba que provenía de Augsburgo, setenta millas al sur, donde los soldados la habían llevado sobre sus cuerpos, incrustados con la enfermedad desde el campo de batalla. Vesalio reunió todas sus medicinas para combatir la pestilencia; tormentilla, hierba del pasmo, absenta, áloe, lentisco, mirra, frascinela, balarménico, camedrio, ámbar, almizcle y aceite de moringa, y las distribuyó generosamente entre el séquito del emperador. Se preguntó acerca de la delicadeza de sus procedimientos con las tiernas hojas y los líquidos, recordando las profundas incisiones de su juventud y el esfuerzo muscular de su investigación cuando andaba tras el Alma escurridiza. Pero Vesalio tuvo éxito con sus hierbas, habiendo dejado atrás solo a dos pacientes con peste, hinchados con bubones del campo de batalla, cuando el Emperador Carlos V ordenó a su comitiva que retornara veloz a los Países Bajos antes de que la peste se apoderara de Nuremberg.

"¿Qué ha sido de mí? ¿Acaso todos los hombres sufren esta pérdida que siento en mi corazón con la acumulación de los años?".

Tales eran sus reflexiones cuando el carruaje los transportaba, regresando de la misma manera en que habían venido. El viaje parecía más rápido y corto ahora, con su regreso.

✳✳✳

Katya Kulikovsky fue enterrada en la Necrópolis en la calle Parliament, a unos pasos de Bloor y Sherbourne, donde Talya oyó a Dai Ling tocar el violoncelo por primera vez. Mientras bajaban el ataúd a la tierra, Talya estaba rígida junto a la tumba, de pie, con la mente llena de imágenes de Vesalio excavando en el Cementerio de los

Inocentes en Montfaucon, desenterrando los huesos de víctimas de la peste.

—Polvo eres y en polvo te convertirás —entonó el pastor—; en la segura y cierta esperanza de la resurrección a la vida eterna.

Las coronas de flores que habían cubierto el ataúd estaban ahora sobre el suelo, apiladas junto a la tumba. Talya se sentía encerrada por una muralla de cristal que amenazaba con hacerse añicos; solo la tranquilizó la mano cálida y sólida de Dai Ling. Nick echó el primer puñado de tierra, que se desmoronó al golpear la tapa del ataúd. Talya se inclinó e intentó agarrar tierra, pero sus dedos no se movían. Veía el suelo lleno de huesos, ríos de carne repletos de criaturas, lugares vacíos en la tierra, donde los enamorados yacieron por milenios; las siluetas de su ausencia. Vio montañas de huesos cayendo juntos en fosas comunes: huesos de los Romanov, huesos de sus ancestros, los huesos brillantes de Andrés Vesalio. Vio huesos meciéndose en la oscuridad del piso del océano, criaturas marinas que nadaban a través de los hoyos de cráneos vacíos. "La tierra está llena de muertos. Ellos sostienen el suelo y alimentan a sus criaturas". Veía a Katya en su jardín, arrodillada, cavando la tierra. "Las manos de los vivos separan los huesos de los muertos". Sintió el giro lento y largo de los amantes hasta quedar frente a frente, el movimiento milagroso que nace del deseo; el poder del Alma para guiar al cuerpo. Veía a la abuela de Dai Ling, cansada de esperar; su cuerpo hundiéndose en la tierra que había movido, pala en mano, junto a su único amante.

Cuando Dai Ling le apretó la mano, Talya abrió los ojos y la miró, sorprendida. Entonces tomó la mano de Nick y caminó con él y con Dai Ling, pasando multitudes de dolientes, hasta un auto que los esperaba para llevarlos a la funeraria. Recordaba la recepción como si hubiese estado en el centro de una tormenta de nieve; un borroso castañeteo blanco a su alrededor, mientras la lluvia le laceraba el rostro, congelado en una sonrisa.

***

Dai Ling entró a la clínica de su padre y cerró la puerta en silencio. Oyó su voz detrás de la pared del consultorio y se sentó a esperar. En la pared opuesta colgaba un cartel del cuerpo humano marcado con puntos de acupresión, junto a él un gráfico que mostraba la interacción de los cinco elementos: fuego, tierra, metal, agua, madera, y debajo un diagrama del flujo de la marea del ritmo del *yin yang*. En el extremo inferior de la curva, donde estaba marcada la medianoche del solsticio de invierno, Dai Ling vio las palabras Muerte, Vacío, Anhelo, Germinación, y había pequeñas gotas de agua que caían fuera del círculo de la vida. Pensó en la madre de Talya, tendida en su ataúd bajo la tierra, y se preguntó qué pudiera germinar del vacío de su muerte. Recordó su propio entierro; el pánico que sintió al pensar que Ray y los demás niños la habían olvidado, el alivio cuando tragó aire fresco al saltar de la tumba. Dai Ling lamentó haberse perdido de conocer a la madre de Talya, que hubiese arrojado algo de luz sobre su extraordinaria hija. Nick apenas respondió cuando ella le dio la mano, como si él no estuviese realmente allí. Ahora que era novia de Talya, de algún modo se percibía responsable de su bienestar. Se hallaba tan bien, que no se imaginaba cómo pudo dudar de sus propios sentimientos. Estaba decidida a contarles a sus padres esa noche; primero a Babá, y él le ayudaría a darle la noticia a Ma.

Jia Song sonrió al verla.

—Mi hija hermosa, ¿qué haces aquí?

—Voy de regreso a casa desde la universidad, Babá. Podemos tomar el tranvía juntos.

—Sí, sí, claro. Dame un minuto, Dai Ling.

Jia Song empezó a pesar las hierbas para su paciente; un hombre caucásico de mediana edad que, doblado hacia delante, se ponía las botas de invierno. Dai Ling observó cómo lo preparaba todo con cuidado, vertiendo hojas secas y ramitas en paquetes pequeños que luego sellaba. Después de que el paciente pagó por su tratamiento y se fue de la clínica, Jia Song se sentó junto a Dai Ling y la rodeó con el brazo.

—Esta noche es nuestra cena de celebración, Babá. Lamento mucho lo de la otra noche. Ma pasó tanto apuro con la cena. Y acababa de darme el brazalete de jade de Abuela. Me sentí tan mal. ¿Ella comentó algo?

—Estaba desilusionada, pero lo entendió. En China cuando alguien muere, toda la aldea presta su ayuda. Tuviste razón de quedarte con Talya. Ella no debería estar sola en un momento como este. De cualquier forma, hubo más comida para Ma y para mí —rio—. ¿Qué tienes, Dai Ling? Estás radiante —notó al acariciarle la mejilla.

Dai Ling se sonrojó y bajó la vista hacia su brazalete. Se puso a girarlo alrededor de la muñeca. Nunca antes tuvo que esconder nada de sus padres. ¿Cómo podía decírselo a él, cuando todavía era tan nuevo para ella? Otra vez se sintió insegura en su presencia, como si todo lo que pasó hubiese sido un sueño loco.

—Tienes que cuidar ese jade y seguir las tradiciones por nosotros. Tú eres toda la familia que tenemos ahora.

—¿Tú no tienes recuerdos de tus padres?

Jia Song negó con la cabeza.

—Yo era muy pequeño; tenía solo cinco años cuando fui a vivir con mi tía en Pekín. Muchos niños vivían con sus abuelos, pero los míos murieron durante la gran hambruna, un año antes de yo nacer. Los viejos no comían para que nosotros, los jóvenes, pudiéramos sobrevivir. Mi tía me contó que mi padre era escritor. "Puedes estar orgulloso de tus padres", me dijo. "Ellos son buenos comunistas, que trabajan para alimentar al pueblo".

Después de trabajar en el campo todo el día, mi padre se sentaba a la mesa y escribía hasta la madrugada. Yo estaba tan orgulloso y presumía de él en la escuela, de los libros que escribía.

—¿Buscaste a mis abuelos antes de irnos de China?

Jia Song titubeó por un momento, dándole vueltas a su anillo de matrimonio, como Dai Ling lo veía hacer con frecuencia cuando pensaba.

—Yo regresé a la aldea buscando a mi Ma. Nadie sabía dónde estaba ella. Dijeron que se fue cuando se llevaron a mi padre a un campo de trabajo para reeducarlo. Él tenía 'ideas contrarrevolucionarias'.

—Ahora las cosas son distintas en China. ¿No podemos intentar encontrarlos, Babá?

—No vale la pena buscar —negó con la cabeza—. No vale la pena hablar de esto.

—¿Pero y qué hay de mi tío? ¿No podría buscarlos él?

—Yo ya no tengo hermano.

—¿Qué pasó? Tú nunca hablas de él, Babá.

—Nosotros tuvimos un desacuerdo político —dijo seco, a la vez que se levantaba y alcanzaba su abrigo.

Había una dureza en su voz que ella rara vez notó. Quería preguntarle más, abrir la puerta que él cerró tan rápidamente, pero Dai Ling percibió el dolor detrás de esa puerta y quedó en silencio. De alguna manera perdió la oportunidad de hablar con él sobre Talya. Estaba aliviada. "Es mejor esperar un tiempo", pensó. "Ver lo que pasa. Invitar a Talya a casa para que la conozcan mejor".

Justo al salir de la clínica, sonó el teléfono. Era Xian Ming.

—Sí, sí, ya vamos —indicó Jia Song—. Dai Ling está conmigo. Sí, sí.

—¿Qué dijo?

—Quiere que compremos naranjas en la tienda de Cai Yuan.

Tomaron el ascensor hasta el piso de la calle y salieron a la avenida Danforth.

—Mejor tomemos el tranvía —opinó Jia Song—. Tu Ma está esperando.

Abrazó a Dai Ling mientras caminaban hacia el este, a la estación Broadview, avanzando con dificultad por la nieve a medio derretir de finales de enero.

***

Nick estaba sentado en su estudio, con los pies sobre el escritorio.

—Por ti, mi amada Katya —declaró, y vació el vaso de un tiro. Acogió con beneplácito el ardor en la garganta y estómago, como un fuego que lo limpiaba. Solo en su casa, echó la cabeza hacia atrás y dejó salir sonidos desagradables de su garganta—. Voy a estar bien, querida —afirmó—. Tengo que acostumbrarme a esto. No puedo ser un cobarde —pero en realidad sabía que nunca se acostumbraría. Se sentía dañado y maltratado, como si un dios caprichoso hubiese pisoteado su espíritu.

Se sonó la nariz con un pañuelo grande y caminó hacia la ventana. En las esquinas del marco se acumulaba una costra de nieve, sucia y persistente. "Ahora hubiéramos ido a algún lugar cálido...", pensó, "México, el Caribe...". Estaba de vuelta de su peregrinaje diario a la Necrópolis, donde colocó rosas rojas frescas sobre la tumba de Katya. Una y otra vez revivía el momento de su muerte, excavando la conclusión de la misma cada vez más hondo en sí mismo, como si algún día pudiera llegar a creer en ella.

Cuando llamó su viejo amigo Bill Cameron, él lo cortó.

—Estoy tomando un sabático corto, Cam. Necesito tiempo.

—La calle Bay no es lo mismo sin ti, Nick. Todos los días veo tu escritorio vacío, pensando que vas a venir. Se está acumulando la correspondencia. Pero no te preocupes, nos estamos encargando de las carteras de tus clientes... Carla y yo —Cam soltó su risa típica; fuerte y áspera. Carla era su asistente, de sonrisa complaciente y tacones altos—. Mira, no tuve oportunidad de hablar contigo en el funeral...

—¿Estuviste allí?

—Claro que estuve allí, Nick. Tú...

—Lo siento, Cam, yo no...

—Está bien, está bien; solo quería decirte, Amiguito, que lamento muchísimo lo de Katya.

Hubo una pausa larga. Nick era incapaz de hablar. ¿Qué esperaba la gente que él dijera?

—Bueno Nick, creo que vamos a colgar. Ah... Pasa por allá a la hora de almorzar para tomarnos algo, ¿quieres? Te estaremos esperando —otra vez soltó aquella risa que lo raspaba.

Vassily llamó por teléfono periódicamente desde Montreal, la muchedumbre bebedora de té y comedora de emparedados dejó mensajes telefónicos con invitaciones a cenar, las esposas de sus compañeros de negocios dejaron cazuelas con guisos y galletas en la puerta. La verdad era que Nick no quería intrusos en la casa donde aún vivía con su querida Katya. Quería estar a solas con la cálida sombra de ella; atraerla de vuelta hacia su vida secreta juntos.

***

Al otro lado de la ciudad, Talya estaba recostada en el sofá, en la oscuridad de su apartamento de la calle Brunswick. El libro *Ilustraciones* de Vesalio descansaba sobre la mesita frente ella. Estaba abierto en la Lámina 42, que mostraba una colección de instrumentos quirúrgicos primitivos: cuchillos, tijeras, agujas curvas, tenazas, sierra y mazo. Acababa de salir de la guardia nocturna y tenía las cortinas estiradas para impedir que entrara la luz del día. Había velas encendidas por toda la habitación; un grupo de ellas iluminaban una fotografía de Katya en la repisa, pero lo único que Talya veía era la cara de Lily. Lily, quien pudo haber sido su madre. Lily, que le cantaba con el corazón triste, que la alzaba con brazos nostálgicos y reía para que ella no llorara. Sobre su cama, Lily pegó un dibujo que su hija Carrie le envió desde las Filipinas. En el dibujo, Carrie sostenía la mano de su hermanito y los dos saludaban con la otra. Detrás de ellos había una figura en el cielo con los ojos cerrados, volando con grandes alas. "Mía", decía Talya, "mía", y abrazaba a Lily, tratando de apartarla del dibujo.

En la palma de Talya descansaba un trozo de vidrio verde pálido, que llevaba en su interior la memoria de su forma. Mientras se quedaba dormida, se veía saliendo del útero TRA destrozado, intentando abrazar a Lily; pero ella se alejaba flotando, saludándola con la mano, llorando. Y cuando flotaba de vuelta, su rostro era el de Katya. En Talya se levantó una marea roja; una furia ante el truco cruel de la muerte de su madre antes de poder contarle que aquella monstruosidad de cristal ya no estaba. "Es demasiado tarde, es demasiado tarde". Su mano se cerró y ella despertó por el agudo dolor. La sangre brotaba de la palma y Talya la veía desde una gran distancia. Sentía salir el río de sangre, que iba menguando tranquilo en ella. Después oyó la puerta; pasos conocidos. Se sentó y se puso un montón de pañuelos de papel en la palma.

—La clase de orquesta terminó temprano y me moría de las ganas de verte —Dai Ling se arrodilló junto a Talya y la besó—. ¿Qué pasa? ¿Estás bien?

—Mmm, acababa de quedarme dormida.

—¿Qué te pasa en la mano? Estás sangrando.

—No es nada —Talya quiso quitar la mano, pero Dai Ling la agarró y levantó los pañuelos. Debajo había un laberinto de pequeñas mellas que cruzaban la palma, con un corte más profundo en la punta carnosa del pulgar.

—¡Tienes tantas heridas! ¿Qué hiciste?

—No hagas un escándalo. Estoy bien —insistió Talya, enojada—. Son superficiales.

Dai Ling recogió el fragmento de vidrio y lo sostuvo encima de la vela, donde brilló brevemente con un anaranjado intenso y luego se puso turquesa pálido.

—¿Esto es del útero TRA?

Talya se retorció.

—Vas a pensar que soy estúpida...

—Vamos. Dime.

—Quise guardar unos trozos... para mostrárselos a mi mamá.

—¿Pero por qué lo tenías en la mano?

Ella se encogió de hombros.

—Fue un accidente. Estaba medio dormida y mi mano debe haberse cerrado. Me despertó. A veces siento que estoy detrás de un vidrio y no hay nadie...

—Yo estoy aquí. Yo te amo.

—¿Sí me amas? A veces no reconozco la realidad.

Dai Ling tomó el rostro de Talya entre sus manos y la miró durante un largo rato. Después besó su boca, suave y tierna.

—Esto es real —afirmó, sosteniendo a Talya por los hombros, viéndola a los ojos. Levantó los brazos y se puso las manos detrás del cuello, abrió el broche de su collar y bamboleó un pequeño dije de jade frente a Talya—. Esto es para ti —dijo—, para que recuerdes. El jade da fuerza y protección. En China tiene más valor que el oro, más que los diamantes o la plata.

Talya sostuvo el pendiente en la mano, mirándolo fijamente.

—Cuando era pequeña, Ma solía llevarme al templo chino en el centro de la ciudad. Estaba lleno de flores y grandes cuencos con naranjas. Ma encendía varillas de incienso y velas para Quan Yin, la Diosa de Misericordia; luego se arrodillaba frente a su estatua y oraba por Abuela en Pekín. Siempre lloraba; después se secaba los ojos y me tomaba la mano. "Vamos, Dai Ling", decía, "ahora debemos enviar una oración al fuego por tu abuela. Estos papeles son nuestros deseos". Tomaba el paquete de papeles dorados y rojos en los que venían envueltas las velas y las varitas de incienso, entonces sacaba una aguja muy fina de la solapa de su abrigo, se pinchaba el dedo y ponía una gota de sangre sobre el papel. Llevábamos nuestros papeles con deseos a un gran cuenco de hierro que estaba en la esquina y Ma los ponía adentro y les prendía fuego. Yo veía cómo su sangre se quemaba. Era mi sangre también, dijo, y la sangre de Abuela —se levantó mientras hablaba y caminó hacia la repisa, en donde una de las velas que estaban junto al retrato de Katya estaba chisporroteando—. Luego íbamos a comer *dumplings* de cerdo, mis preferidos, y compraba ciruelas secas dulces y las mascábamos en el tranvía camino a casa —presionó el pulgar en la cera caliente, apuntalándola, y se volvió hacia Talya—. Mis padres te invitaron a cenar con nosotros para el Año Nuevo Chino; el primero de febrero, Año del Carnero.

—¿Qué significa eso?

—No lo sé. Yo soy canadiense —rio Dai Ling—. Tendrás que preguntarle a mi papá.

—¿Ellos saben?

—¿Qué?

—Que somos novias.

—Me da miedo decirles. Yo misma apenas puedo creerlo. Por favor, no vuelvas a lastimarte.

—Todo lo que te dije sobre mi nacimiento... no es cierto.

—¿El útero TRA?

Talya asintió y miró hacia las velas detrás de Dai Ling, con los labios apretados. Dai Ling se movió con rapidez y se sentó cerca de ella, sosteniendo con dulzura su mano herida.

—Cuéntame —pidió, y Talya respiró hondo.

—El tío Vassily me contó que solo era una obra de arte. Me sacaron de mi madre y me iban a reimplantar en una sustituta, pero mi madre me quiso de vuelta, así que *yo soy* el producto de la tecnología reproductiva pero... No sé por qué pensé que esa masa de vidrio era tan importante. En realidad no tenía nada que ver conmigo. Cuando era niña, solía sentarme frente a ella y mirarla durante horas. Tenía algo que ver con la luz... me recordaba...

—A mí no me importa de dónde vienes o cómo llegaste aquí, solo me importas ahora.

Dai Ling se inclinó hacia delante, con los ojos muy abiertos, y presionó la suavidad de su boca contra los labios de Talya. Sintió que se elevaba, se desbordaba en un exceso de puro placer. Nada se le comparaba, solo la música; pero ella estaba despierta, y esto era real, y su asombro la llenó de una dicha inexplicable por su buena fortuna.

El jade se deslizó desde los dedos de Talya y se posó en silencio junto al fragmento de vidrio verde. Las velas chisporroteaban, lanzando sombras que saltaban sobre sus cuerpos. Pronto quedaron en la oscuridad, al morir las llamas y desaparecer el rostro de Katya.

—Sabes, tienes que contarles —dijo Talya soñolienta, mientras con la nariz y la boca acariciaba la dulce hondonada que encontró entre el hombro y la clavícula de Dai Ling.

***

1555: Bruselas

Vesalio fruncía el ceño al encorvar el cuerpo e inclinar la cabeza sobre las páginas de su manuscrito. Se preparaba para publicar un segunda edición de *Fabrica*. Habían pasado doce años desde la primera edición y debía hacer algunas modificaciones; claro que eran cambios a sus suposiciones erróneas sobre el saco fetal, por las cuales se excusó por escrito, publicando la *Carta sobre la raíz de la China* en 1546, después de haber tenido la oportunidad de examinar el saco fetal de la mujer indigente. Pero los cambios que ahora preocupaban a Vesalio eran de una naturaleza sutil, y más periféricos que centrales para el mapeo de los huesos, venas, arterias e islas de órganos vitales que flotan dentro del cuerpo; quizás, uno pudiera decir, cambios que conciernen más a la diplomacia que a la exactitud.

Vesalio se acomodó en su asiento y se aflojó el cuello de la camisa. Estaba sudando. Se había vuelto rollizo en la rutina diaria de la consulta privada, el hogar, la cátedra. Se sentía como un animal enjaulado, andando por un camino consabido que se estrechaba cada día, aunque en

175

realidad viajaba con frecuencia, acompañando al rey y su séquito como médico de la corte. "Es una sensación, tan solo una sensación", pensó, "sin base en la realidad". Luchaba con la brecha que se ensanchaba.

Por su mente pasó la imagen de la colina de Galgenberg, con las pendientes boscosas que ascendían a la horca. Dentro de su cuerpo sedentario había un niño que corría hacia ella, el viento corría entre sus cabellos, todo en la periferia se veía borroso mientras pasaba, subiendo la montaña, ansioso por tocar los instrumentos mágicos.

Vesalio sacudió la cabeza, tratando de borrar el pasado. Se levantó de la silla y durante varios minutos caminó por el recinto, midiendo los pasos. Al retornar al escritorio, escribió con firmeza el nombre del doctor Lázaro de Frigeis. Vesalio estudió hebreo con él en los viejos tiempos. "Tan solo otra lengua", pensó, con la pluma lista sobre la página, "uno debe aprender por lo menos latín, griego, árabe y hebreo". Continuó escribiendo acerca de su amistad cercana con el médico judío.

—Periférico, periférico —murmuró; pero en verdad, era aconsejable que no se le conocieran amistades judías, incluso en el pasado. Y Vesalio se volvió cada vez más circunspecto a medida que crecían su riqueza y reputación. Ya no lo animaban la pasión de la juventud y el éxito temprano; estaba pálido y suave, como un gusano que se alimenta de carroña en un lugar oscuro. Había perdido el magnetismo. Tenía cuarenta años.

"Esto es lo que pasa", pensó. Pero en realidad oía las palabras susurradas de Ana retumbando en su cabeza, "Falta algo que solía haber aquí".

—Estoy construyendo una casa nueva para ella —murmuró—. Un verdadero palacio.

"Andrés, no necesito una casa nueva" dijo ella, "yo solo pedí algunas renovaciones".

"Oh, mi esposa, a la que nunca podré elogiar lo suficiente; tú recorrerás los pasillos de tu propiedad con un fino juego de llaves tintineando en tu cintura. No habrá más techos con goteras ni chimeneas que se desmoronen".

"¡Yo quiero una habitación grande, Papá, con una ventana por donde salga el sol! ¿Puedo tenerla? ¿Puedo?". Anita bailó alrededor de él; sus rizos rubios rebotaban, ella tiraba de su barba y se reía con él, echándole los brazos al cuello.

"Por supuesto, mi querida Anita", la besó en la mejilla. "Tendrás todo lo que desees", le dijo. "Está creciendo, está creciendo, ¿y dónde está mi hijo?", se preguntaba.

"¿Y cómo pagaremos por todo esto, Andrés".

"El rey me ha confiado que cuando abdique más adelante este año, se me concederá una pensión vitalicia con permiso de unirme a la corte de su hijo y sucesor, Felipe II. No habrá escasez de dinero, mi dulce Ana, para amoblar y adornar nuestros aposentos. ¿Acaso no soy un buen esposo, un buen padre, un proveedor abundante? ¿Qué más es lo que quieres?".

Una gota de sudor cayó sobre el manuscrito, manchando el nombre desfigurado de Lázaro. Andrés golpeó la mesa fuertemente con el puño.

—¡Estoy haciendo todo lo que puedo y todos están en mi contra! —se puso de pie de un salto, tomó la pluma y la clavó en el tintero, salpicando tinta sobre las páginas listas. Comenzó a escribir renglones de texto.

—Borraré sus nombres, de todos ustedes que me han reñido —expresó con tono áspero, hendiendo las páginas—. Juan Caius, tú que compartiste mis habitaciones en Padua, debatiendo febriles hasta la noche. ¡Nos alimentamos el uno del otro durante ocho meses y después rompiste conmigo por mi rechazo a las teorías anticuadas de Galeno!

—Colombo, eras tan solo un estudiante y te atreviste a criticarme a mis espaldas e insinuarme diabólicamente que habías encontrado algo 'desconocido' para mí, sabiendo que me volverías loco con tus descaradas insinuaciones sobre la ubicación del Alma. ¡Te maldigo! ¡Maldigo a todos los que han plagiado mi trabajo, los maldigo al infierno! ¡A todos los que me han acusado de asesinato y robo de cuerpos, los reto a probarlo en un tribunal!

Con el rostro ahora enrojecido, se paró y sajó las páginas, tachando referencias al robo de tumbas. Borró el pasaje sobre un esqueleto que adquirió cuando era estudiante, con la ayuda de Gemma Frisius, de una hoguera en el camino, afuera de las murallas de Lovaina. Eliminó el 'corazón palpitante' documentado en la primera edición, al recordar las acusaciones de "un experimento con un humano viviente" y reescribió con cuidado esa parte de *Human Vivisection,* describiendo el corazón de un hombre muerto en un accidente y el de un criminal ejecutado. Luego se dejó caer hacia atrás en su silla, exhausto.

—Tengo tanto que perder ahora. Lo que acumulé en la vida. Siento su peso.

El sol fluía a través de la ventana y por un momento lo bañó en destellos dorados mientras caía con rapidez, ¿o era la tierra que giraba? Expiado por la luz, Vesalio se volvió hacia pensamientos más mundanos.

—Le dedicaré esta edición al emperador —dijo, y sobre una hoja de papel nueva, escribió "Dedicado a Mi Emperador y Benefactor, Carlos V. *Plus Ultra ad Humani Corporis".*

—Me hubiera gustado tener un hijo varón —pronunció—. Me pregunto por qué Ana no ha concebido otro bebé. Me hubiese gustado tener muchos hijos —recordó cómo correteaba por Helle Straetken con sus hermanos Nicolás y Francisco, y su hermanita Ana, que corría detrás.

***

—Lamentamos la muerte de tu madre —indicó Xian Ming.

—¿Cómo está tu padre? —preguntó Jia Song con suavidad.

—Creo que va a estar bien, pero apenas han pasado unos días —con un vistazo, Talya calculó las dimensiones de la sala, mucho más pequeña que la de la casa de sus padres.

—¿Él tiene ayuda? —quiso saber Xian Ming. Llevaba una blusa color crema con un delantal encima y pantalones de poliéster azules. Olía a jengibre y aceite caliente.

—Oh sí. Todos quieren ayudar. Muchos amigos fueron al funeral. Mi madre era muy popular.

—La vas a extrañar —afirmó Xian Ming.

Hubo un silencio incómodo, que se rompió con la entrada de Dai Ling con una bandeja de aperitivos y una jarra de té verde de jazmín. Dai Ling vertió el té humeante en pequeñas tazas. Sus manos se tocaron cuando Talya tomó la taza, haciendo que levantara la mirada rápidamente y sonriera.

—Estas son galletas de maní fritas —explicó Xian Ming—, y aquellas son galletas de arroz y obleas de algas marinas.

Talya mordió uno de los pequeños triángulos con sabor a maní.

—Babá, Talya quiere saber acerca del Año Nuevo Chino.

—Oh, yo pensé que retomaríamos nuestra charla sobre Medicina... el oriente se encuentra con el occidente —respondió Jia Song, al tiempo que su rostro se arrugaba en una sonrisa.

—Bueno, es una noche larga —dijo Talya.

—En efecto. ¿Qué te gustaría saber?

—Cada año, el Año Nuevo Chino es en una fecha distinta, ¿cierto? —quería impresionar de alguna manera a

Jia Song, pero no sabía si era posible. Su calma parecía impenetrable.

—Siempre es en la segunda luna nueva después del solsticio de invierno. Y esta noche es la víspera del Año Nuevo. Tradicionalmente es una celebración familiar con una gran cena. Es un honor para nosotros que nos acompañes.

—Llevo todo el día cocinando —comentó Xian Ming—. Muchos platillos: *dumplings*, fideos, tofu, bolas de pescado...

—Siempre comemos pescado en Año Nuevo —explicó Jia Song—. Es un símbolo de abundancia; siempre hay más peces en el océano.

—Y arroz, por supuesto —añadió Talya.

—En el sur comen arroz —aclaró Xian Ming—. Nosotros somos del norte, de Pekín. Nosotros comemos *dumplings* y fideos. Tanto hablar de comida hace que me de hambre. Voy a servir la comida y nos sentamos a cenar —le dijo algo a Dai Ling en mandarín; un intercambio rápido, luego se fue por el pasillo hacia la cocina.

—Cuando era pequeña, mis padres me daban un sobre rojo y dorado con una moneda dentro. Todos los niños reciben dinero en Año Nuevo —recordó Dai Ling—. El día de Año Nuevo solíamos hacer una gran cena con nuestros vecinos, los Lee, ¿cierto, Babá? Y todos íbamos al desfile de los dragones en el Barrio Chino. Ahora todos están demasiado ocupados.

—En China las fiestas duran dos semanas —observó Jia Song—. El Año Nuevo es parte de la Fiesta de la Primavera. La gente le da algo al doctor para que los mantenga con buena salud. Si son ricos le dan un pescado grande. Si son pobres, le dan una cabeza de pescado. Cada quien da lo que puede. Si eres muy pobre, le das una cabeza de pescado salada —expresó, riendo.

—¿Qué pensó usted cuando llegó aquí, Doctor Xiang?

—Por favor, llámame Jason.

Talya sonrió y comenzó a relajarse. Había estado nerviosa, sin saber qué esperar, preguntándose qué pensarían de ella los padres de Dai Ling, pero Jia Song la hizo sentirse en casa. Cuando Xian Ming los llamó a la mesa y estuvieron sentados, Talya comentó sobre la variedad de platillos y salsas fragantes.

—Esta es salsa de soja, esto es vinagre y esto es aceite de ajonjolí —explicó Dai Ling—. Puedes poner un poco de cada uno en estos cuenquitos y mojar los *dumplings*. Y tienes que probar esta salsa de chile, muy picante. ¿Quieres un tenedor? —le ofreció, al ver a Talya enredada con los palillos.

—¿Qué pasa? ¿Te cortaste la mano? —quiso saber Xian Ming cuando vio los cortes en la palma de Talya.

—No, no es nada, solo un rasguño —respondió, al tiempo que hacía un puño para esconderlos.

—Mi primera impresión de la medicina occidental la tuve en China —contó Jia Song, balanceando un *dumpling* entre los palillos—. Los profesionales de la MTC deben tener una base sólida en la medicina alopática, porque cuando los dos sistemas trabajan en armonía, tenemos el equilibrio ideal. La MTC es la mejor para tratar casos crónicos y para la prevención. La medicina alopática es para casos agudos.

—Dai Ling dice que ya eres doctora, que trabajas en el hospital —dijo Xian Ming.

—Oh no, apenas estoy en el tercer año. Todavía me falta un año de formación, luego tres años de residencia antes de estar plenamente cualificada. Pero ahora estoy trabajando en el hospital, en el grupo de prácticas clínicas. Nosotros rotamos seis semanas en cada disciplina; Pediatría, Obstetricia y Ginecología, Medicina Familiar, Emergencias, Psiquiatría y Cirugía. En este momento estoy en Medicina Familiar. Es un alivio después de trabajar en Emergencias.

—Siempre en una situación de crisis, ¿ah? —afirmó Jia Song, tomando otro *dumpling* con los palillos—. En la MTC nos entrenan para que cultivemos el bienestar de manera que no ocurra la crisis. En China el médico es un jardinero, en el occidente es un mecánico. El jardinero no hace que el jardín crezca; lo hace la naturaleza.

—Pero el jardinero tiene que mover la tierra, y sacar las malezas y podar las rosas —comentó Xian Ming.

—Y aquí cambiamos partes que no funcionan, como un mecánico de autos —rio Talya.

—A veces eso es necesario —explicó Jia Song—. Cuando se trabaja en Emergencias se ven accidentes. Si llega un hombre con la pierna aplastada se debe amputar; ninguna cantidad de hierbas podrá curar una herida como esa. No se trata de una cosa o la otra, esto tiene que ver con la armonía y el equilibrio.

—¿Qué piensa usted de la tecnología reproductiva?

—Hay un deseo de obtener provecho tratando los síntomas, en lugar de buscar el origen del problema y combatirlo. La diferencia básica entre la filosofía médica del oriente y el occidente, Talya, tiene una parte económica y otra influenciada por las creencias espirituales y culturales. En China las drogas químicas son caras, así que hemos continuado nuestra vieja tradición de la medicina con hierbas. Tiene el mismo efecto y es más fácil de conseguir, y más barato.

—¿Quieres un tenedor? Dale un tenedor, Dai Ling —indicó Xian Ming.

—No, no, me las puedo arreglar.

—Pero comes tan lento.

—No estoy acostumbrada a los palillos, pero quiero aprender.

Jia Song se inclinó y tomó la mano de Talya.

—Así —dijo, arreglándole los palillos y levantándolos hacia su boca. Ella sonrió con la boca llena de *dumpling* y Jia Song sonrió y asintió mientras continuaba—.

Después de la Revolución Maoísta en 1949, los médicos de MTC que llamábamos doctores 'descalzos' iban por el campo tratando a la gente. Solo necesitaban agujas y hierbas. Fueron los misioneros quienes trajeron los conocimientos de la medicina occidental y nosotros estábamos muy impresionados, pero la Revolución nos hizo comprender las ventajas económicas de los métodos tradicionales. Por siglos, el taoísmo ha moldeado nuestras mentes hacia una visión holística del mundo. Nosotros entendemos que el mundo es un cuerpo vivo, y nosotros estudiamos el cuerpo humano como un microcosmos.

Talya sintió la mano de Dai Ling sobre el hombro cuando se inclinaba para servir más té, y le sonrió, viéndola de otra manera, ahora que escuchaba a su padre.

—La medicina occidental se basa en los estudios anatómicos del cadáver; un ambiente fijo. Pero el cuerpo vivo es un ambiente dinámico en el que las relaciones de una parte con la otra siempre cambian dentro del contexto del todo. El ser humano solo es una pequeña parte de un sistema más grande. En Norteamérica la gente cree en el individualismo y su forma de practicar la medicina refleja esta filosofía. Comenzó, creo, con la Revolución Estadounidense y la declaración de independencia, que dice que cualquier hombre puede ser millonario, cualquier hombre puede ser presidente de los Estados Unidos — terminó con una sonrisa irónica.

—Y vea lo que nosotros tenemos al sur —dijo Talya—, ¡una nación que aterroriza y castiga a cualquier país que escoja, declarándole la guerra sin una razón válida!

—Ah, pero la guerra es rentable —aclaró Jia Song con calma—. Y la medicina occidental es rentable. Todas las medidas heroicas son rentables.

—¿Y qué hay de la pasión? —quiso saber Talya—. Hay que sentirse apasionado por la humanidad para querer ser médico.

Dai Ling observaba de cerca a Talya y a su padre. Los oía como si fuesen un dúo; su padre fuerte y claro, y Talya que lo miraba, siguiendo la forma de su pensamiento, intercalando preguntas para mantener fluyendo su voz: punto y contrapunto.

Xian Ming trajo otro platillo humeante de tofu y bolas de pescado, y le sirvió a Jia Song antes de colocarlo sobre la mesa.

—Tuvimos un antiguo gobernante llamado Shen Nung, conocido como el Emperador Rojo o el 'Divino Agricultor', por sus conocimientos sobre la agricultura y las plantas. Él probaba las plantas en él mismo, y se envenenó y se recuperó muchas veces. De aquello que aprendió escribió el libro más antiguo sobre remedios herbales, el famoso *Ben Cao*, y por ello se le reconoce como el Padre de la Farmacia China. Algunos dicen que era como un dios porque se envenenó y volvió a la vida tantas veces, pero eventualmente murió envenenado. Las medicinas herbales eran su pasión.

—En la medicina occidental, Andrés Vesalio se considera el Padre de la Anatomía. Él...

—¿Padre? ¿Qué es todo eso de esposo, dios, padre? —intervino Xian Ming—. Sin nosotras las mujeres no habría nada.

—Oh, yo sé —concedió Talya rauda, con la mano sobre el brazo de Xian Ming—. Yo estoy totalmente de acuerdo con usted, pero no podemos reescribir la historia. Vesalio vivió durante el Renacimiento, cuando de verdad era un mundo de hombres, y su pasión fue hacer el mapa del cuerpo humano. Por suerte, ahora vivimos en una sociedad más equilibrada.

—¿Tienes novio, Talya? —preguntó Xian Ming.

—No —respondió veloz.

—Talya es... —comenzó a decir Dai Ling.

—Yo estoy demasiado ocupada. No tengo tiempo. Las únicas personas que veo son los estudiantes de mi grupo clínico... y mi amigo, Elliott, que es un compañero estudiante.

—¿Y te gusta? —inquirió Xian Ming.

—Es mi mejor amigo. Es gay.

Xian Ming frunció el ceño, interrogante. Estaba a punto de comentar algo, cuando Jia Song dijo:

—Pasión significa sacrificio. Un día te casarás, Talya. La familia es lo más importante, el trabajo viene en segundo lugar, pero para un médico a veces no hay separación entre los dos.

—Dai Ling es igual, una chica de carrera —indicó Xian Ming con toda naturalidad—. Pero un día se casará, quizás con alguien famoso como Yo-Yo Ma, y todos nuestros nietos serán músicos.

—¡Oh Ma, deja ya! —rio Dai Ling, haciendo gestos con las manos a Xian Ming.

—Muy bien, vamos a recoger la mesa. Tienes que disculpar a mi tosca hija, Talya.

—¿Puedo lavar los platos? —se ofreció Talya, levantándose de un salto.

—No. Tú eres nuestra invitada —le pidió algo a Jia Song en mandarín, llamándolo Zhuzi, y él asintió—. Mi esposo te llevará al salón mientras Dai Ling y yo recogemos. Ustedes dos tienen mucho de qué hablar.

—¿Cómo hace sus diagnósticos? —quiso saber Talya cuando ya se habían sentado en la sala. Miraba los delicados pétalos de la orquídea que, debido a la intensidad de luz dorada por el sol poniente, parecía crecer en la cabeza de Jia Song.

—Existen doce pulsos, Talya; tres a cada lado de cada muñeca, dos niveles, la mitad son pulsos profundos, la otra mitad pulsos superficiales. Y la lengua, los ojos, la postura del cuerpo; tantas cosas que observar, Talya. La MTC es empírica; todo se basa en la observación. Es una práctica física, no intelectual.

—Usted debe haber estudiado por muchos años.

—Tienes la luz en los ojos —dijo, levantándose—. Voy a cerrar las persianas.

—Gracias. Es usted muy considerado.

—Tú eres amiga de Dai Ling, y serás doctora —afirmó sonriendo, como si eso fuese suficiente explicación para ser tan atento. De hecho, estaba encantado de tener la oportunidad de hablar con esta joven estudiante de Medicina. Detectó en ella una dinámica mezcla de energía que le recordaba a sus propias luchas cuando era joven en China, tratando de equilibrar su pasión por aprender con sus actividades políticas, una expansiva, la otra reductiva; intentando derribar un viejo régimen. Y le parecía que para Talya, también, su familia era importante—. Mi entrenamiento se interrumpió cuando vine a Canadá.

—¿Usted hablaba inglés?

—Yo lo aprendí en la Universidad de Pekín, pero cuando llegué a Canadá, me di cuenta de lo malo que era mi inglés —rio Jia Song—. Al principio fue muy difícil. Mi esposa tenía nostalgia y yo no sabía cómo comenzar nuestra vida aquí. Pero tuve la suerte de conocer al doctor Wu durante nuestra primera semana en Toronto. Él me tomó como su asistente y terminé mi entrenamiento con él. Trabajamos juntos por cinco años, luego comencé mi propio consultorio, aquí en esta casa, durante los primeros siete años. Esta sala era mi clínica.

Sin pensarlo, Talya le confió:

—Me voy a especializar en cirugía. Casos de verdad vitales. Para mí es más importante que nada. He visto tantas cirugías innecesarias.

—¿Quieres hacer el tipo de cirugía que le salva la vida a las personas, como lo hacen en el cine y la televisión?

Los dos rieron, y Talya, sorprendida por lo cómoda que se sentía con este hombre, continuó:

—Tomé la decisión después de mi primera autopsia. No quiero lidiar más con la muerte.

Jia Song la miró y asintió lentamente.

—Has pasado por muchas cosas con la muerte de tu madre —vio que Talya podría llorar pero no quería, así que continuó—. La MTC y la cirugía son buenos compañeros. La mejor manera de preparar a un paciente para una cirugía es tratarlo con hierbas, masaje, acupuntura; una afinación para que el cuerpo esté listo para el cirujano. Y después, las hierbas lo ayudan a recuperarse rápido. Nosotros pensamos que el cuerpo son dos energías que se mezclan, el *yin* y el *yang*. Como las dos orillas de un río, una en la sombra, otra en el sol. *Yin* es el deseo que crea belleza y *yang* es la satisfacción que crea poder. Un cirujano que conozca algo de esto será inapreciable, Talya. También está lo que llamamos el *qi;* la energía, el aliento en el cuerpo. El hombre en sí es una forma del *qi*. Su energía afecta todo lo que le rodea; el ambiente de la tierra resulta afectado, y el universo a su vez se afecta por el estado de la tierra. Es simple y complejo al mismo tiempo.

—Como el ADN.

—Sí, como el ADN. Talya, será para mí un honor compartir contigo cualquier cosa que quieras saber. Puedes visitar mi clínica.

Talya estaba por agradecerle, cuando de pronto entró Xian Ming con otra jarra de té verde de jazmín.

—¿Supiste, Zhuzi? Dai Ling dice que Sylvie no fue aceptada en la orquesta juvenil.

—¿La pianista?

—Sí —indicó Dai Ling, que seguía a Xian Ming con una pila de tacitas en la mano—. Ella esperó todo este tiempo y recién le dijeron esta mañana. Está muy decepcionada. Pero Christie entró. Compartiremos la habitación en la gira.

Talya puso los ojos en blanco mirando a Dai Ling mientras ella colocaba las tazas y Xian Ming servía el té con cuidado.

—Ahora pediremos nuestros deseos para el Año Nuevo —propuso Jia Song—. Este es el año del carnero en un rebaño de ovejas. Como yo, una posición de buena fortuna, rodeado de mujeres —rio.

—¿Y qué significa? —preguntó Talya.

—Significa que el comportamiento debe ser adecuado. El carnero está en la quinta dirección, en el centro, muy visible, y debe evitar ponerse de ningún lado.

Levantaron las tazas y sorbieron el té fragante. Talya tenía los ojos fijos en Dai Ling. Ella sonrió al pedir su deseo con mucho fervor.

***

Apenas Talya entró al restaurante, lo vio. Estaba sentado de espaldas a ella, con un vaso en la mano. Tenía los hombros caídos. Se veía viejo. Se volvió súbitamente, como si hubiese sentido los ojos de ella sobre él, y cuando la vio, agitó la mano y trató de ponerse de pie. "Oh Dios, ya está borracho". Avanzó rápida por el piso alfombrado, esquivando las mesas en su camino.

—Está bien, Papá, no tienes que levantarte —se inclinó hacia abajo para besarlo, al tiempo que él volvía a caer en la silla.

—Talya, te ves cansada. Te están haciendo trabajar muy duro en ese hospital.

—Es para el curso, Papá. De eso se trata la Escuela de Medicina, de empujarte hacia una realidad alterada.

—Tu madre estaría tan orgullosa de ti —en las comisuras de su boca se cernía una sonrisa amarga.

—¿Ya ordenaste?

—Te estaba esperando.

—Lamento haber llegado tarde.

—¿Qué vas a tomar?

—Vino tinto.

—Pediré una botella de Valpolicella, ¿te parece? ¡Mesero! —agitó el brazo en el aire, girando la cabeza, buscando.

"Él nunca fue así", pensó Talya mientras se ocupaba de su abrigo, cubriendo el respaldo de la silla con él. "Está destrozado". Un mesero apareció con menús. Otro mesero tomó la orden de las bebidas. Nick pidió un vodka doble y una botella de Allegrini La Grola.

—¿Regresaste al trabajo, Papá?

—Oh sí, estoy de vuelta.

—¿Estás ocupado?

—Ajá. El índice TSE se está recuperando, los inversionistas están apareciendo. Estoy ocupado, sí lo estoy —fanfarroneó—. Parece que no se las arreglan sin mí.

"Se encogió. Tiene la corbata torcida". Se inclinó sobre la mesa y se la enderezó. Después tomó su mano y los ojos de él se llenaron de lágrimas.

—Te extraño, Natáshenka.

—¿Quieres que vaya a casa por un tiempo?

—No, no, tengo que lograrlo solo —se empinó el vodka—. Voy a estar bien. ¿Pero te llevarías a la perra?

—¿A Ruby? Claro —Talya agarró un colín y lo mordió.

—Está triste todo el día, lloriqueando. No lo soporto.

—Puedo llevármela, no hay problema. Y yo podría ir en el verano si tú quieres, Papá. Me darán un par de semanas libres en agosto.

—Es una casa grande. Puede que reduzca el tamaño. Por otro lado, podría volver a usar los establos. Conseguir un par de caballos, como en los viejos tiempos.

—Seguro. Me encantó nuestra época de equitación.

—Ese era nuestro rato, ¿cierto, Natáshenka? ¿Recuerdas a Corky?

Talya rio.

—Él era mi Pegaso.

—¿Recuerdas los saltos que te preparé junto al huerto? Te ganaste algunas cintas, *moya dochka.*

—Siguen en la pared de mi cuarto.

Él la miró vagamente, con la mandíbula floja.

—¿Qué tal si comes algo, Papá? Yo voy a pedir la lasaña. ¿Y tú?

—Tu madre no comería pasta. Tendría miedo de perder su figura —tragó el resto de su vodka y tomó la copa de vino—. Por... por nosotros, querida.

"Así llamaba a Mamá". Talya sonrió y levantó la copa. Vio la boca de él moverse, las ojeras, la muerte en ellas cuando él parecía perderse, la voz que se apagaba. Sujetó el dije de jade que colgaba en su cuello.

—Sí —se escuchó a sí misma decir—. Tendremos un desayuno de Pascua. Haré *koulitch* y *paskha* —vio exudar el *koulitch* escarchado por donde lo rebanaban; un huevo rojo cocido en el centro, ojos rojos alrededor de la mesa, Riva, Sandra, Nathan, Vassily. "Oh, Natáshenka", la voz de Katya cuando ella quebraba un huevo, le ponía sal, lo mordía...

—¿Recuerdas los grandes frascos con brotes de sauce que teníamos por toda la casa? —dijo Nick, con los ojos encendidos de recuerdos—. ¡Y los huevos que teñía con cochinilla, apilados en un plato, por la vida, por la esperanza, por la resurrección! —se empinó el vino—. Los comíamos con sal y nos enjuagábamos la boca con Stolichnaya —arrastraba las palabras y su voz se volvió más fuerte.

Las personas de la mesa contigua los miraban.

—Ella quería que estuvieras en Ginebra con nosotros.

Talya vio un racimo de huevos rojos en un cuenco; un cuenco lleno de sangre frente a sus ojos, Nick bebiendo vodka fría para limpiarse la mente. Luego todo perdió la forma y se juntó en el baño de sangre, manojos de brotes de sauce embebidos en ella.

—¡No pude, Papá! ¡Estaba sobrecargada! —se dio cuenta de que levantaba la voz—. Trabajo, exámenes, cuidar la casa...

190

—Ella habló mucho de ti apenas llegamos allá. Cenamos en un restaurante muy parecido a este. Por supuesto que era suizo, no italiano, y estábamos sentados junto a la ventana, viendo el Lago Ginebra. Esa noche estábamos muy contentos, llenos de esperanzas. Me dijo cuánto te quería, Natalya. Cómo le hubiera gustado que ustedes fuesen... más cercanas.

—Yo también lo hubiese querido —concedió Talya, ansiosa—. ¿Ella dijo algo de por qué...?

La interrumpió la llegada de la comida, el mesero revoloteando, preguntando si deseaban más vino. Talya negó con la cabeza y esperó a que se fuera.

—¿Recuerdas las reuniones familiares en Montreal, Papá? Ese verano, cuando cumplí doce, en la casa del tío Vassily, ella y tú bailaron música rusa. Ella era tan bella y yo estaba celosa. Mamá y tú vivían en un mundo al cual yo no pertenecía.

Ella veía a su padre picotear la lasaña, moverla por todo el plato, con los labios y la barbilla temblorosos. "Oh no, por favor no llores, no lo soporto". Talya veía que él intentaba controlarse, pero las lágrimas se le derramaron de los ojos y bajaron por sus mejillas trémulas.

—Vamos, Papá, te llevaré a casa. ¿Dónde está tu abrigo?

—Lo colgué en el vestíbulo, con mi sombrero —tenía la voz ronca.

Talya ayudó a su padre a avanzar en su trayectoria inestable por el restaurante. La gente dejaba de comer y se volvía a mirar. Luchó por mantener el control. ¿Y si se caía con él? Se sentía como una titiritera, manejándolo desde una gran distancia, colocando la mano con cuidado bajo el codo de él y el otro brazo alrededor de la cintura. Ni siquiera podía sentirlo, a pesar de que sostenía su peso. El mesero corrió por la sala, queriendo saber si había algún problema con la comida.

—No, no. Mi padre no se siente bien. La cuenta, por favor. ¿Y podría llamarnos un taxi?

***

Los huesos de Ruby brillaron en un círculo perfecto cuando se acurrucó al pie de la cama de Talya. Dormía y le temblaba el hocico; un círculo negro y húmedo, enrollado como la superficie de la tierra vista desde los Cielos. Ruby manejaba campos eléctricos inmensamente complejos con el hocico; entraba en un universo de planetas que giraban mientras ella levantaba el hocico hacia el cielo en un paisaje de ensoñación de cazadores. La luna plateaba los dientes descubiertos, los bigotes se estremecían, los meteoritos le chamuscaban la piel al pasar, y sus patas se retorcían en el éxtasis de la búsqueda al tiempo que olía a su presa. Soñaba con lugares salvajes y noches hambrientas, una jauría con un solo pensamiento que aullaba en la oscuridad. Su aliento, caliente por la persecución, venía en chorros y gemidos al momento en que su cuerpo se lanzaba hacia delante, ligado con sangre codiciosa. Cuando la jauría derribó a un ciervo, la nieve se tornó roja y los perros ungieron sus lenguas al entrar en el cuerpo convulso, desgarrándolo con los largos dientes, exponiendo los huesos a la luna llena por primera vez.

Talya se dio la vuelta en la cama al oír que la puerta se abría. Miró a Dai Ling desvestirse en la luz de la luna que se filtraba por los postigos de las ventanas. Soltó prenda tras prenda hasta quedar desnuda, entonces se metió en la cama a su lado. Talya la tomó en brazos y murmuró:

—Mmm, y yo que pensaba que irías a casa con Mamá y Papá.

—No puedo estar lejos de ti —respondió Dai Ling—. Les diré que el ensayo terminó tarde y tuve que pasar la noche aquí —rio y rodó encima de Talya—. ¿Cómo estaba tu papá?

—No tan bien. Lo llevé a casa —las largas piernas de Talya se estiraron para frotar con los pies el suave pelaje de Ruby, cuando encontró la boca de Dai Ling en la oscuridad—. Estoy tan contenta de que estés aquí. Ruby también está aquí. Estamos todas juntas otra vez.

Dai Ling pasó la lengua por la parte interior del antebrazo de Talya, trazando las venas hasta la palma de la mano. Las cicatrices apenas se notaban ya, incluso para su lengua era difícil sentirlas.

—La luna está llena —susurró—. La vi cuando salía.

Talya se liberó de debajo de ella y se sentó en la cama. La fragilidad de su cuello se reveló al pasarse el cabello sobre uno de los hombros, la larga curva de la espalda fluía al ella moverse hacia la ventana, donde se quedó parada, apartando las persianas venecianas.

—Hay tanta claridad. Casi parece de día.

Dai Ling observó su opulencia; ojos ardientes en el pálido óvalo del rostro; la piel floreciente de una belleza inusual; las ondas de sus hombros, pechos, caderas.

—Regresa a la cama —pidió con voz ronca, a la vez que estiraba los brazos.

—Así debe sentirse tener una gemela —dijo Talya cuando sus pieles se tocaron y se supo a salvo de nuevo. Su dolor estaba a raya, a pesar de que la buscaba en ese lugar tan íntimo. Con todas sus parejas casuales nunca se arriesgó tanto. Dai Ling la encantaba y la desafiaba de una manera distinta. Había sentido que protegía a Dai Ling, pero en realidad ¿quién cuidaba a quién? Talya volaba sin alas en un sueño donde se alzaba mágicamente por el cielo para estudiar el mundo que estaba debajo desde una nueva perspectiva. Pero sabía que si pensaba en ello, caería.

—¿Vas a venir conmigo a Europa?

—Depende de Papá. Le prometí pasar mis vacaciones con él. Sabes que quiero, sobre todo estar contigo en Italia —giró un mechón de cabello de Dai Ling alrededor de los dedos; hebras gruesas y sedosas—. Sigo pensando en el Palazzo Del Bo en Padua, donde dictaron cátedra Vesalio y Galileo. Anoche soñé que estaba allí. Caminaba por el patio hacia una sala donde había una pared cubierta con los cráneos de los profesores fallecidos. En la pared se hallaba un espacio vacío con una placa y un escudo de armas con tres comadrejas, una encima de la otra. Alguien me llamó y yo crucé el patio hacia otra sala, que tenía escalones que llevaban a un púlpito circular. Adentro estaba un viejo de pie, dando cátedra a un grupo de personas. Tenía el cabello blanco y una barba larga...

—¿Era Dios?

—No —rio Talya—. Yo no creo en Dios.

—Nuestro último concierto será en Padua, después de Milán. Tienes que venir.

Dai Ling besó sus párpados y le cubrió los oídos con los dedos. Talya percibió un hormigueo en la coronilla y sintió que algo la halaba hacia atrás con delicadeza, al hundirse en la suave cavidad de la boca de Dai Ling, que la besaba...

"Tenemos que separar la construcción del universo de las consideraciones de las Sagradas Escrituras", dijo el viejo. "Yo, Galileo Galilei, he demostrado con mi telescopio la verdad de la teoría de Copérnico. Los planetas, incluyendo la Tierra, en efecto giran alrededor del Sol. Y el movimiento de nuestro planeta Tierra sobre su eje, al girar, es responsable del aparente levantamiento y puesta de las estrellas".

Fue silenciado por un martillo que golpeó la mesa. Una masa oscura se aglomeró alrededor de él, al momento que las capas, levantándose como alas, oscurecían al viejo.

Al principio parecía una niña, luego se vio claramente que la pequeña figura empapada de sol era una mujer delgada de mediana edad. Puso un plato con pasteles de miel a la sombra de una ventana cerrada y comenzó a pisar uvas en el sol, aplastándolas para hacer vino para el regreso a casa de su padre. La mujer infantil desapareció al tiempo que una oscuridad caía sobre todo; de nuevo las capas, elevándose y aleteando. Los inquisidores florentinos oscurecían la luz de las llamas encendidas en la casa de Galileo. Y desde su casa salían los gritos de los torturados, cuyos ecos se oyen cinco siglos después. El humo se elevaba ondulante por las persianas volteadas, el vino se derramaba por el patio, y había un fuerte olor a sangre quemada; herejes, brujas, inventores, científicos, genios...

Cuando Talya despertó, la tierra se había agachado para saludar a la luna, bordeada por un millón de estrellas que pulsaban. Las lunas Galileas giraban despacio alrededor de Júpiter; su movimiento, aparentemente no centrado en la Tierra, lo notó un viejo loco con un telescopio. Júpiter, a veces llamado Jove o Zeus, gobernante de los dioses, el planeta más grande del sistema solar, 300 veces más grande que la Tierra, navega brillante por el cielo, como un cisne blanco junto con Leda, quien da a luz a Helena, la mujer cuya belleza cataliza la guerra de Troya y echa al agua mil naves... Y así seguía, desenrollándose en la mente de Talya, una historia que lleva a otra, y a otra, hasta que todo en el universo estuvo conectado, atrapado en una red imposible y compleja, demasiado grande para cualquier mente.

Talya se dio vuelta y Dai Ling se movió y quiso alcanzarla. "Mi cráneo en sus manos". Su mente estaba inundada de música exquisita, algo que nunca antes había oído. Se preguntó si Dai Ling también la escucharía en su sueño, o si era ella quien la tocaba.

***

1559: Bruselas

A pesar de los esfuerzos de sus médicos, la gota del Emperador Carlos V al fin lo postró, y el 25 de octubre de 1555 entró en el gran salón de Bruselas, donde estaban reunidos miembros de la orden del Toisón de Oro con nobles y diputados de todas las provincias, muchos de los cuales lloraron sin vergüenza cuando el popular rey declaró oficialmente su abdicación. Le cedió la majestad a su hijo, el frío, terco Felipe II de España, y en la despedida concedió muchas indulgencias, incluyendo la pensión que le había prometido a su diligente médico, Andrés Vesalio, junto con el permiso para entrar al servicio del nuevo gobernante, quien siendo más español que holandés, favoreció el traslado.

—El Rey Felipe está mudando su corte a Madrid.

—¿Y tú, Andrés?

—Debo ir como médico de la corte. Anita y tú vendrán conmigo, naturalmente.

—Oh, esposo, viajar es una cosa, ¿pero debo mudar toda mi casa? ¿Qué será de nuestra hermosa casa, recién construida? ¿Qué será de tu consulta privada aquí en Bruselas?

—¡Preguntas, preguntas! Esos detalles serán atendidos, Ana.

—Pero yo no me quiero mudar, Andrés —el rostro de Ana era de preocupación, con la cabeza inclinada como si no pudiese con el peso de su grueso cabello dorado.

—Por supuesto, si no quieres acompañarme...

—Sabes que iría contigo a cualquier lugar, Andrés, pero...

—¿Pero qué? ¿Qué pasa, mi amor?

—De este viaje no estoy tan segura —Ana le arrugó la manga, los dedos le retorcían el terciopelo de Borgoña—. Anita va a cumplir catorce, una edad delicada. El viaje la pondrá intranquila, un camino tan largo...

—¡Bobadas! Le abrirá la mente. Tú la malcrías, Ana. Ella necesita abrirse hacia delante.

—¡Eres tú, Andrés, quien necesita abrirse! Has estado cerrado todos estos años, alejándote más y más, y ahora nos llevas a España, cuando ya tienes una gran pensión, una buena casa y todos los pacientes que un médico pudiera querer.

—¡Maldita seas, Ana van Wesele! ¿Cuándo te convertiste en una arpía?

—¡Cuando te perdí a *ti*! —ella lo miró fijamente por un momento, con las manos sobre sus amplias caderas, luego enterró la cara entre las manos y sollozó.

Vesalio la tomó entre sus brazos y acarició su pesado cabello. Un músculo le tembló en la mandíbula al sentir el corazón de ella latir contra el suyo. Al fin, ella levantó la vista, se sonó la nariz con la manga de su blusa y lo enfrentó.

—Iré contigo, Andrés, pero te ruego que me dejes estar... *contigo*. No puedo compartir mi cama contigo cada noche y pretender que todo está bien, mientras crece la distancia entre nosotros.

Vesalio apretó el puño y marcó la sangre que latía en las venas. Sintió enrojecer su rostro y mantuvo silencio hasta que la inundación colérica menguó.

—¿Cuánto tiempo tengo para resolver mi casa?

—Debíamos zarpar el octavo día de agosto en la comitiva del rey, pero este tonto Nostradamus, con sus amenazas de tempestades y naufragios ha puesto muy temerosos a los marineros, así que estamos retrasados. Tienes suficiente tiempo, querida, para arreglar las cosas de la casa como desees.

Ana se sorbió la nariz y se secó las mejillas con las manos.

—Le daré la noticia a Anita. Ella ha hecho lazos aquí, Andrés; amistades de toda su vida.

—Es una niña.

—Ya no. Como te dije... es una edad delicada.

—Ana, ¿por qué no hemos tenido más hijos?

Ella se ruborizó y bajó la vista.

—Yo no quería... —su pecho se alzó y de pronto ella miró a Vesalio, con las palabras revueltas—. Yo no quería perderte más, esposo mío. Yo pensé llenar nuestra casa, pero no ha sido así. Lo siento, yo pensé... —una incertidumbre llena de remordimiento se apoderó de ella, pero respiró hondo y se controló—. Fuimos bendecidos con nuestra hija y debemos estar agradecidos por ello. Gracias al Señor.

—En efecto —asintió con brusquedad.

Ana caminó hacia la puerta, luego se dio la vuelta, con el rostro solemne.

—No es mi elección ir a Madrid, Andrés, pero haremos lo mejor de ello. Quizás sea una bendición, un nuevo comienzo para nosotros.

—Esperemos que así sea —respondió, seco y sin humor, porque en realidad no entendía qué era lo que él mismo esperaba.

Al fin zarparon del puerto de Flandes el 23 de agosto de 1559. Vesalio pasó muchas horas solo en la cubierta mirando las aguas agitadas de la estela del barco. A veces sentía un violento impulso de arrojarse al agua, para combatir su gran temor de ahogarse en ese cuerpo móvil que parecía cubrir una parte tan grande de la superficie de la tierra. Pero le preocupaba más un sentimiento sutil y persistente; algo sin nombre que tiraba dentro de él, que supuso era el eco de la insatisfacción de Ana. Esto continuó hasta mucho después de que llegaran a Laredo.

Al terminar el largo camino por tierra, con las valijas y los cofres apilados sobre el carruaje, balanceándose precipitada, continuamente, la familia se estableció, acurrucándose entre sí, buscando confianza en esa nueva tierra. Vesalio se sentía feliz de estar rodeado de tierra firme, seguro en Madrid luego de varias semanas a la deriva en aguas peligrosas. Por un tiempo pareció ser el de antes, apasionado y apremiante. "Tal es la influencia de los viajes", pensó, "sacudirnos de nuestra complacencia, moldearnos hacia un nuevo punto de vista". Pero las restricciones de España poco a poco lo fueron apretando. No había un solo hueso en Madrid; ni un cráneo, un fémur, ni siquiera una simple costilla. Las secuelas de la Inquisición, junto con el sol severo, vencían a los van Weseles, acostumbrados a una vida liberal en un clima húmedo. Ana y su hija solo se acercaron más con la mudanza, mientras que Vesalio se encerró en sí mismo una vez más, en un lugar vigilado al que Ana no podía llegar.

***

—Qué mañana —Talya se echó sobre la mesa de la cafetería.

—Dios, pensé que nunca terminaría. Ese maníaco-depresivo...

—¡Y tú le dijiste que estaba tomando mucho café!
—Talya se soltó en carcajadas—. Elliott ¿qué te pasa a ti?

—No dormí anoche.

—¿De guardia?

—En celo.

—Oh no, ¿otra vez estás enamorado?

—¡Lujuria! Tú sabes que yo nunca me enamoro, querida.

—¿Quién es esta vez?

—Daniel, un vampiro joven y encantador que me encontré en el laboratorio clínico la semana pasada, cuando fui a recoger los resultados de mis pruebas.

—Ves, no tienes que depender de los bares. Puedes navegar en el General.

—¿Crees que debamos añadirlo a la Guía Gay?

—¿Qué pasó con Lawrence?

—Lo de siempre. Aburrimiento.

—En serio, Elliott; ¿nunca has estado enamorado?

—No esperes que todo el mundo esté enamorado solo porque tú lo estás, cariño. Estoy seguro de que Dai Ling es muy linda, pero ya está bien.

—¿No te preocupa... tú sabes...?

—A mí me protege un ángel oscuro. ¿Nunca te conté que por dos años fui novio de un hombre que tenía SIDA? Y aquí estoy, limpio como un suspiro; ni siquiera soy portador.

—¿Qué le pasó?

—Se murió.

—¿Y?

—La vida sigue.

—¿Pero dos años, Elliott?

—Fue una excepción a mis reglas. La verdad es que *todos* no podemos estar sobrecargados. Mírate —tomó la mano de Talya y la abrió para verle la palma, cruzada de pequeñas cicatrices blancas—. Rasgarte, tontita, no te sirvió de nada, ¿o sí?

—Te lo dije, Elliott; fue un accidente. Me quedé dormida y...

—Oh, vamos. A todos nos falta el sueño. Pero en serio, la flebotomía se acabó con los victorianos. Termínate el café y sé realista.

—¿Qué pasa si me vuelvo maníaca? —bromeó.

—Te enviaré a terapia de *shock*. Quince tazas de expreso doble.

—La gran controversia en la época de Vesalio era si se debía sangrar al paciente del lado afectado del cuerpo o en el opuesto, hasta que él introdujo un elemento completamente nuevo: el concepto de la observación directa.

—¿Otra vez Vesalio? Tal, estás obsesionada.

—¡Pero escúchame! La flebotomía solía ser el procedimiento normal antes del descubrimiento de Harvey de la circulación de la sangre, y fue Vesalio quien lo llevó a él. A partir de los resultados de sus disecciones y la observación del sistema venoso...

—¿Fue así como sedujiste a Dai Ling? ¿Con un discurso histórico? En lo personal, prefiero el coito.

—Vamos, Elliott, hablo en serio; nadie entiende *realmente* la sangre, a pesar de todos nuestros conocimientos científicos. Siempre hay algo más que descubrir, y la cosa con Vesalio era su enfoque práctico. Eso fue lo que llevó a Harvey a recurrir al cuerpo, en lugar de confiar en conceptos abstractos...

—Y lo llevó al descubrimiento de las válvulas venosas, ¡*voilà*! ¡La llave para desentrañar el secreto de la circulación!

—¡Pero ese no es el punto! El punto es, Elliott, que Vesalio cambió el curso de la historia de la Medicina por su insistencia en seguir su olfato. ¿Alguna vez has visto a un perro cazando? Se concentra tanto, que no le hace caso a más nada sino al olor. No oye, no ve; está en una búsqueda apasionada.

—Como el sexo.

—Sí, algo así como el sexo. Tú siempre me traes de vuelta a la tierra, ¿no?

—Dale un descanso a tu cerebro, ten un orgasmo. ¿No lo has notado? En este hospital todos están jodiendo como conejos. El sexo es una conducta inducida por el estrés para liberar las endorfinas, así que...

—¿Así que no tenemos que pensar?

—Ni sentir. No podemos darnos el lujo de tener sentimientos, Tal. ¿Por qué crees que nos exigen tanto, como días de dieciséis horas, y nos sobrecargan con información? Para que nos quedemos en nuestras cabezas y no nos atrevamos a salir nunca porque estamos emocionalmente agotados. Estoy entumecido.

—Y yo tengo el cerebro frito.

—Mmm, delicioso. Mollejas a la Hannibal Lecter. ¿Cómo sigue tu papá?

—La otra noche cenamos juntos... está bebiendo demasiado.

—¿Y tú? ¿Cómo estás tú, Tal, detrás de tu euforia de 'Al fin encontré el verdadero amor'?

—Mira quién habla. Me acabas de confesar que eres un sobreviviente de una relación de dos años con un novio que murió de SIDA y lo único que me puedes decir acerca de eso es, 'La vida sigue'. ¿Y ahora quieres que *yo* desnude mi alma?

—Cariño, yo sé que no te llevabas bien con tu mamá, y sé que querías que eso cambiara, solo te digo que...

—Yo sé. Pero no ahora. Dame un respiro, ¿sí?

—Se acabó el descanso —dijo él, mirando su reloj y levantando una ceja—. ¿Me prestas tu Palm Pilot? Tengo que hacer recetas esta tarde y nunca recuerdo las dosis de todos esos medicamentos para la psique.

—Claro —Talya estiró la mano y la puso sobre la de Elliott—. ¿Ellie, tú crees que lo logremos?

—Tengo que lograrlo, Tal. He deseado esto desde...

—¿Desde cuándo?

Elliott vaciló un momento.

—Lo he deseado toda la vida —afirmó con convicción.

—Yo también. Mi vida depende de eso ahora.

***

—¿Vas hacia el oeste? —le preguntó Christie a Dai Ling cuando se vieron en los casilleros después de las prácticas.

—Al este. ¿Tú también?

—Ajá. ¿Se pelearon?

—Nosotras no peleamos.

—¿De verdad? Todo el mundo pelea.

—Nosotras no.

—Dale tiempo.

Dai Ling rio.

—No seas tan negativa, Christie.

—¿Entonces por qué vas a tu casa?

—Nosotras no pasamos *todo* el tiempo juntas. Talya tiene evaluaciones clínicas mañana. Tiene que estudiar, y yo me llevo el violoncelo para practicar en casa. Estoy libre hasta la tarde. Es mi día en la biblioteca. ¿Algo más que quieras saber?

Pasaron por las puertas de cristal del edificio Edward Johnson, saliendo hacia el sol, y comenzaron a caminar hacia la calle St. George.

—¿No te parece genial que ambas hayamos entrado a la orquesta? ¡Y el mismo año que deciden hacer una gira por Europa en lugar de Canadá! —exclamó Christie, radiante—. ¿Supiste de la donación privada?

—Sí, van a aumentarnos las becas.

—¡Ocho mil quinientos dólares! Nunca he tenido tanto dinero.

Los dientes de Christie eran completamente blancos y estaban alineados a la perfección, formando cuadrados idénticos. "Es como un instrumento musical con todas sus partes expuestas", pensó Dai Ling, al tiempo que miraba su cabello peinado en punta con gel y la quijada aguda.

—Sylvie parece haberlo superado —dijo Dai Ling.

—Bueno, no me extraña. Se enamoró de ese chico tan guapo. Nosotras compartiremos la habitación, ¿cierto? Nunca he viajado a Europa. A decir verdad, estoy bastante nerviosa.

—Pero tú eres tan valiente, Christie. Tú te fuiste en autostop sola por toda Canadá el verano pasado.

—Eso es distinto. Todos hablan inglés. En realidad soy bastante tímida, ¿sabes? —dejó caer su ficha en la ranura y entró por la puerta giratoria.

—¡No puedo! ¡Mi violoncelo! —gritó Dai Ling. Distraída por la charla de Christie, había olvidado que estaba en la entrada equivocada del metro, así que caminó hacia la entrada principal, la que tiene torniquetes en lugar de puertas giratorias. Supuso que Christie ya se habría ido para el momento en que ella llegara a la plataforma, pero allí estaba, aún radiante.

—Vas a necesitar un estuche *muy* bueno para viajar —observó—. He oído que los aviones son toscos con los instrumentos.

—A menos que la ONJ pague un asiento para mi violoncelo.

—No creo. Ni que fuese un Guadagnini.

Los padres de Dai Ling nunca hubieran podido comprar un violoncelo como ese, o cualquier violoncelo. Cuando creció para usar un instrumento de tamaño completo, su maestra le encontró una benefactora; una dama mayor que poseía un Enrico Rocca, un violoncelo italiano moderno con un valor de $40,000. Ella escuchó tocar a Dai Ling y después dijo: "Es tuyo, querida, en préstamo permanente. ¿De qué me sirve tener esta cosa preciosa en casa sin usarla? Tú le das vida".

Christie estaba parada con la cabeza ladeada, el labio inferior salido, mirando fijamente una cartelera en la pared lejana de la plataforma. En ella, una mujer joven y linda hablaba por un teléfono celular inteligente nuevo con un tipo guapo, perfecto, que le sonreía desde la cartelera contigua. *Mantente en 'contacto' con él,* decía el anuncio.

—¿Christie, tú crees que algún día seremos ricas y famosas, tocando en todas las grandes salas de conciertos del mundo, haciendo CD y dando clases de maestría?

Christie giró sobre los pies y su risa quedó ahogada por el ruido de un tren que se acercaba. Dai Ling entró a empujones, protegiendo el violoncelo con el cuerpo, y se paró en la esquina, apretada entre la puerta y un panel de vidrio, con las piernas abiertas para tener más estabilidad. Con el tren traqueteando hacia el este, Christie se inclinó hacia ella.

—Nunca estuve segura de que eras lesbiana hasta que te vi con Talya. Si hubiese sabido...

—Yo misma no lo sabía.

Mientras el tren se tambaleaba, Dai Ling sujetó el violoncelo y Christie cayó sobre ella.

—Disculpa —dijo riendo—. Eres tan misteriosa, Dai Ling. ¿Crees que tenga una oportunidad cuando se acabe?

Dai Ling vio su reflejo en el vidrio oscuro de la puerta del metro. Cuando habló, fue tanto para ella como para Christie.

—No se acabará —contestó en voz baja.

Sentada en su habitación mucho más tarde esa noche, Dai Ling se sorprendió al ver a su padre parado en el umbral de la puerta.

—¡Babá! No te oí subir las escaleras.

—Ando en mis calcetines —indicó.

Ella se levantó de un salto y se estiró para abrazarlo.

—Ya casi no te vemos, Dai Ling. Siempre estás en el centro, ensayando con la orquesta —su tono era casi de pregunta.

—¿Y qué me dices de ti? ¿Trabajando hasta tarde en tu clínica? Siéntate, Babá —señaló la silla junto a la mesa de noche con la campana de luz y se acurrucó en la cama.

—Ah, todos están enfermos. ¿Cómo puedo decirles que no? —se hundió en la silla—. Anoche nos preocupamos por ti.

—Pero yo llamé a Ma.

—Ella me dijo. ¿Te quedaste con Talya?

—Los ensayos se alargaron.

—Tantas noches que ya no vienes a dormir a casa —comentó triste.

—A veces es más fácil quedarme en el centro con mis amigas —se puso a ordenar las partituras dispersas por la cama—. Estoy tan cansada después de los ensayos.

—Cuando eras pequeña te veía dormir. Cada noche entraba a tu habitación y te oía respirar. A veces me sentaba junto a tu cama, te tocaba la cara, acariciaba tu pelo. Al salir, cerraba la puerta en silencio para no despertarte, seguro de que tú eras nuestro futuro. Ahora que estás creciendo, sentimos que te alejas de nosotros.

—No, Babá, solo es por la orquesta juvenil —aseguró, inclinándose hacia delante, atenta—. Ellos recibieron una donación privada grande, así que aumentaron nuestras becas. Cubrirá todos los costos, la matrícula y también las clases de maestría —afirmó orgullosa—. En París voy a irme de farra de gastos y voy a comprar regalos para todos. Quizás hasta convenza a Talya de que venga con nosotros a Europa.

—¿Talya? ¿Por qué iría ella a Europa?

—Solo dije que puede que venga. Es una muy buena amiga.

—Ella me visitó en la clínica, llena de preguntas. Es muy lista. Le presté algunos libros, y ella hizo una cita para su padre. ¿Tú te quedas con ella a menudo en el centro cuando ensayan hasta tarde?

—Sí.

—¿Tiene un apartamento bonito?

—Ajá.

—¿Estás segura de que no te quedas con un novio secreto? —bromeó Jia Song.

—¡No, Babá! Pero de cierta forma tienes razón porque... Talya se está convirtiendo en... más que una amiga.

—¿Qué quieres decir?

A Dai Ling le sudaban las palmas de las manos. Tenía la boca seca.

—Nosotras... nos estamos... acercando.

Hubo un momento de silencio. Luego, Jia Song dijo:

—Es bueno tener amigos muy cercanos. Como Karen la vecina y tu Ma, que hablan en el jardín mientras cada una trabaja en sus rosales.

—No, no se parece a lo de Karen. Esto es distinto.

—¿Qué me tratas de decir, Dai Ling?

—Creo que... estoy enamorada de Talya —se ruborizó.

—¿Enamorada de una chica? —frunció el ceño, furioso—. Estás confundida, Dai Ling. Es amistad, más nada. La amistad es algo normal.

—Te digo, Babá; es más que una amistad. Yo soy... yo soy lesbiana.

Una expresión de desconcierto cruzó el rostro de Jia Song, y se echó atrás en la silla.

—¿Qué es esta locura? Esa Talya es una mala influencia para ti; te está metiendo ideas locas. No puedes volver a ver a esa chica —se levantó de manera abrupta, golpeando la mesa de noche, casi tumbando la lámpara. Dai Ling la atrapó y se puso de pie también, frente a él.

—Por favor, no te enojes conmigo, Babá.

—Me preocupo por ti, Dai Ling. Soy tu padre. Tengo que protegerte —afirmó, tieso.

Permanecieron inmóviles. Ninguno podía sortear la corta distancia que los separaba.

—No me hagas esto, Babá.

—Tu Ma y yo, nosotros no entendemos todo lo que pasa en este país, pero...

—Por favor, no trates de impedirme hacer lo que quiero.

—¿Lo que quieres? —rugió—. ¿Ser antinatural? ¿Tomar una mala decisión que te arruinará la vida? —volteó la cabeza, con los puños apretados. Luego volvió a mirarla, con la cara roja—. Recuerda la sangre de tus ancestros, las tradiciones que llevas en la sangre.

—Sí, y recuerda a Abuela; una parte de mí que es canadiense, como Ma. Abuela hizo que todo cambiara para nosotros.

A Jia Song, una vena hinchada le pulsaba en la nuca y la mandíbula le temblaba.

—Ya oí suficientes insultos.

Dai Ling sintió el pinchazo caliente de las lágrimas detrás de los ojos y bajó la cabeza. Percibió un silbido de aire, oyó las pisadas de su padre al abandonar la habitación, cerrando la puerta tras él, y los suaves pasos en las escaleras. Ella corrió a la puerta y la abrió, se quedó allí dudando. Entonces, una ola de rabia se apoderó de ella y la cerró de un golpe, se lanzó sobre la cama y lloró.

—Lo supe en cuanto esa chica vino a nuestra casa. Tuve un presentimiento —confesó Xian Ming—. ¡Oh, Jia Song! ¿Qué vamos a hacer? —estaban sentados a la mesa de la cocina, uno frente al otro—. Tal vez no debí haberla empujado tan fuerte. Ahora se está rebelando... como mi Ma. Y mira lo que le pasó a *ella*. Se murió sola en China. Yo soy responsable en gran parte.

—Si nos hubiésemos quedado en China, ella tendría razones válidas para rebelarse —dijo amargamente—. Ella no entiende lo que para nosotros es vivir dos vidas. Ella no sabe cómo hubiera sido su vida si no la hubiésemos traído a Canadá —dejó caer la cabeza entre las manos y murmuró para sí mismo, como si ignorara a Xian Ming—. Wu-Li aplastado por un tanque... Jiang-Gang con un tiro en la cabeza... Fang Li y Wu Fat pudriéndose en prisión, torturados tanto que han perdido la razón. No reconocen a sus familias cuando van a visitarlos. Si nos hubiéramos quedado...

—Pudieron haberte puesto en prisión a *ti* también, Zhuzi, y dejarme como una viuda. O de seguro te hubiésemos perdido en la masacre de la Plaza de Tiananmén. ¿Cómo puede Dai Ling comprender el sufrimiento por el que pasaste?

—Ella quiere que nosotros aceptemos todo lo que ella haga. No sabe ser una hija honorable.

—Hablaré con ella —Xian Ming se levantó para ir hacia la puerta, pero Jia Song le agarró la mano.

—¡No! Dale tiempo para pensar sobre esta locura. Mañana se disculpará.

Ella negó con la cabeza.

—Desde que era una niñita se empeñó en salirse con la suya. Música, música; todo siempre ha girado en torno a su música, hasta ahora.

—Y para nosotros era la promesa de un cambio —un espasmo de dolor contorsionó el rostro de Jia Song—. Trabajamos tanto para eso, y ahora nos traicionan de nuevo.

—Tenemos que tener paciencia, Zhuzi. Esto pasará. Conozco a Dai Ling. La música será su vida después de que se haya olvidado de esa Talya.

—Es hora de que nuestra hija conozca la verdad sobre su abuelo... Humillado ante su familia, obligado a arrodillarse sobre vidrios rotos en el sol ardiente, obligado a comerse las páginas de su propio libro. Lo sentenciaron a

Amanda Hale

veinticinco años de reeducación por trabajo, pero ni siquiera duró diez. Lo mataron de hambre. Al final, ya no tenía fuerzas para comer el medio cucharón de fideos que le daban cada día —Jia Song bajó la cabeza y lloró.

—Zhuzi, tienes que olvidarlo. Te va a destruir.

—Nunca olvidaré esa traición. Mi padre. ¿Cómo puede un hombre traicionar a su propio padre?

—Él era un niño. No entendió las consecuencias — estaba parada detrás de él, acunando su cabeza, alisando sus hombros encorvados.

***

Talya estaba arrodillada en el suelo, con la barbilla apoyada en las manos, rodeada de los libros de Jia Song. Estudiaba un patrón de mandala de las Cinco Fases y sus Relaciones: *el Fuego engendra la Tierra, la Tierra engendra el Metal, el Metal engendra el Agua, el Agua engendra la Madera, la Madera engendra el Fuego.*

Su cabello oscuro osciló cuando cambió la página a un diagrama de la Secuencia del Control Mutuo, donde cada elemento representaba un órgano vital y su relación con otro órgano. *El Fuego modera el Metal quemándolo y derritiéndolo. La Tierra sostiene al Metal formando minerales y trayéndolos a la superficie, pero controla al Agua represándola y absorbiéndola. El Metal vitaliza el Agua permeándola con substancias refinadas que aumentan sus propiedades vivificantes. El Metal modera e inhibe la Madera cortándola.*

Se consolaba con el recuerdo de su conversación con Jia Song. Sentía casi como si él estuviera en el cuarto con ella, compartiendo sus conocimientos.

Así como el Agua nutre la Madera, puede entenderse que dentro del cuerpo, la Esencia del Riñón genera la Sangre almacenada por el Hígado. Así como la Madera alimenta el Fuego, puede decirse que la Sangre del Hígado nutre el espíritu del Corazón al proveer a la mente de su base. Así como el Fuego genera la Tierra, el Corazón

210

mantiene al Bazo al proveer el calor y la energía metabólica (sangre oxigenada) necesarios para la transformación y la asimilación de los alimentos.

Sus labios se movían mientras leía; un sentido visceral despertaba en ella, junto con chispas de recuerdos.

Así como la Tierra origina el Metal, el Bazo mantiene al Pulmón elevando la Esencia del Alimento para combinarla con la Esencia del Aire, formando el Qi puro que circula por los canales. Y así como el Metal vitaliza el Agua, el Pulmón nutre al Riñón precipitando su Qi húmedo, que es recogido y almacenado como Esencia por el Riñón.

Se inclinó hacia atrás sobre los talones y suspiró. Comenzaba a ver una manera distinta de aprender, que iba más allá de su respuesta a la lectura, y se abrió a ella por completo. Oyó la voz de Jia Song y vio su rostro; la sombra de su hija, que vivía dentro de él. Se imaginó a Vesalio cavando en el cuerpo, mapeándolo, explorando en un ambiente visible y limitado. En su libro *Ilustraciones,* cada figura estaba dentro de un fondo natural. ¿Acaso buscó allí también? ¿Había pensado en los elementos de la Naturaleza que reflejan el funcionamiento del cuerpo humano? En su primera autopsia, Talya se sintió sobrecogida por una sensación de revelación, como si el interior del cuerpo revelara todos los secretos del universo. Recordó cómo se escondía en el jardín cuando era niña. Era una con la tierra, los árboles, el cielo; más grande y sin embargo más pequeña que ella misma, una paradoja viviente que no conocía separación entre ella y el mundo natural.

Mientras se encorvaba y seguía leyendo, volvió a pensar en Jia Song; en su solidez y su sutileza. Decidió hablar más con él cuando le devolviera los libros.

En el Pulmón, el Qi del Cielo (aire) se une al Qi de la Tierra (nutrición), formando el Qi que vitaliza al ser humano... El primer aliento del recién nacido conlleva a su existencia individual separada. La actividad de respirar conduce el Qi por todo el cuerpo. Estas pulsaciones continuas en forma de fuelle en el pecho y el abdomen establecen el patrón rítmico básico de todas las funciones en el organismo.

Algo se agitaba en ella, apartándola de la muerte de Katya. Y en medio del vaivén, el vacío de Talya se llenaba de deseo. Leyó los epígrafes en las primeras páginas; citas escogidas que reflejan la esencia del libro.

El Cielo, la Tierra y yo vivimos juntos, y todas las cosas y yo formamos una unidad inseparable. Chuang Tzu.

Para los chinos medievales, el patrón orgánico en la Naturaleza era el Li, y se reflejaba en cada entidad subordinada... Li significaba el patrón de las cosas, las marcas en el jade o las fibras en el músculo, como las hebras en un trozo de hilo, o el bambú en una cesta... Talya frotó la superficie lisa del jade que colgaba en su garganta... *es un patrón dinámico encarnado en todos los seres vivos, en las relaciones humanas y en los más altos valores humanos... Li, en su significado más antiguo, es el principio de la organización y del patrón en todas sus formas. Joseph Needham.*

El libro *Ilustraciones* descansaba detrás de ella, abierto en la Lámina 63. Giró sobre el piso de madera y se enfrentó a un hombre desollado suspendido, mutilado, en la página blanca. Tenía el esternón pelado hacia atrás, haciendo que el rostro barbudo recayera sobre su hombro. Alrededor del cuello aún tenía la cuerda cortada; sus extremos deshilachados serpenteaban en el espacio. Las costillas expuestas sonreían como dientes de macho cabrío, revelando los pulmones doblados dentro del cuerpo; alas de águila de sangre, suaves y blancas. El estómago del cadáver sobresalía por encima de sus calzones truncados, los genitales guardados en una bolsa incongruente. Era un dibujo hermoso, como una obra de arte abstracta. Evocaba en Talya una tristeza inexplicable por el pobre hombre que alojaba al mundo dentro de sí, como un paisaje profanado.

***

1563: Madrid

—Ven, Andrés. Vamos a nuestros aposentos.

A Vesalio le zumbaba la cabeza al salir de la Sala de Banquetes, con Ana enganchada de su brazo, estabilizándolo, y su hija que los seguía. Había consumido numerosas copas de Tempranillo bien añejado, de las barricas de roble de las Bodegas Reales.

—Ven afuera conmigo, esposa, y miremos las estrellas.

—La Inquisición desaprueba contemplar las estrellas. Recuerda que estamos en España —se inclinó hacia él, tocándole la oreja con los labios—. Debemos ver que Anita llegue segura a su recámara. Temo que de noche la siga ese joven que la miraba desde el otro lado de la mesa.

—Yo no vi nada.

—No temas, yo la cuido por los dos —susurró ella—. Vamos, Anita, es hora de irnos a la cama.

—Pero Madre, cómo voy a dormir con la barriga llena.

—¿La barriga llena? —Ana rio—. ¡Niña, si tú comes como un pajarillo! —con el brazo envolvió la delgada cintura de la chica y le hizo cosquillas—. Vamos pues, te reto a una carrera hasta tu habitación.

Vesalio quedó parado en el Gran Salón, inestable, sorprendido por la agilidad de su esposa, que subía corriendo un amplio tramo de escaleras curvas, con Anita pisándole los talones, hacia el primer nivel del palacio del rey. Estaba a punto de seguirlas, cuando sintió un par de ojos sobre él. Se dio la vuelta despacio, con la cabeza pesada por el vino, y entrevió una figura que retrocedía hacia las sombras. Vesalio arremetió; su propia sombra zumbaba grotesca por las paredes de mármol del pasillo. Se detuvo y escuchó, conteniendo la respiración. Solo se oía el chisporroteo de las velas arriba, ardiendo en una araña monstruosa, en un oscuro anillo de madera. "Una rueda para partir un cuerpo", pensó Vesalio mirando hacia arriba, recordando los instrumentos de tortura de la Colina de Galgenberg. Sacudió la cabeza para olvidarlos, caminó a tropezones en la luz moribunda y salió.

Afuera, tragó el aire de la noche como alguien que se ahoga, y miró las estrellas. Al cabo de un rato, vio alrededor buscando una señal del intruso silencioso. "Debe ser ese tipo que está husmeando a mi Anita", pensó. "Tenemos que encontrarle un esposo; un buen flamenco, aquí en la corte. Hablaré con Ana". El recuerdo de su esposa le despertó la sangre, o más bien, el recuerdo de su indiscreción, que Vesalio se había sacado de la mente hasta ahora. Desatada con el vino, resplandeció en él la memoria. Dos días antes, doblando una esquina en el laberíntico palacio, vio en la distancia un abrazo de despedida. ¿O no fue así? Su mente le jugaba infinidad de trucos en esos días. Quizás fue una simple salida de la sala, de una mujer sola, pero juró vislumbrar un brazo alrededor de su cintura, una mano grande que le cubría la cadera, y la figura de la mujer, tan parecida a la de su esposa cerrando la puerta y alejándose por el pasillo, sacudiendo el cuerpo al reorganizar sus ropas, acariciando su cabellera con ese gesto tan familiar. "En la reunión y la separación existen nuestras vidas", pensó, "todo entre límites". Recordó las veces que su padre regresaba a casa, la emoción en Helle Straetken mientras su carruaje retumbaba por el fango. Los niños se lanzaban sobre él, aferrándose como lapas, al tiempo que su madre aguardaba en la puerta, sonriendo, pero demasiado pronto se volvía a ir, y la luz abandonaba los ojos azules de la madre. El joven Andrés juró que cuando fuese un hombre, no se separaría de su familia.

"Tal vez me lo imaginé; la poca luz, lo inesperado que fue. ¿Por qué me traicionaría Ana? Nuestros cuerpos tienen vida propia y con frecuencia se unen en el deseo máximo. He sido fiel y ella me ha rechazado una sola vez en más de dieciocho años".

Al abrir la puerta, la habitación estaba a oscuras, con apenas un destello de la luna nueva. Olió una vela recién apagada. "Ana debe estar despierta todavía". Se deslizó a través del recinto con pasos más firmes, ahora que tenía los pulmones llenos de aire fresco. Se desvistió y se metió en silencio bajo el brocado pesado de su edredón de invierno, traído desde Bruselas. Ana no se movió cuando él pasó la mano sobre el ala carnosa de su pelvis. Yacía de lado, de espaldas a él, envuelta en su camisón.

—Esposa, oh esposa mía —le canturreó al oído, a la vez que le subía el camisón despacio y acariciaba sus amplios muslos. Él sintió el cuerpo de Ana tensarse justo antes de rodar bruscamente sobre la espalda.

—No puedo realizar este ritual vacío contigo, Andrés —confesó en una voz llena de emoción—. Contradice demasiado nuestra vida cotidiana. Me está llevando a... —y aquí su voz se contuvo y se silenció.

—¿Vacío? —repitió—. ¿Qué quieres decir con eso?

Ana se sentó en la oscuridad, encorvada, abrazando sus rodillas.

—Te perdí hace mucho tiempo, Andrés. Yo esperaba ganarte de vuelta. Encendí velas, recé, pero no estás allí como lo estuviste alguna vez.

—Heme aquí, siénteme, lleno de deseo por ti, mi amada esposa.

—Ah, siempre dices las palabras justas, Andrés, pero me engañas. Hay un defecto que no reconoces. ¿Qué es esta... esta... perversidad?

—¿Perversidad? ¡Qué absurdo lo que dices, mujer! Soy un marido muy atento.

—No lo niego.

—Siempre te he mantenido a ti y a Anita junto a mí en mis viajes. Rara vez hemos estado separados, menos en mis temporadas de cirugía de campo en tiempos de guerra; entonces solo pensé en su seguridad. Les he proporcionado una buena casa, dinero y medios.

—Yo sé, yo sé —se mecía, casi llorando.

—¿Entonces? ¿De qué se me acusa? —dijo colérico.

—Mira tu corazón —indicó ella con suavidad—. El corazón debe crecer con el cuerpo, esposo. En todos estos años de matrimonio me fui apagando por la repetición. A nuestra sopa le falta sabor —declaró, esforzándose por explicar su dolor más profundo—. Es la actividad del corazón lo que necesito, Andrés —diciendo esto se acostó lejos, en su propio lado, y le dio la espalda. Vesalio estaba tendido desnudo, temblando de ira.

—¿El peligro que hay en la corte es para la virtud de nuestra *hija* o para la tuya? —le espetó.

Sintió el temblor de Ana llorando en silencio, que solo aumentó su convicción de que ella lo había traicionado. Hinchado de ira, se dio placer a sí mismo ruidosamente, en la cama junto a ella. Ella no se movió, y al acabar, Andrés solo sintió un vacío cuando esperaba sentir venganza y la humillación de su esposa reacia. Estaba acostado en la viscosidad de su semilla que se secaba, despierto por completo. Una y otra vez, las palabras de Ana resonaban en su cabeza. Una y otra vez, él repasó los años de su matrimonio hasta que ya no pudo pensar. Pero el sueño no venía, así que se vistió y se arrastró hacia la ventana abierta, donde el aire frío de la noche le aclaró la mente. Miró sobre su hombro hacia la cama y vio el rostro dormido de Ana; una mancha de luz en la oscuridad. Sintió una punzada de arrepentimiento y maldijo las emociones complicadas de esta mujer que lo atormentaba para que encontrara dentro de sí lo que le faltaba. Comenzó de nuevo a enumerar sus logros como esposo, padre, proveedor, pero lo superó una oleada de agotamiento y apenas tuvo tiempo de tropezar hacia la cama antes de quedarse dormido, drogado de tanta repetición.

En la noche, Vesalio se despertó de repente de un sueño que se le escapó, pero que lo dejó flotando en un mar de nostalgia por la vida académica que había disfrutado en Padua bajo el gobierno veneciano. "La compañía de hombres cultos", pensó, "el dulce ocio de las cartas, el teatro de operaciones donde realicé mis disecciones con fila tras fila de rostros ansiosos que esperaban mis incisiones". Su corazón palpitaba de nostalgia y por las comisuras de los ojos abiertos en la oscuridad, brotaron lágrimas.

En las semanas siguientes tuvo mucha oportunidad de reflexionar. Su esposa e hija se dejaron ver poco; paseaban al aire libre en una rara temporada cálida en el invierno, mientras el rey y los cortesanos disfrutaron de una salud inusual. Felipe no tenía el apetito glotón que fue la causa del hundimiento de su padre. Así, el médico de la corte tenía tiempo. Evitó el contacto humano y se quedó en su estudio, con la cabeza pesada de tantos pensamientos, apoyada entre las manos. Alrededor de él se amontonaban libros sin abrir, a la vez que sus pensamientos se desenfocaban y se movían hacia el pasado. En su mente, Vesalio caminaba por las columnatas de la Universidad de Padua; sus pasos sonaban en las piedras antiguas.

Extendió la mano y la dejó descansar sobre un libro pequeño, *Observationes Anatomicae.* Gilles de Hertogh, un colega médico de Brabante, fue a Madrid dos años antes y le regaló esta joya, escrita por Gabriel Falopio. Vesalio reconoció a Falopio como un alma gemela.

Ana apenas le sacó alguna palabra durante los siguientes cuatro meses, ya que primero devoró el libro y después compuso una larga respuesta, su *Examen*, fechado el 17 de diciembre de 1561, que encomendó a Paolo Tiepolo, embajador veneciano para la corte española.

Vesalio sentía un gran cariño por el libro *Observationes* por dos razones. En primer lugar, era un trabajo brillante de investigación y descubrimiento anatómico en donde Falopio reconoció el libro *Fabrica* de Vesalio como la guía e inspiración para sus estudios. En segundo lugar, el trabajo hacía frecuentes referencias al 'divino Vesalio', haciendo que fuese aceptable para Andrés la crítica inteligente y los desafíos a su trabajo. Sin instalaciones para investigar las innovadoras observaciones anatómicas registradas, esperó impaciente por una respuesta, pero pasaron dieciocho meses y no hubo ninguna. Vesalio se preguntó por qué el silencio, e imaginó a Falopio firmemente instalado en la Cátedra de Anatomía en Padua, "la Escuela más digna en el mundo entero" escribió, "donde por casi seis años tuve la misma cátedra que usted ocupa hoy". Sentía el viejo anhelo del discurso con hombres como Gabriel Falopio, hombres inteligentes que compartían su oficio y lo entendían.

***

—¿Dónde está Babá? —Dai Ling estaba parada en la puerta de la cocina, con los ojos rojos e hinchados.

—Siéntate. Tenemos que hablar —le ordenó Xian Ming con brusquedad.

—¿Dónde está él?

—Se fue a la clínica. Se levantó a las seis. ¿Quieres huevos, tostadas?

—No tengo hambre —Dai Ling se dirigió a la puerta trasera, pero Xian Ming le impidió el paso.

—No huyas, Dai Ling.

—No lo hago. Voy a ver a Babá.

—Tu Babá está demasiado enojado ahora. Siéntate.

Dai Ling se sentó a regañadientes y Xian Ming colocó una taza de té verde humeante frente a ella y se sentó a su lado. Pasó la mano por los ojos de Dai Ling.

—Estuviste llorando. Todos en esta casa están infelices.

—¿Él te contó?

—Por supuesto.

—No me pueden impedir que vea a Talya. Yo la quiero.

—Bebe tu té. ¿Te acuerdas de China, Dai Ling?

—¿Qué tiene eso que ver?

—Tenías dos años cuando nos fuimos. Cuéntame qué recuerdas —insistió Xian Ming.

—Recuerdo a Abuela Geneviève —dijo, encogiéndose de hombros, malhumorada—. Recuerdo estar sentada en el pasto, una gran extensión de hierba, todo era dorado, el sol me calentaba la piel...

—Suena como el Parque Zizhuyuan junto al Zoológico de Pekín...

—No había animales. Había agua, un gran estanque, muchos niños jugando, árboles enormes que llegaban al cielo.

—Ah, el Parque Riverdale. Yo te llevaba todos los días. Había una niñita con la que te gustaba jugar, salpicándose agua en la piscina. Tenía una niñera de las Filipinas. Cuando nos íbamos, la niña chillaba porque quería venir con nosotros a la casa.

—¡Quisiera haber nacido aquí! —Dai Ling estalló enojada—. ¡Odio no poder recordar dónde pasaron las cosas!

—Si hubieras nacido aquí, no hubieras conocido a tu abuela. Ella se preocupaba. Decía, "Vas a terminar como yo, una viuda política. Encuentra un buen chico comunista".

—¿Quieres decir que ella no quería que te casaras con Babá?

—Él estaba demasiado involucrado en las luchas políticas, Dai Ling. Era peligroso para nosotros. Y pensamos que tendrías una vida mejor en Canadá, con más oportunidades.

—Igual me hubiese hecho músico si nos hubiéramos quedado en China.

—Pero no hubieses tenido libertad. Aquí puedes tocar con cualquier orquesta que escojas, puedes viajar con la orquesta juvenil. No destruyas tu carrera después de haber trabajado tanto. Esa Talya es una loca.

—Ma, yo amo a Talya. Por favor, no la insultes. Tú no la conoces.

—Sé lo suficiente. No la voy a volver a invitar a comer en mi casa.

—¡Entonces yo tampoco volveré a comer en tu casa! —gritó Dai Ling, barriendo su taza de té al suelo, donde se rompió.

—¡Dai Ling! —voceó Xian Ming—. Respeta a tus padres. Tú eres nuestra hija, la única. ¿Qué será de nuestros nietos?

—No puedo creerlo —respondió Dai Ling, ahora de pie—. ¡Yo te cuento que soy lesbiana y tú solo piensas en los nietos y mi carrera! Como si las lesbianas no tuviesen carreras e hijos.

—¿Qué? —los ojos de Xian Ming estaban abiertos de desconcierto.

—Muchas lesbianas tienen hijos, de forma natural o por medio de un donante, o incluso adoptados.

—Pero tú eres lo único que nos queda, Dai Ling —insistió Xian Ming, con la voz llena de emoción—. No hagas que tu Babá te eche.

—No te preocupes. ¡Me voy a mudar de todas formas! —exclamó, y la puerta trasera se cerró de golpe tras ella.

"Quizás nuestros problemas apenas comienzan", pensó Xian Ming, "en este país loco donde mi hija está floreciendo como una híbrida. ¿Qué pasó? ¿Cuándo la perdimos?".

***

Las chicas estaban paradas en el pasillo del apartamento de la calle Brunswick, abrazadas.

—Está bien, Dai Ling. Ellos lo superarán, ya verás...

—No lo van a superar. Tú no entiendes, Talya...

—Pero ellos te adoran. Van a tener que aceptar tu decisión. Tan solo dales tiempo. Puedes quedarte aquí.

—¿Sí puedo? ¿De verdad?

—Por supuesto. De cualquier manera, es hora de que te vayas de la casa de tus padres.

Dai Ling se estremeció un tanto, pero decidió ignorar el comentario de Talya. Se sintió emocionada y atrapada al mismo tiempo; pero sin dinero propio, no tenía más alternativa.

—¿Puedo traer mis cosas esta noche? Tengo clases todo el día, pero iré a casa a la hora de la cena y... les diré.

—Felicitaciones por salir del clóset —declaró Talya, llevándola a la sala—. Eres muy valiente. Probablemente sea lo más difícil que tengas que hacer en tu vida. Vamos, te haré un café.

—Bueno, no fue exactamente así. Mi papá lo medio supuso. Quiero decir, él sospechaba y...

—No importa cómo haya pasado. Tú le dijiste. Estoy tan orgullosa de ti. ¿Por qué piensas que tenemos el Día del Orgullo Gay? Tenemos que estar orgullosos de lo que somos porque hay millones de personas listas para condenarnos como monstruos.

—Oh Dios...

—¿Qué pasa?

—No puedo creer que esto esté pasando. Nunca imaginé que me pelearía con mis padres.

—Te digo, ellos lo superarán. Tienes que ser paciente.

—Pero duele —Dai Ling comenzó a llorar. Se inclinó, sollozando—. Yo quiero a Ma y a Babá.

—Ven aquí —dijo Talya, acunándola—. Te diré qué: voy a hablar con tu papá, si quieres.

—¡No! No puedes hacer eso. Se va a negar a hablar contigo. Lo conozco.

—No si voy a su clínica. De todos modos tengo que devolverle sus libros. Él es un profesional. Pienso que eso será más fuerte que su homofobia.

—Mi papá no es homofóbico. Lo que pasa es que no entiende.

Talya rio.

—Vamos, aquí está tu café.

—Siento que algo me traga —explicó Dai Ling, sentada en el sofá, mientras ponía la taza de café sobre la mesita frente a ella.

—Es claustrofobia, como cuando te enterraron en el jardín de Ray Lee.

—¿Tú crees?

—Claro. Aquí estás a salvo. Cuéntame la historia —pidió, sentándose junto a ella.

—Pero ya te la he contado.

—Nunca me canso de oírla. Cada vez que la cuentas, la historia se vuelve más vívida —aunque Talya miraba directamente a Dai Ling, sus ojos parecían estar lejos, como si estuviese buscando algo en la distancia—. Esas son las historias que te hacen ser quien eres, Dai Ling. Son como pinturas, con capas y más capas de colores y barnices. Algunos colores están arraigados tan hondo, que solo aparecen como un tono débil que brilla a través de la superficie, como la sangre bajo la piel. Tú sabes que está ahí, pero nunca la ves a menos que...

—Ellos dicen que puedes ver la sangre de tus ancestros circulando dentro del jade funerario —Dai Ling tomó el dije de jade de Talya entre los dedos y lo tocó con su propio brazalete—. Lo enterramos con los muertos para ayudarlos a llegar a salvo al otro lado, y después lo desenterramos para la próxima generación. Yo ni siquiera conocí a mi bisabuela que fue enterrada con este brazalete en la muñeca.

Talya cerró su mano sobre la de Dai Ling, que sostenía el dije.

—Esto es mi poder y mi protección —dijo Talya.

—Y tu buena fortuna. Mira —indicó Dai Ling, abriendo la mano—, tiene dos palabras grabadas.

—¿Qué dice?

—Atrapa la suerte.

—Yo te atrapé a ti —Talya rio y besó a Dai Ling—. Te apuesto que tus padres preferirían que Ray Lee te hubiera atrapado.

—Tienes razón. No me puedo imaginar que ellos alguna vez se acostumbren a vernos juntas.

—¿En China no hay gays y lesbianas? Elliott me contó...

—Yo no sé lo que hacen en China. ¡Yo soy canadiense!

—Está bien, está bien, Lo siento. Cuéntame otra vez la historia para verte con claridad.

Dai Ling comenzó, deshaciendo la cinta oscura de su historia, desenredándola en palabras escarlata con bordes dorados, transformándolas mientras andaba por la larga línea de una vida encantada que se extendía ante ella. Cuando terminó la historia, abrió los ojos y encontró a Talya mirándola fijamente.

—Ahí estás —afirmó Talya—. Esa eres tú.

***

Nick estaba acurrucado en el centro de su cama, con las manos apretadas, las uñas clavadas en las palmas. Su estómago gruñía, pero no tenía apetito, y el alcohol ya no le afectaba. Nada podía alejarlo de la cama... excepto Talya. Nick entró en la blancura de ese vacío muchas veces desde la muerte de Katya y había regresado, movido por el recuerdo de su hija, por sus encuentros semanales para cenar, por sus llamadas telefónicas. Pero su necesidad más profunda seguía siendo Katya, su tacto, sus ojos hipnotizantes, la cuna que tejieron para sostenerse juntos en el mundo. No era justo. Ambos tenían un acuerdo. Ella se colocó entre él y el mundo, y entonces ella lo abandonó. Se sentía como el gemelo siamés que sobrevivía luego de perder la mitad de sí mismo en la separación.

Nick se torturó viendo fotografías. Se había metido en el armario de ella e inhalado el tenue perfume que permanecía allí. Se agachó en una esquina con el rostro enterrado en su blusa de seda rosada. Cuando su viejo amigo Bill Cameron vino a la casa, Nick se quedó como un fantasma, incapaz incluso de invitarlo a entrar.

—Eh, Nick —dijo Cam con su risa grave—, tanto tiempo, Amiguito. ¿Cómo anda todo? —le golpeó el hombro suavemente con el puño—. Tengo un plan, Nick —le confió, inclinándose hacia él de manera conspiratoria—: Un par de chicas, reservaciones para cenar, unos tragos, bailar... ¿Te apuntas?

Nick negó con la cabeza, y Cam le insistió:

—Ay, vamos, Amiguito; hazte un bien, haznos un bien a los dos. Ahora estoy solo. Jenny me dejó, se llevó a los niños, los muebles, todo. Lo único que me quedó fue la televisión.

—Lo siento, Cam. Lo siento tanto. Pero no puedo...

Cam se encogió de hombros y apretaba los labios. Al llegar abajo, se dio la vuelta y le pidió:

—Llámame, Nick. Llámame cuando te sientas bien, ¿sí?

Nick lo vio bajar por el camino de entrada; sus grandes pies crujían en la grava. Caminaba como si aún tuviera puesto el uniforme de fútbol americano. Estudiaron juntos en la universidad, se graduaron y comenzaron a trabajar en Bay Street, la misma firma de corretaje; el escritorio de Cam estaba frente al suyo. Cam siempre subía los pies al escritorio y se inclinaba hacia atrás con su receptor de cabeza encendido, guiñándole el ojo a Nick mientras hablaba con sus clientes, gesticulando todo el tiempo con sus grandes manos. No era de extrañar que Jenny lo dejara. ¿Cuántas mujeres fueron? Y Cam siempre le bromeaba por su fidelidad. "¿Katya te tiene agarrado por los cojones, Amiguito? ¿Cuál es su secreto?".

Esa noche, Nick empujó los muebles de la sala hacia atrás, se sirvió un vaso de vodka y bailó al ritmo de sus canciones preferidas. *Heaven, I'm in heaven, and my heart beats so that I can hardly speak...* Se le quebró la voz. Tomó un trago de vodka y continuó su vals solitario, abrazando el aire, sosteniendo la figura vacía de Katya. *I seem to find the happiness I seek when we're out together dancing cheek to cheek...*

A ella le encantaban las canciones viejas. Siempre cantaba junto a él en el auto, viéndolo al volante, con la mirada chispeante. *Blue skies shining above, nothing but blue skies for my love...* Abrió los brazos despacio y buscó el teléfono. Marcó y esperó; su cuerpo frágil pulsaba al ritmo de los latidos inútiles de su corazón.

—Natáshenka...

—¡Papá! ¿Dónde estabas? Te llamé muchas veces.

Amanda Hale

—¿Vas a venir a casa, Talya?
—Claro, Papá, por supuesto que iré. Pero estoy de guardia en una hora. ¿Qué tal mañana por la mañana?
—Te necesito ahora.
—No puedo, Papá. Tengo guardia en Mount Sinai hasta la medianoche, después tengo que dormir un poco. Iré mañana lo más temprano posible.
—¿Me lo prometes?
—Sí.
Hubo una pausa y él confesó:
—No puedo más.
Cuando Talya habló, su voz estaba teñida de miedo.
—¿Qué quieres decir? ¿Papá? —lo oyó sollozando al otro extremo del teléfono—. Oh, Papá... no sigas. Por favor, no sigas.
—Talya, por favor... tú eres su propia carne.
—Mira, me tengo que ir. Te veo mañana.
Talya se estremeció al colgar el auricular. Se sintió extrañamente remota, como si la conversación hubiese pasado hacía mucho, mucho tiempo. Se ocupó preparándose para su turno en el hospital, recogiendo su estetoscopio, su Palm Pilot, metiendo una bata blanca en su bolsa.

***

Nick la esperaba en el salón, viendo por la ventana. La recibió en la sala de la entrada cuando pasó por la puerta.
—Natáshenka. No pensé que vendrías —se tambaleó hacia ella con los brazos extendidos.
—Oh, Papá. Mírate.
Estaba descuidado. Olía mal.
—¿Qué pasa? ¿Estás borracho?
Él negó con la cabeza.
—Estás tan delgado y... te has estado descuidando. Vamos, tienes que bañarte.

226

—Quiero hablar contigo —dijo él.

—Primero te bañas —Talya lo tomó de la mano y lo llevó arriba. Abrió la llave del agua caliente y vertió un chorro del baño de burbujas con esencia de rosas de su madre en el remolino de agua.

—¿Puedes solo? —preguntó secamente—. Te prepararé algo de comer mientras te bañas. Aquí está el champú. Y una toalla —encontró una barra de jabón perfumado con rosas en el gabinete del baño y la desenvolvió—. Toma, el jabón de Mamá. Vas a oler como ella.

—¿Talya? —Nick estaba sentado en el borde de la bañera, frotándose los dedos de los pies en el pelo de la alfombra del baño—. ¿Me restriegas la espalda?

—Claro —ella esperó a que él se desvistiera, buscando a tientas los botones, quitándose la camisa despacio, dejándola caer sobre la alfombra del baño. Oyó la cremallera de sus pantalones y sintió un temblor cuando casi perdió el equilibrio. Sus calzoncillos colgaban patéticos de sus caderas. Talya trató de no mirar. Se avergonzaba de ver la pálida carne de su padre. Al fin se quitó los calcetines y entró a la bañera humeante.

—¡Cuidado, Papá! Te vas a quemar —ella se tambaleó hacia delante y cerró el grifo caliente—. ¡Mira, te estás poniendo rojo!

—Está bien. No siento nada. Soy un ruso blanco.

Los dos rieron al tiempo que ella abría la llave del agua fría, empujando suavemente el agua fresca alrededor de él. Sosteniendo el jabón en la mano izquierda, ella le mojó la espalda y comenzó a enjabonarla con fuerza. El pelo de Nick resbalaba en rizos húmedos; tenía el cuello doblado hacia delante y la espalda curva, como un bebé muy viejo.

—¿Recuerdas cómo nos bañábamos juntos cuando eras pequeña?

—Recuerdo que Lily me bañaba.

—No, pero nosotros te bañamos, tu mamá y yo, cuando Lily se fue.

—La extraño.

—Te queríamos para nosotros. ¡Auch! Me estás restregando demasiado fuerte —lloriqueó.

—Disculpa, Papá. No soy exactamente material de enfermería.

—No, tú vas a ser doctora —la miró a la cara, con los ojos muy abiertos—. Estoy orgulloso de ti, Natáshenka.

—Gracias, Papá —tomó su cara cerdosa entre las manos y le besó la frente húmeda—. Baja cuando estés listo. Y no olvides afeitarte.

Talya salió rápido del baño y cerró la puerta. De pie en el pasillo, se lamió los labios salados. Un escalofrío la atravesó. Se movió como un torbellino, arrancando las sábanas sucias de la cama, corriendo escaleras abajo, arrojándolas en la lavadora con terrones de jabón en polvo, ajustando el selector. Apiló platos sucios en el lavavajillas, limpió la nevera y echó toda la comida podrida en una bolsa de basura. Recogió botellas de vodka vacías de la sala y las amontonó en el porche trasero con la basura. Llamó a Molly Maid y les pidió que enviaran un equipo de limpieza al día siguiente; luego abrió unas latas e improvisó una comida: remolachas en vinagre, corazones de alcachofas, aceitunas, atún y galletitas saladas. Cortó hierbas frescas de la huerta sobrecrecida, donde apenas se veían los lupinos esqueléticos sobre la hierba alta que rodeaba la cancha de tenis. Cuando regresó a la cocina, Nick estaba parado en el umbral de la puerta, con una sonrisa de medio lado en la cara y el cabello ondulado húmedo alrededor de las orejas.

—Te ves mucho mejor, Papá, pero necesitas un corte de pelo.

Era él como una planta medio muerta a la que sumergen de pronto en agua tibia. Talya lo rodeó con sus brazos y apoyó la cabeza en su hombro. Sintió la fragilidad de su espíritu, que apenas flotaba, absorbiendo su fuerza vital.

—Ven a comer —lo tomó de la mano y lo llevó a la mesa.

—¿En la cocina?

—¿Por qué no? —Talya sacó una silla para él y caminó hacia el otro lado de la larga mesa de madera.

—Katya nunca comería en la cocina.

—Vamos, estás muerto de hambre —Talya comenzó a llenar el plato de él con pequeñas porciones de la comida improvisada. Encontró una botella de vino blanco en la nevera, la abrió y sirvió una copa para cada uno. Al regresar a la mesa, Nick estaba inclinado sobre el plato, comiendo como un niño hambriento.

—Quiero que te lleves su ropa.

—Tengo mucha ropa, Papá.

—Por favor. No soporto verla colgada aquí.

—Voy a llamar al Ejército de Salvación.

—No. No quiero que la tengan extraños —tomó un trago de vino y se limpió la boca con el dorso de la mano—. ¿Crees que tus amigas quisieran...? —se distrajo del tema cuando sus miradas se cruzaron—. Lo hicimos lo mejor que pudimos, Natáshenka. No sé cómo te fallamos.

Talya terminó su vino, puso la copa sobre la mesa y la giró sobre el pie.

—Ella te quería desesperadamente. No te puedes imaginar la dicha que sentimos cuando naciste.

—Creo que Mamá se sintió aliviada después de todo ese tiempo acostada en una cama.

—No sabes lo maravillosa que era. Nunca le dejaste mostrarte.

—¡Oh, por favor! —Talya empujó su silla, raspando el piso de baldosas.

—No pierdas el tiempo odiándola, Talya.

—¡No la odio! Yo...

—Eres igual a ella. Tienes lo mejor de ella; brillante, rápida e ingeniosa, tan sensible y susceptible —él la veía, dispuesto a cruzar su mirada, pero ella no lo hizo—. Para ella era un golpe terrible tener todas esas pérdidas. Con cada una se sentía más imperfecta. La quinta vez que perdió un bebé ya tenía cuatro meses y el feto estaba desarrollado por completo —se limpió la boca de nuevo, y con la lengua buscó un trozo alojado en una muela—. Fue por la mañana. Ella me llamó a la oficina; vine a casa enseguida y ella me llevó al baño de arriba. Allí estaba, entre dos trozos de papel de una revista. Nunca antes había visto un feto. De alguna manera me sacó de mí mismo... No puedo explicarlo, pero Katya entendió. Ella se sentía igual. No vimos los demás; siempre fue muy temprano y el médico se deshacía de cualquier resto que quedara —él logró que lo viera cuando ella levantó la cara, y le sostuvo la mirada—. El bebé parecía algo de otro mundo, oscuro y mojado, y nosotros queríamos que viviera. 'Tengo el corazón herido' dijo Katya, y yo sabía lo que sentía porque esa cosita también me hirió a mí. Tres pulgadas —levantó su dedo índice—, pegado a una página brillante; un anuncio de programas para computadoras, con un cordón que le salía desde el centro. 'Voy a ir a un especialista' dijo. 'Voy a tener nuestro hijo, Nick, incluso si tenemos que recurrir a la tecnología'. No pensó en más nada hasta que naciste —inclinó la cabeza—. Entonces quemamos el feto.

Hubo un largo silencio.

—No lo has notado, ¿cierto?

—¿Qué?

—El útero TRA.

—¿Qué hay con eso?

—Cuando ustedes estaban en Ginebra hubo una tormenta. Se rompió. La vibración del trueno, supongo —ella veía su plato, movía los huesos de las aceitunas, haciendo un círculo con ellos—. ¿Recuerdas cuando rompí el jarrón azul que estaba junto al perchero, deslizándome por la barandilla?

Él asintió.

—Fue un accidente.

—No te echamos la culpa —aclaró—. Nunca te castigamos.

—No hizo falta.

Nick estaba sentado con la cabeza entre las manos. Los cabellos se le rizaban alrededor de sus gruesos dedos.

—¡Yo solo era una niñita, Papá! Tuve que buscar consuelo en Lily.

—Nosotros le dimos a Lily el dinero para que regresara a su casa con sus propios hijos.

—¡Ustedes la mandaron lejos porque yo la quería!

Nick levantó la cabeza y la miró; su guapo rostro estaba flácido y se veía derrotado.

—Oh, Talya. Nos daba pena ella, eso es todo.

—Se supone que ella fuese mi madre sustituta —afirmó en tono acusador.

Nick asintió. Sus ojos eran inescrutables para Talya, quien los veía sin vida.

—Hicieron una autopsia en Ginebra —explicó—. Dentro del tumor de tu madre encontraron una criatura muerta. Yo la vi. Era como aquel feto de hace veinticinco años atrás, pero era viejo. Un homúnculo con largas hebras y mechones de pelo; monstruoso, como algo privado de luz, una papa podrida olvidada debajo del fregadero, con largos tubérculos que brotan de ella. Tenía garras como un perro, Talya, garras como cuernos amarillos que crecieron desproporcionados para sus pequeñas manos —Nick estaba ronco—. Tenía la cara distorsionada. Un diente largo le perforaba el labio inferior. No puedo creer que esa criatura habitó en mi Katya todos esos años.

—Mi gemela.

Nick negó con la cabeza.

—No, mi amor; un monstruo. Un monstruo pequeño y patético —sacó un gran pañuelo del bolsillo y se sonó la nariz—. Siento tanto, *moya dochka*, no haber sido el padre que tú querías.

La boca de Talya tembló para convertirse en una sonrisa amarga, como si fuese a llorar. Pero en vez de eso, alcanzó la mano de Nick al otro lado de la mesa y la apretó, enterrándole las uñas en la parte carnosa de la palma. Su cuerpo empezó a temblar. Cuando quitó la mano, había sangre en la palma de Nick. Talya se cubrió la cara.

—Lo siento —canturreó—. Lo siento, lo siento.

***

Otro verano sofocante pasó por la corte en Madrid. Otro invierno, y con la llegada de la primavera en el año de 1564, Ana van Wesele comenzó a sentirse como una pantomima ante los ojos vidriosos de su marido. Cada intento de hablar fracasaba tras su retirada, cada vez más lejana. Al fin, en la privacidad de sus aposentos una tarde que ella lo encontró ante la ventana abierta, lo tomó por los hombros y lo sacudió.

—¡Andrés! ¡Habla conmigo! ¿Qué te pasa, esposo?

—Recordaba... Padua... los días dorados.

—¿No Bruselas? ¿No nuestra casa en Brabante?

—No. Padua.

Los labios de ella traicionaron un temblor; entonces tomó fuerzas.

—*Yo* he estado recordando Bruselas. Un regreso a nuestra casa sería oportuno y ventajoso. Anita tiene dieciocho años y tiene que casarse. En Bruselas habrá pretendientes en abundancia para ella.

—No quiero regresar a Bruselas.

—Tampoco espero eso de ti.

—Tampoco puedo.

—Por supuesto que no.

Ahora Vesalio estaba alerta y sospechaba. Había tratado de olvidar la despedida que entrevió en la puerta, intentando persuadirse a sí mismo de que estaba errado.

—¿Cómo propones llegar allá?

—Viajaré por tierra.

—Yo te acompañaré.

—No será necesario.

—Hasta la frontera.

Ana parecía estar a punto de protestar, pero contuvo la lengua y asintió.

—Nosotras quisiéramos irnos en un mes.

—¿Nosotras? —entrecerró los ojos.

—Anita está conforme. Ella desea una pareja adecuada.

—¿Y tú? ¿Qué quieres tú?

Por una fracción de segundo, en la cual el aire que la rodeaba se volvió blanco y frío, Ana se quedó sin respirar, con los ojos fijos en Andrés, insegura de qué responder.

—Irme en paz —se oyó a sí misma decir, y pasó un momento.

Vesalio se dio vuelta.

—Hablaré con el rey para que me de un permiso de libre tránsito —oyó cerrarse la puerta.

Vesalio fue rápido en idear un plan. No podía soportar el desamparo de su situación. Aunque no lo diría, sabía que su matrimonio había acabado y el tirón dentro de él exigía, al fin, que fuese hacia donde estaba tirando. Algo irresistible lo jalaba hacia delante. "Algo se perdió", pensó, "hay que recuperar algo. Jerusalén. Voy a hacer una peregrinación para limpiar el camino para un nuevo comienzo". Se halló a sí mismo inclinado hacia delante, listo al borde de la silla, con la barba sobresaliente y la sangre corriendo. Vesalio se levantó de un salto y se dirigió hacia los aposentos del rey.

***

Jia Song la estaba esperando. Dai Ling entró en silencio por la puerta de atrás, y Xian Ming levantó la vista de la estufa.

—Tu padre está en la sala.

Habían discutido.

—No la eches —le pidió ella—. Tú estás todo el día en el trabajo, pero mi vida está aquí en casa. Las idas y venidas de Dai Ling son mi vida. Tenemos que ser pacientes. Esto pasará.

Pero en Jia Song se cerró una puerta. Estaba determinado. Cuando Dai Ling entró en la sala, él se levantó abruptamente, golpeando la mesa donde descansaba la orquídea, haciendo temblar sus pétalos. Se vieron el uno al otro y luego él habló, con un discurso seco y frío.

—¿Has pensado en lo que te dije anoche?

—Babá, por favor, no causes una pelea. ¿Qué hay de Ma?

—Contéstame.

—Me voy a mudar con Talya.

—No lo voy a permitir.

—No puedes detenerme.

—Si te vas de mi casa, te repudiaré.

Dai Ling lo miró incrédula.

—No puedes hacer eso. Soy tu hija.

—Tú no eres mi hija. Eres antinatural.

—¡Babá! ¡No! Por favor escúchame, yo...

—Ya escuché suficiente. Tienes que obedecerme. Soy tu padre.

—Pero eres cruel. Tú nunca fuiste así... —se desvió, de repente asustada al darse cuenta de que no podía llegar a él. Sus sombras se perseguían en silencio por la habitación, Jia Song resoplando como un dragón, Dai Ling corriendo, corriendo, riendo; "Estoy enamorada de ti, ¿recuerdas?".

Empezó a llorar, gimiendo como una niña—. Es como lo de mi tío, ¿cierto? ¡Vas a desterrarme como hiciste con mi tío!

Jia Song se lanzó hacia delante con la mano levantada y, cuando Dai Ling se encogió, él se detuvo, congelado. Se dio vuelta, se puso el abrigo y las botas protectoras en el pasillo, y salió por la puerta del frente, cerrándola de golpe.

Xian Ming encontró a Dai Ling parada como un fantasma. Al ver a su madre, comenzó a gemir de nuevo y Xian Ming la tomó entre sus brazos.

—Tu Babá tiene razón. Tienes que hacer lo que él dice, Dai Ling. Olvida esta locura.

—¡No! —se zafó de los brazos de Xian Ming—. ¡Prefiero dejar el violoncelo que dejar a Talya! Esta es *mi* decisión; *mía*, Ma. Tengo veintiún años. Deja de tratarme como a una niña.

Salió de la sala corriendo y subió las escaleras, dejando a Xian Ming sola en medio de sus temblorosas plantas. Mientras Dai Ling tiraba ropa y zapatos, libros y partituras en una maleta, trató de tranquilizar su mente porque no soportaba pensar en lo que estaba pasando. Era increíble, espantoso. Cuando se llenó la maleta y ella luchaba por cerrar la cremallera, de pronto levantó la vista y vio colgado su *shui pao*, un regalo de su Babá. Dudó un momento, luego lo agarró de la parte trasera de la puerta, lo puso encima de la ropa y cerró la maleta. Al salir de la habitación, se volvió en el umbral de la puerta. "Toda mi vida dormí en este cuarto. Nunca pensé que me iría así, nunca". Miró la estrecha cama, la mesa de noche con la lámpara rosa pálida con la que leía; biografías de Jaqueline du Pré y Yo-Yo Ma, *Lives of the Composers*, el armario semivacío con motas de polvo en las esquinas, la ventana que daba al jardín de Xian Ming.

Su madre no la miró cuando pasó por la puerta del salón. Dai Ling la vio por el rabillo del ojo, encorvada, con la cara entre las manos.

Había velas encendidas alrededor de ellas en la terraza, parpadeando, lanzando sombras sobre la nieve que se derretía. Dai Ling tenía en la mano una copa bulbosa que brillaba oscura con vino. Un calor extraño las atrajo hacia afuera en la noche.

—Tenemos que celebrar —pronunció Talya—. Es primavera, un nuevo comienzo.

Pero era solo el principio de abril. Dai Ling sabía que faltaba más por venir. Ma nunca plantaba su jardín sino hasta el 24 de mayo.

Juntaron las sillas y brindaron la una por la otra. Los pies de Dai Ling descansaban en el regazo de Talya. Sentía que lo había perdido todo y que estaba a la deriva en el cielo, en un lugar muchísimo más grande de lo que nunca se hubiera imaginado, que la absorbía, tan pequeña en el esquema de las cosas. A pesar de que tenía ganas de llorar, sabía que estaba bien. Porque era como la música cuando se perdía en ella; siempre podía bajar el arco y regresar. Clavó la mirada en los ojos de Talya, buscando. Talya se inclinó hacia delante, con la boca llena de vino, y Dai Ling abrió los labios para recibirlo, dejando que el líquido goteara por su garganta, su barbilla; una llovizna que dejaba un sendero oscuro entre sus pechos.

Un grupo temprano de meteoritos llenó el cielo, rociando diseños ancestrales por la oscuridad de las revoluciones de la Tierra.

Dai Ling oyó un gimoteo, agudo e insistente, luego el hocico frío de Ruby le empujaba la cara, buscando, tratando de que ella levantara la cabeza. Supo que Talya se había ido incluso antes de que la buscara a tientas en el espacio vacío junto a ella. En cuanto pisó el suelo se echó encima el *shui pao*. La garza se balanceaba sobre su espalda al tiempo que ella corría hacia la puerta; los movimientos quedaban rebanados por barras de luz lunar que pasaban a través de las persianas, como si el ave intentara batir las alas rotas. Talya pudiera estar durmiendo en el sofá, pero no, no estaba allí. A través de la ventana de la cocina, Dai Ling vio las copas de vino vacías en la terraza, a la luz de la luna. Todo tenía un aire misterioso, como si hubiera habido una fiesta y todos se hubiesen ido a sus casas, dejándola sola. Ruby rasgaba la puerta y lloriqueaba por salir.

Dai Ling se estremeció al pisar la terraza y se quedó allí, escuchando. Un ocasional silbido de neumáticos sobre la calle mojada, el fango derritiéndose en las canaletas, la sirena de una ambulancia lejana, que gemía hacia un *crescendo* y se detenía de pronto. "¿Dónde está?". El corazón de Dai Ling latía despacio, todos los hilos de su cuerpo entretejidos con Talya estaban tensos. Había un sonido en la noche; no era más que una gota empapando la tierra, pero ella lo oyó. Después, al otro lado del jardín, sintió el ruido de Ruby que olfateaba y vio la bandera de su cola ondeando en la oscuridad.

Dai Ling corrió por la hierba mojada y tomó a Talya en sus brazos. Era como una gran muñeca, con las extremidades caídas. En su mano derecha brillaba un cuchillo de luz y por su brazo izquierdo, de un corte dentado rezumaba la oscuridad. Hubo un ruido rajante cuando Dai Ling desgarró su *shui pao* y comenzó a envolver el brazo de Talya, empujando a Ruby, pero el perro seguía lamiéndole el brazo hasta que Dai Ling le gritó, haciendo que se escabullera. Rasgó la bata otra vez, arrancando las patas de la garza, y las unió alrededor del brazo de Talya. Algo se le cayó de la mano: el dije de jade, la cadena rota.

—Perdón —gemía Talya—. Perdón, perdón —su voz era muy débil.

Dai Ling empujó su cuerpo hacia delante para apoyar la espalda de Talya y la acomodó con firmeza en sus brazos. El vendaje se oscurecía en el pliegue del codo y en el centro del antebrazo.

—Talya, tenemos que ir al hospital. Tienen que ponerte puntos.

Dai Ling vio emerger el rostro de Talya en la primera luz gris del amanecer.

—No, el hospital no... No el Hospital General... ni Mount Sinai... —apenas se oía su voz.

Dai Ling apretó el vendaje y con los pulgares presionó fuertemente en los puntos oscuros y húmedos.

—¿Por qué lo hiciste? ¿Por qué no me despertaste?

—No lo soportaba... tenía que sentir...

Abrió la otra mano de Talya, tomó el fragmento verde y lo arrojó a los arbustos.

—Si puedo ver la cortada sanar —insistió Talya, con la voz más fuerte—, sabré que puedo ganar la batalla.

—¿Qué batalla?

—Contra mi gemela diabólica. El dolor era tan grande... No sentía, hasta que me corté.

—Shhh. Vamos, vamos a entrar. Hace demasiado frío aquí afuera —Dai Ling sostuvo la cabeza de Talya hasta dejarla descansando sobre su hombro. Puso el dije en la mano de Talya y la cerró con sus dedos—. Sujeta esto.

—Las estrellas se están desvaneciendo —dijo Talya mirando el cielo gris, cuando Dai Ling la levantaba—, pero siguen dentro de mí. Podría estar ciega de dolor, pero aún estarían dentro de mí.

Cojearon juntas hacia el apartamento. Dai Ling casi lloraba; temblaba de nuevo y deseaba estar en su casa, en su propia cama. "¿En qué me metí yo con esta mujer loca y lo que dice de su gemela diabólica? Quizás Ma y Babá tenían razón". Pero Dai Ling era una chica que había sobrevivido la muerte y la resurrección.

—Vamos Talya, ayúdame. Siéntate en el sofá mientras voy por agua caliente y desinfectante.

Ruby estaba sentada junto a Talya, alerta, lamiéndole la mano todo el tiempo.

Para el momento en que llegó la ambulancia, Talya estaba semiconsciente, apoyada en Dai Ling, murmurando cosas que no se entendían, algo acerca de St. Mike, Women's College; hospitales, suponía Dai Ling, pero ahora la situación estaba fuera de su control.

Al recorrer las calles vacías con la sirena silbando, Dai Ling sintió que el universo giraba como loco, y su cuerpo lanzaba cuerdas para anclarse. Sentía el alma de Talya en firme alianza con su cuerpo, haciendo votos por continuar. La ternura la envolvía, sabia e incorruptible, perspicaz como un animal de nariz fría. "Lo único que siempre quise fue oír la música, y ahora me encuentro atrapada en una pesadilla, aferrada a la esperanza". Le dolía la garganta por las lágrimas no derramadas, al tiempo que se dividía entre sentimientos de ira hacia Talya por lo que había hecho, su propio dolor ante la impactante pérdida de su hogar y familia, y un conocimiento instintivo de algo más grande. Pensó en todos los enamorados del mundo, fieles unos a otros; todas las almas cantando en sus cuerpos. La pesadilla del jardín de la calle Brunswick se quedaría con ella para siempre; un recuerdo de sangre, vida y riesgos.

Talya perdió el conocimiento cuando entraron al Hospital General. Todo se movía tan rápido; era una mancha de luz blanca por la que Dai Ling se movía lastimosamente despacio. Lo siguiente que recordaba era estar sentada junto a Talya, viendo una bolsa de sangre gotear en su brazo derecho. El otro brazo estaba cosido y vendado. Un médico de baja estatura, fornido, de cabello oscuro, se inclinó sobre Talya y le susurró algo que la hizo sonreír sin fuerzas al abrir los ojos.

—Ellie —dijo—, gracias al Cielo que estás en Emergencias. Han de ser todas las estrellas que llevo dentro.

Él se puso el dedo sobre los labios.

—No hables, Tal. Ahorra tus energías. Te voy a mandar a casa, de reposo. Te sentirás mejor después de la transfusión.

—Elliott, no cuentes...

—No te preocupes, cariño. ¿Por qué crees que te estoy sacando de aquí?

Elliott se presentó a Dai Ling y la besó en la mejilla.

—Dale un par de estas cuando lleguen a casa —indicó, presionando un frasco de tabletas en su mano—, y toma tú también un par. Te ayudarán a dormir.

Talya no dejó que Dai Ling llamara a Nick.

—¿Para qué preocuparlo? Ahora estoy bien, te lo juro. Fueron solo los detalles acerca del tumor de Mamá... Eso me desquició. Mañana estaré de vuelta en el trabajo. El problema es que no podré abrazarte por un tiempo —rio—. Por favor, ve a tu práctica de orquesta. Y no estés tan seria.

Pero Dai Ling faltó a la práctica y tomó el metro a Broadview, el tranvía hacia el sur a Gerrard, y caminó hacia el este... hacia la casa de Ray Lee. Ella medio esperaba ver a su Ma en la calle y se decepcionó cuando no la vio entre el bullicio de señoras que compraban en Cai Yuan.

—Tengo suerte de que me regales parte de tu precioso tiempo, Dai Ling. Nunca te veo desde que estás en la Orquesta Nacional Juvenil *y* enamorada —bromeaba Ray mientras se dirigían hacia el Parque Withrow.

—¿Supiste la noticia?

—¿Cuál?

—¿Tu Ma no te dijo nada?

—¿De qué?

—¿Mi Ma no le contó?

—¡Vamos, Dai Ling, cuéntame!

—Me fui de la casa, Ray. Mi papá me repudió.

La sonrisa de Ray era bastante inapropiada, pero Dai Ling sabía que eso significaba que temía por ella.

—¿Le contaste?

Ella asintió y empezó a llorar. Ray la tomó en brazos y se quedó así por un largo rato, hasta que ella terminó de llorar su historia. Entonces le dio su pañuelo.

—Ya basta, Dai Ling. Laaa genteeee diráááá que nossss amamosssss —cantó.

Dai Ling rio y le dio hipo cuando se secaba los ojos.

—¿Por qué estás tan contento? ¿Superaste tu angustia?

—Claro. Yo sabía que no iba a durar. Ana Lisa tiene quince años más que yo.

—Y está casada. ¿Así que tienes otra chica ahora?

Ray saltó hacia una rama que sobresalía y puso a temblar a todo el árbol, que roció varias gotas de la lluvia nocturna.

—¿Recuerdas a Dee-Dee Chong?

—Claro. Se mudó a Willowdale hace años.

—Pues me la encontré.

—¿Dónde?

—Vino a la librería buscando un libro sobre Eisenstein. Está estudiando Historia del Cine. ¿No te parece increíble?

—Tendrás que mostrarle todas tus películas aburridas de Ozu, y Mizoguchi, y Kurosawa.

—¡Eh! —protestó él—. No, en serio, esto es de verdad. Deja que le cuente a Ma. Estará encantadísima. A ella siempre le gustó mucho Dee-Dee. Oh, perdón, no quise...

—Está bien. No todos podemos tener vidas perfectas.

—Pero tú estás enamorada de Talya, ¿cierto?

—Ray, siento que apenas estoy comenzando a conocerla. Ha sido todo tan rápido, tan intenso, tan loco. Y perdí a mi Ma y a mi Babá.

—No pierdas la esperanza, Dai Ling. Este es otro país. Ellos tienen que aprender de nosotros.

—¿Pero y si no lo superan?

—Es un riesgo. Debes ser valiente. Cuando seas una vieja y mires atrás, dirás "Recuerdo ese día en el Parque Withrow, cuando Ray Lee me dijo que fuese valiente, y tuvo razón".

Dai Ling trató de golpearlo, pero Ray se agachó a tiempo y empezó a correr. Dai Ling lo persiguió hasta alcanzarlo y le agarró la manga tan fuerte, que se rajó. Los dos rieron.

—Sé que tienes razón, pero una parte de mí está aterrada.

***

Talya entró en la morgue con una imagen en la mente de una pequeña criatura doblada, apenas humana, que rogaba por su vida. Se sintió contaminada por el conocimiento del tumor de su madre, y de alguna manera, responsable de él. Todo había llegado demasiado tarde. "Demasiado tarde; es demasiado tarde, demasiado tarde". ¿Demasiado tarde para qué? No tenía sentido. Respiró hondo y sostuvo el aire alto en el pecho.

—¿Miedo escénico? —Elliott estaba a su lado. Le tocó la mano; su expresión mostraba cejas inquisitivas.

—Estoy bien.

—Esa es mi chica.

Le dio luz verde, y Talya cerró la mente y se acercó al cadáver. Cuando tomó el bisturí, la atravesó un escalofrío. Miedo escénico, sí. "¡Y me atreveré y me atreveré, y me atreveré hasta morir!". Ella era Juana de Arco, parada en un rayo de luz; la estrella del teatro estudiantil. Nick y Katya estaban sentados al centro de la primera fila. La obra acabó, ellos se levantaron y vitorearon, mientras sus manos se veían como manchas de aplausos. ¿Ya entonces vivía en ella esa criatura?

El patólogo retiró la sábana. Era un hombre. Talya vio todo en un abrir y cerrar de ojos: genitales encogidos, lesión en el cuello, cara ennegrecida, pelo enmarañado en el pecho pálido, tonalidad cerosa alrededor de la media luna de las uñas. Miró al patólogo, quien asintió. Talya deslizó el escalpelo en el lugar blando debajo de la caja torácica y lo haló hacia abajo, hasta el hueso púbico. Su brazo bueno. Tan fácil. Era como deslizarse por el agua; el cuerpo generoso se abría solo para revelar sus órganos magullados. Talya oyó un suspiro y no supo si era su propio aliento, uno de los estudiantes, o un sonido póstumo del cuerpo traumatizado. Bajó el bisturí y procedió ahora con las dos manos, como si tuviesen vida propia, extirpando órganos vitales, pesando, disecando, hasta que el torso se convirtió en una cavidad vacía. Entonces, el patólogo dio un paso al frente con una sierra manual y pasó a través del esternón. Allí estaba el corazón, pálido y marchito. Ella deseó que el hombre estuviese vivo para que ella pudiese ver sus órganos palpitando; oír su sinfonía. En ese momento, todo lo que deseaba era presenciar la armonía de la estructura del cuerpo viviente; los misterios de su desnaturalización.

Después, en la cafetería, Talya estaba eufórica. Elliott la felicitó. Luego la enfrentó.

—Estoy muy furioso contigo, de que te hayas cortado así.

—Vete a la mierda, Elliott.

—Maldita sea, Tal. Si algo te pasara ¿qué piensas que haría yo?

—¿Qué quieres decir?

—¡Yo te quiero, tonta! ¿Acaso no lo sabes? —le preguntó con rabia—. No puedo tener una pareja por más de unos pocos meses, pero a ti te he querido desde el primer día que te vi en el vestíbulo de Ciencias Médicas. Como hermano, por supuesto.

—Necesito un hermano. Prométeme que siempre estarás ahí.

—¡Choca esos cinco! La otra mano, tontita —dijo, al tiempo que Talya levantaba su brazo izquierdo palpitante. Dai Ling le ayudó a vestirse esa mañana, tapando la piel enrojecida, tirante por una costra que ya se cerraba sobre su larga herida. Le mortificaba saber que Elliott le había hecho los puntos, pero al menos podía confiar en él para mantenerlo en secreto. Todo ese asunto fue como un juego de azar, algo que la empujó; humillación o muerte por desangramiento, arriesgando el final de su carrera. Pero no fue su intención cortarse tan profundo, y ahora se sentía estúpida, aunque mejor de alguna manera: limpia. Tomó un trago de café y bajó la taza, mirando a Elliott.

—Tú *sí* tuviste un novio por más de unos cuantos meses. De hecho, como me confesaste en un momento cafeinamaniaco, fueron dos años. ¿No es cierto, Ellie?

—¿Y?

—¿Qué te pasó cuando se estaba muriendo?

—No te interesa, perra entrometida.

—Vamos, cuéntame.

—Fue un infierno para mí —concedió, gesticulando dramáticamente para quitarle importancia a sus palabras.

—¿Cómo se llamaba?

—Joe.

—¿Dónde se conocieron?

— Montreal, Día del Orgullo Gay.

—¿Y...?

—¡Oh, Talya! —exclamó impaciente, y luego continuó, resignado—. Él era un artista, el hombre más guapo; como una criatura silvestre sorprendida en el bosque. Ojos verdes, extremidades largas y elegantes, y una cualidad de fauno con una erección correspondiente, debo agregar. Estar con Joe era como vivir otra realidad, muy distinto a todo lo que había conocido antes. Vivimos en la calle Amherst en el Gay Village, en el centro de todo. Nos quedábamos despiertos toda la noche haciendo lo que nos gustaba —se mordió el labio inferior y entrecerró los ojos— en Aigle Noir, un bar gay de cuero que nos gustaba... en Adonis... Stud... Después íbamos a desayunar a nuestra fonda favorita y veíamos salir el sol. Fue una vida increíble hasta que Joe se enfermó —miró a Talya, con las cejas levantadas—. Viví con él hasta el final, Tal. Lo cuidé —negó con la cabeza—. Nunca nada podrá igualar ese tiempo; ni los bares, las múltiples parejas S&M, los...

—¿Ni siquiera la Escuela de Medicina?

Elliott sonrió.

—Algo así; muy intenso, pero con un solo paciente —con un rápido gesto de la mano retomó su frivolidad acostumbrada—. Ahora hay muchos pacientes y legiones de parejas. Confío en la no-monogamia y en mi propia inmunidad mágica contra todo peligro, contra el cáncer, SIDA, ELA, Crohn; contra todas las formas de enfermedades, virales y bacterianas, contra accidentes y coincidencias, contra las enfermedades necrotizantes y las vacas locas y la influenza aviar y...

—¡Elliott, Elliott, basta! ¿Qué pasó cuando murió?

Él le clavó la mirada. Empezó a temblarle la quijada.

—Al final lo ingresaron en el hospital y me prohibieron visitarlo.

—¿La familia?

Él asintió.

—Oh Elliott, lo siento tanto.

Él inclinó la cabeza, sin poder hablar. Talya le tomó la mano y la sujetó con fuerza, mientras a él le temblaban los hombros.

—Oh perdón, ¿es tu mano mala? —dijo cuando ella se estremeció.

—¡No, es la buena! —ambos soltaron una carcajada—. Perdona Ellie, pero me estabas apretando demasiado.

Él se secó los ojos y se sonó la nariz con un gran pañuelo blanco.

—Por eso apoyo el matrimonio gay, Tal, aunque sea estúpido; una institución ridícula que va en contra de todo lo que representamos, ¿cierto? Pero es la única manera de reclamar nuestros derechos básicos. A algunos tipos los golpean hasta reducirlos a papilla, a otros los asesinan, y luego está el crimen invisible: el privilegio familiar. Ni siquiera me dijeron dónde estaba enterrado. Pero yo me enteré y tuvimos nuestro propio funeral privado —comentó orgulloso—, con champán y *cheesecake*; ese era su preferido. Me lo comí todo por él y me dolió la tripa. Soy intolerante a la lactosa —explicó, riendo.

—Así que *esa* es la razón por la que entraste en la Escuela de Medicina. Es una pasión verdadera.

—Sabes que lo es. Quiero hacer que la gente se sienta mejor, quiero ayudar...

—Serás un mejor doctor si te quitas la armadura, Ellie. Yo estoy luchando por quitarme la mía. ¿Podemos hacerlo juntos... este... desarme?

—Y entonces, ¿contra qué estás blindada tú, cariño? ¿Qué tienes allí, que quiere salir con todos esos sangramientos? Digo, aparte de la homofobia sistémica, opresión internalizada y la necesidad congelada de una mamá de libro de texto que te espera con galletitas con chispas de chocolate cuando regresas de la escuela?

—¡Cállate! —Talya lo fulminó con la mirada.

—Vamos, Tal. Hannibal y Starling, ¿recuerdas? Yo te cuento, tú me cuentas, confesiones verdaderas.

Talya suspiró, apoyó los brazos sobre la mesa, se estremeció y retrocedió.

—Papá me contó de un feto pequeño y grotesco que encontraron dentro del tumor de mi mamá; una cosa encogida. Me asustó, porque hasta hace poco siempre he pensado... Bueno, no tanto como pensado, pero lo mantuve como una mitología personal... que fui gestada en un útero artificial.

—¿Qué? —la boca de Elliott se abrió inmensa, en una sorpresa burlesca.

—La gestación ectogenética a término *sí es* técnicamente posible, Elliott. Durante décadas se han invertido miles de millones de dólares en la investigación. Aldous Huxley no estaba soñando; *sí es* posible obtener un bebé decantado; lo único que frena la investigación de perfeccionar el ambiente ectogenético y llevar un feto a término han sido las leyes de la FIV y de las células madre. Lo hemos hecho con animales, pero no con humanos. Yo sé que vas a pensar que estoy loca...

—Yo *sé* que estás loca, cariño. Y yo también lo estoy, por tener esta conversación contigo. Sigue, que esto es fascinante.

—Hay una doctora en Cornell University, en el Centro de Medicina Reproductiva e Infertilidad. Ella es pionera en el desarrollo de un útero artificial mediante la eliminación de las células del revestimiento uterino. Después, usando hormonas, ha crecido capas de estas células en el molde de un útero. Cuando se disuelve el molde, nos queda un útero nuevo, artificial, que sigue prosperando. A los pocos días de colocarse en el ambiente artificial, los embriones se fijan a las paredes y comienzan a crecer. En ese punto tiene que terminar sus experimentos para cumplir con las leyes de la FIV.

—Ella podría ir a otra parte, donde no existan esas leyes.

Talya asintió y continuó.

—Existe un fluido amniótico sintético que podría salvar a bebés prematuros. Es un líquido respirable hecho de perfluorocarbonos; líquidos que transportan más oxígeno que el aire. Se está probando en fetos de ovejas que aún no son capaces de respirar aire. La única razón por la que no se ha usado en seres humanos es la falta de financiamiento.

—¡Ay Dios, esto les encantará a los de la liga del Derecho a la Vida!

—Pues sí —Talya se encogió de hombros—, eventualmente *sí* va a redefinir el debate sobre el aborto.

—No me digas.

—En la Universidad de Juntendo, en Japón, crearon un útero artificial. Es un tanque de acrílico lleno de fluido amniótico sintético, unido a una máquina que actúa como una placenta para llevar oxígeno y nutrición al feto. En él se han gestado y producido cabras con éxito.

—Así que tu mito personal tiene una base científica —Elliott entrecerró los ojos—. Eso es importante para ti, ¿cierto, Tal, tener razón?

—Ya no. Lo importante para mí es entender lo de mi gemela diabólica. He estado aquí varias veces, Elliott. Tengo recuerdos de casi venir al mundo; mi mamá tuvo pérdidas. Yo creo que, o seguí viniendo, determinada a estar fusionada con ella, o quizás tuve una gemela que nunca nació... o una parte de mí que se separó en un embarazo que terminó en pérdida. No lo sé. Nunca pude entenderlo, así que me hice mi propia historia cuando era niña, y porque era un secreto se hizo más fuerte y de alguna manera se deformó en la oscuridad, como ese feto diabólico que encontraron dentro de ella.

Elliott saludó a alguien detrás de Talya, y ella se volvió a mirar.

—¿Quién es él?

—Mi joven vampiro.

—Hmm, guapo.

—Pero superficial. Dai Ling, por otro lado, vale la pena. Quiere a esa chica, Tal.

—Lo hago.

—Perdón, te interrumpí, pero no podía ignorarlo.

—Claro que no. Solo iba a decir... Quizás yo la creé, Elliott, a esa criatura. ¿Y si mi imaginación fue tan fuerte que se arraigó en ella y la mató? No creo que alguna vez me haya separado realmente de Katya. No nos llevábamos bien. Peleábamos todo el tiempo, así que el lazo verdadero, la parte que estaba determinada a mantenernos juntas, echó raíces en su cuerpo, como una sombra del pasado que se creó a sí misma a partir de un... deseo perverso.

—Sabes qué, Tal; no hay una respuesta para esto, no hay cómo saberlo. Eres una mujer loca y maravillosa. Yo te quiero, Dai Ling te quiere, tu padre te quiere, y sé que tu madre te quiso; ¿por qué no puedes aceptarlo?

Talya le clavó la mirada desde el otro lado de la mesa, desafiándolo. Elliott sacó su Palm Pilot y dijo:

—Viste, yo recordé la mía hoy —como ella seguía mirándolo, él continuó—; eres demasiado lista y a veces eso te hace daño. Tal vez deberías entrar en psiquiatría cuando nos graduemos; solo tres años más de estudios.

***

Anita estaba sentada entre sus padres, en un estado de emoción sometida, mientras el carruaje retumbaba interminablemente. Vesalio partió con buen ánimo, alentado por el rey, con una suma de dinero para los viáticos y una carta de inmunidad diplomática para acelerar los asuntos en las diversas aduanas que cruzarían, pero ya llevaban cinco días de viaje y estaba cansado.

—Pronto llegaremos a Francia, Anita —afirmó Vesalio—, y en Cette nos separaremos.

—¡Oh, Papá, te voy a extrañar! —le lanzó los brazos al cuello y le besó la barba.

—Cuando nos volvamos a ver, mi pequeña Anita, estarás casada. Confío en que tu madre tome la decisión correcta.

—Esperaré a que regreses de la Tierra Santa. Regresarás a la casa en Bruselas, ¿cierto, después de tu peregrinación?

—El rey quiere que yo reanude el servicio imperial en la corte enseguida de mi regreso.

Ana oyó el falso tono en su voz y se volvió de su interminable mirar por la ventana del carruaje.

—¿Regresarás a Madrid?

—No me han dado otra alternativa.

Ana se volteó para esconder su propio secreto. La felicidad tiraba de su corazón en conflicto, mezclada con la tristeza de este viaje largo, interminable. El carruaje se detuvo de manera brusca y un oficial golpeó el cristal. Vesalio abrió la ventana y le entregó la carta.

—Andrés Vesalio, médico de la corte de Felipe II —dijo orgulloso.

El hombre miró la carta y se la devolvió.

—Cincuenta millas hasta la frontera. Debería llegar al anochecer —indicó, e hizo señas de que siguieran.

Para el momento en que llegaron a la aduana en el cruce de Perpignan, Vesalio estaba cansado y tenía hambre, y su cabeza palpitaba al ritmo de las ruedas. Anita dormía, con la cabeza en el hombro inmóvil de Ana. Vesalio entregó la carta y esperó, hundido en las sombras del carruaje hasta que, a través de una nube de cansancio, oyó al oficial aclarándose la garganta. Levantó la vista y encontró una palma abierta en su cara.

—¿Qué pasa, hombre? ¿Qué requiere?

De nuevo, el tipo se aclaró la garganta, inclinando la cabeza sugestivamente. Sonrió, mostrando dientes dañados.

—¿Dónde está mi carta? —exigió Vesalio.

—Aquí no trabajamos con cartas —gimoteó el hombre—. Solicitamos un poco de oro en la mano.

Su cara estaba tan cerca, que el aliento podrido hizo que Vesalio se echara atrás.

—¡No voy a pagar un soborno! —gritó, despertando a su esposa y su hija—. Este es un viaje legítimo con papeles legítimos del rey que lo prueban. ¡Nos van a dar paso seguro a Francia!

—Oh no, señor; se equivoca, señor. Usted tiene que pagar treinta francos para cruzar esta frontera.

—¡Maldito sea! —Vesalio saltó del carruaje, hiriéndose la cabeza en el marco de la puerta y casi derribando al oficial embromante de sus delgadas piernas.

Arrebató la carta de la mano del hombre y dio vueltas en la oscuridad—. ¿Quién está a cargo aquí?

—Yo estoy a cargo, y yo le digo que este carruaje no puede pasar hasta que usted pague la tasa de aduanas.

Siguió una disputa en la que el oficial de aduanas se vio apoyado por cinco hombres silenciosos, de tamaños crecientes, que emergieron uno por uno de la oscuridad como perros escondidos y amenazaron al pequeño grupo con su presencia. El conductor del carruaje se negó a continuar cuando Vesalio lo instó, y Vesalio se negó a ceder y pagar el impuesto, como le pedía su esposa.

—Vamos, Andrés, es una suma insignificante por nuestra libertad de paso. Estamos cansadas, tenemos frío y es tarde. Llevamos ya varios días de viaje y nos faltan muchos más.

—No es la cantidad, es una cuestión de principios —Vesalio se apoyó en sus talones y sacó la barbilla. Ana conocía ese gesto. No iba a retroceder.

—Entonces busquemos alojamiento para la noche y vamos a dormir.

Ella confiaba en que la luz traería un cambio de opinión, o de los oficiales de la frontera. Los cinco matones se acercaron y sin duda hubieran herido a Vesalio, si Ana no hubiese jalado a su esposo por el brazo adentro del carruaje.

—¡Devuélvase, conductor! —lo llamó ella por la ventana—. Deténgase en la primera posada.

Diecinueve días después, Vesalio puso la carta del rey, estampada ahora con huellas de pulgares sucios, bajo la nariz del Juez. Su caso al fin llegó al juzgado en la corte local, luego de casi tres semanas de espera en el pueblo fronterizo de Perpignan. La penosa experiencia agotó la paciencia de Ana. Había complacido, sonsacado, llorado e intimidado a Vesalio, y al final perdió el genio.

—¿Por qué tienes tanta prisa? —preguntó él—. Nuestra hija no perderá sus encantos matrimoniales por unas pocas semanas de retraso.

—Tenemos que llegar a Cette lo antes posible. Ya vamos tarde.

—¿Tarde para qué?

—No te incumbe. Tú ya no tienes nada que decir en mis asuntos.

—Sí tengo, mientras sea yo quien pague por tu alojamiento y tu carruaje.

—Nos estás dejando para hacer una... una... peregrinación —le espetó.

—¿Y tú? ¿Adónde vas con tanta prisa? ¿Acaso son tus encantos los que temes perder con este retraso?

—¡Maldito seas, Andrés!

—Ah, di en el blanco.

—Maldito tú y tu terca perversidad. Anita y yo tomaremos el carruaje y nos iremos sin ti. No sé por qué resistí tanto tiempo. Debo estar loca.

—Soy yo el loco, por haber desperdiciado mi vida para proveer para ti. ¿Y ahora te marcharás, en la víspera de mi audiencia, cuando me he extendido económicamente y he tenido la mayor paciencia para salvarnos de la indignidad de pagar este soborno?

—¡Sí, *me voy* a marchar! Te dejaré para que disfrutes tu victoria moral. Dame dinero para cruzar, Andrés.

—No te daré dinero. Esperarás por mí y por el paso seguro con nuestra carta.

—¡Maldita la carta! Tengo la intención de quemarla. Este viaje, como recordarás, no es por mí. Es por nuestra hija y tú debes proveer para ella hasta que yo le encuentre un esposo.

Vesalio temblaba. Tenía los puños intensamente apretados.

—¿Quién te espera en Cette?

—Dame el dinero.

—¿Quién es?

—Has gastado una fortuna manteniéndonos aquí durante este retraso. Le has arruinado el viaje a Anita. ¿Cómo te recordará?

El rostro de Vesalio palideció.

—Hablas como si yo estuviera muerto.

—Tú *estás* muerto. Tu corazón está muerto y no siente nada. Me has agotado con tu corazón poco dispuesto —Ana bajó la cabeza y lloró fragorosa.

Vesalio dejó caer la cabeza en sus manos, de repente cansado más allá de toda medida.

—Has encontrado a alguien mejor que yo —afirmó calmado.

—Sí —ella sollozó.

—Y se van a encontrar en Cette.

—Sí. Y él vendrá con nosotras a Bruselas.

—¿A casa?

—Cornelio es flamenco. Ha abandonado la corte imperial y desea, como yo, regresar a su patria.

—¡Para dormir en *mi* cama y disfrutar a *mi* esposa!

—Oh, Andrés; no hagas que esto sea más doloroso de lo que ya es. Dijiste que me dejarías ir en paz. Yo pensé que sabías.

—¡Ve! —le lanzó un bolso lleno de monedas a los pies—. Ve y púdrete en la pocilga con tu Cornelio. Eres una desgracia para los van Weseles.

El rostro de Ana parecía una máscara blanca. Se agachó a recoger el bolso. Se levantó y miró fijamente a Vesalio, pero él evitó verla a los ojos.

—Enviaré a nuestra hija para que se despida de ti —dijo. Se dio la vuelta y caminó rígida hacia la puerta, la abrió y se volvió hacia él—. Quiero mi libertad. Cuando regreses, me concederás el divorcio. Y si nunca regresas, supondré que has muerto y me casaré con Cornelio.

Esas fueron sus últimas palabras. Vesalio mantuvo la compostura hasta que Anita, llorosa y confundida, se despidió de él. Entonces se acurrucó debajo del edredón y cayó en un sueño espasmódico. Soñó que tiraban su cuerpo sobre las rocas, arrojado desde las profundidades y echado a tierra en un país extranjero y él lloraba sin consuelo, porque sabía que moría y no podía hacer nada para salvarse.

***

La calle Bloor estaba concurrida por caminantes nocturnos; novios que salían de brazos enganchados, con los cuellos envueltos en bufandas de colores brillantes; devotos que salían de la oración nocturna de Evensong; gente curtida que vivía y dormía en la calle, refugiándose en entradas oscuras con sus carritos de compras llenos de trastos. Dai Ling caminó hacia el oeste atravesando el Annex, pasando librerías muy iluminadas, cafés y restaurantes. Como todos, deseaba que llegara la primavera, desalentada por la promesa de la calidez repentina, rota por otra nevada extraña que se derretía por la noche y luego se congelaba. Estaba vestida en capas, lista para ir desechándolas. Extrañaba a su Ma, extrañaba su habitación en la casa adosada de la calle Gerrard, donde vivió toda su vida; fue un capullo que la sostuvo y ahora que estaba en el mundo, se sentía inocente y expuesta. Cuando regresaba a casa en la calle Brunswick, el apartamento a menudo estaba vacío, como esta noche. Comió un emparedado junto al mostrador de la cocina, de pie. Después tomó el teléfono para llamar a su Ma. Contestó Jia Song; la garganta se le hizo un nudo y no pudo hablar. Colgó el auricular en silencio.

Ahora, parada frente a la librería Bookworld, mirando distraída por la ventana, una voz familiar le chirrió en el oído.

—¡Dai Ling! ¿Qué haces aquí? ¿No te toca estar esta noche en la biblioteca? —Christie se inclinó hacia ella y tomó un ejemplar de la revista *EYE*.

—Solicité la transferencia a la sucursal de Spadina.

—Ah, más cerca de casa. ¿Cómo te va, viviendo con Talya? ¿Ya se acabó la luna de miel?

—¿Qué quieres decir?

—Oh, eres una tortillera bebé —rio—. Espero que te vaya bien, de verdad. ¿Qué piensan tus padres de que te hayas mudado?

—¿Quieres tomar un café?

—No, tengo una cita —Christie enrolló la revista en su mochila y se ajustó el casco de la bicicleta—. Elise. Acaba de llegar a la ciudad. La conocí en la costa oeste el verano pasado; es tecnóloga de sonido. Vamos a la última función en el teatro Bloor; *El violín rojo* —Christie le guiñó el ojo a Dai Ling y rio.

—Qué bien, Christie. Me encantaría conocerla.

—Va a venir al ensayo de mañana. ¿Con qué pieza vamos a comenzar?

—Con la de Schubert.

—Oh, ¿no te parece bellísima la apertura? Es como una cascada que nos va envolviendo.

—Tus ejecuciones son tan limpias. Y tu elección de digitación le da ese toque ligero y esa rapidez.

—Gracias —Christie sonrió, halagada—. Me gusta sobre todo nuestra figuración de violín tambaleante que sigue a los acordes de viento en el primer movimiento.

—Mi preferida es el *Concierto para violoncelo* de Elgar.

—Bueno, claro, ¡es tu solo! Eres brillante, Dai Ling. No me sorprendería que logres un contrato de grabación en esta gira.

—Nadie la toca como Jacqueline du Pré.

—Oh, no sé; tu interpretación es bastante única. Y haces que parezca fácil. ¿Cómo lo haces? Deberías dar clases.

—No quiero enseñar. Solo adoro tocar.

—Bueno, me tengo que ir. No quiero dejar esperando a mi cita. Te veo mañana en el ensayo. Tocaré lo mejor posible, inspirada por la película —Christie lanzó la pierna por encima de la bicicleta y pedaleó por la acerca, sonando la campana a los peatones.

Cuando Dai Ling abrió la puerta, Ruby se levantó de un salto y movió la cola. Ella le rascó las orejas distraída y fue a la habitación buscando a Talya, con Ruby que la seguía, lamiéndole la mano. No había nadie. En la sala, la máquina contestadora titilaba. Contaba tres mensajes en blanco; silencio y luego el tono de marcar. Cada uno era más corto que el anterior, como una serie de muertes. "Es Ma. Sé que es Ma. Quiere hablar conmigo pero Babá no la deja". Entonces sonó el teléfono y ella saltó, asustada de repente. Levantó el auricular, con la sangre palpitando.

✳✳✳

El taxi dobló la esquina y ella vio la luz roja intermitente en el techo de la ambulancia. El chofer paró detrás de esta, y Talya pagó y saltó del auto. Al correr por la entrada, vio a un hombre con un traje arrugado parado en los escalones, retorciéndose las manos.

—¡Gracias a Dios que estás aquí! —el hombre le extendió una mano gruesa—. Soy Bill Cameron, llámame Cam; un viejo amigo de tu papá —rio, con un sonido como el de un cubo de grava que se derramaba. Su aliento olía a alcohol.

—¿Dónde está? —los ojos de Talya se clavaron en la cara rojiza, mientras él tropezaba palabras.

—Ha sido... ha sido... un golpe terrible. Yo pasé a saludar; estaba solo en casa un viernes por la noche. Ahora somos solteros, Nick y yo. Mi esposa... me dejó; ves, se llevó a los niños...

—¿*Dónde* está él? —gritó Talya.

—Lo vi por la ventana —Cam hizo señas con la mano hacia la puerta del frente, que estaba abierta—. Está bien ahora, no te preocupes —indicó, al tiempo que Talya corría a la casa y entraba a la sala.

Nick estaba recostado en el sofá. Sus párpados revoloteaban y un par de médicos lo atendían.

—Papá, soy yo, Talya. ¿Qué pasó?

Él trató de hablar, en un tono murmurado y confuso. La cabeza giraba de un lado al otro.

—Va a estar bien. Le dimos un antídoto —aseguró el joven paramédico. Tenía la cara pálida; Talya pensó que estaba anémico.

—¿Fue esto lo que tomó; Diazepam? —Talya tomó un frasco vacío, tumbado sobre la mesita de centro. Junto a él había una botella vacía de Stolichnaya—. Díganme qué le dieron. Soy estudiante de Medicina.

—Flumazenil intravenoso —explicó el otro, con voz profunda y autoritaria—. Está respondiendo bien. El pulso está casi normal. Podemos ingresarlo si deseas, pero...

—No, yo me puedo encargar —dijo Talya rápidamente—. ¿Necesitará más?

—¿Sabes inyectar?

—Claro. Estoy en tercer año de la Escuela de Medicina en la U de T. Trabajo en el Hospital General y en Mount Sinai.

—Muy bien. Te dejaremos un par de viales. Le dimos el primero a las 10:05. Dale media hora, y si continúa estando soñoliento...

—Sí, sí, yo sé —afirmó Talya, impaciente.

—Firme aquí —pidió el paramédico joven y pálido, acercándose.

—Se ven agotados. Deberían ir a sus casas y descansar —aconsejó Talya.

Los dos hombres rieron.

—Tenemos una noche larga por delante —indicó el de la voz profunda.

Cuando ya se iban, Cam rondaba la puerta.

—¿Va a estar bien? ¿Hay algo que pueda hacer?

—Él está bien, Cam. Gracias por dar la alarma. Él te debe esta. Le salvaste la vida.

—¿Para qué son los amigos? Pobre Nick, ha sido una época difícil...

—Mira, es tarde. Por qué no te vas a casa. Yo puedo cuidarlo ahora.

—Oh, podría quedarme y ayudar. Nada me espera en casa, yo...

—De verdad, has hecho suficiente —Talya se levantó y lo acompañó a la puerta—. Un millón de gracias, Cam. Haré que Papá te llame cuando esté bien de nuevo.

Cam asintió y comenzó a bajar los escalones de piedra. Su cuerpo se meneaba de lado a lado.

—¿Cómo conseguiste mi número de buscapersonas? —Talya le preguntó mientras se alejaba.

—Estaba en la mesita del teléfono —respondió, volteándose esperanzado—. Natalya; hermoso nombre. Nick siempre habla de ti.

Talya cerró la puerta y se recostó contra ella. Sentía que una marea roja crecía dentro de sí; su nivel era peligrosamente alto. Apretó la mandíbula para controlar la ira. "Dai Ling, Dai Ling, no quiero contaminarte con esto; eres lo único puro en mi vida. ¿Me pregunto qué puede hacer la MTC contra los suicidios? No, esto es un problema alopático. Requiere de una acción heroica. Elliott. Voy a llamar a Elliott. No, tengo que lidiar con esto sola".

Entró en la sala y trató de despertar a su padre. Al intentar levantarlo, era un peso muerto, aunque tenía buen color y pulso constante. Revisó la hora y le dio otra inyección de Flumazenil. Después se sentó con él, acariciándole la cara, la piel húmeda y pegajosa. Le pasó las manos por el pelo recién cortado. La otra noche extendió periódicos en el piso de la cocina y le cortó el pelo con las tijeras de la cocina de Katya, luego echó los rizos oscuros, salpicados de plateado, alrededor de la rosa blanca en la terraza. "Es bueno para el jardín, Papá".

Miraba hacia la terraza por las puerta ventanas y pensó haber visto una figura. "Cam, espiándonos. Qué hombre tan raro, me pone los pelos de punta. No, es otra cosa. Hay algo oscuro; algo hambriento". Abrió las puertas de golpe y atravesó la terraza, se detuvo por un momento en la oscuridad, entonces pisó el césped y en silencio bordeó el flanco de la casa hacia el jardín de las rosas. Se congeló al ver una figura blanca encorvada junto al cenador; al instante ya se había ido, tan rápido que no estaba segura de haberla visto. Pero percibió el perfume de Katya.

—¡Vete! ¡Déjanos solos! —gritó—. Déjalo vivir.

Una luna creciente brillaba intensamente, haciendo que todo se viera de un blanco misterioso; sin embargo, la hierba parecía un lago de sangre. Talya se dio vuelta y empezó a caminar hacia los establos. Sintió que el rocío le salpicaba los tobillos al caminar y se sintió contaminada. Se encontró en el viejo establo de Limerick; una vez más acurrucada en la esquina, bajo la panza del caballo fantasma. Quería levantarse y caminar, escapar de los fantasmas del pasado, pero no podía moverse y de repente las palabras salieron de ella como si vomitara.

—¡Basta! ¡No puedo seguir! —vio su brazo levantarse en la oscuridad. Al retrocedérsele la manga, apareció la cicatriz dentada—. ¡Tú me echaste encima esa gemela diabólica y dejaste que se me metiera en el cuerpo y nadara en mi sangre; tuve que cortarme para dejarla salir! ¡Monstruo de dientes retorcidos, asqueroso, salte, salte de mí! ¡Te voy a cortar las garras y te arrancaré, te odio, te odio!

—las palabras salían de su boca como si fuese otra quien hablara y ella escuchara horrorizada—. Papá, ¿dónde estás? ¡Ayúdame, por favor! Todo eran tú y ella; no había lugar para mí. Ella fue tu guardiana y tú la dejaste serlo. ¡Yo también la extraño, pero está muerta! No me hagas ser como ella. Ni siquiera sé quién soy yo. Me siento como una especie de clon... artificial y rota. No puedo... oh no...

suéltame... detenlo... —estaba sin aliento, sollozando, los hombros le temblaban. Entonces empezó de nuevo, atrapándola—. Tuve que bañarte y darte de comer y limpiar tu mierda. Por Dios, no puedo seguir haciéndolo. No puedo protegerte del mundo cuando tú yaces en este maldito mausoleo. Quiero que... —comenzó a llorar otra vez, más y más—. Quiero que seas mi papá; déjame entrar, ayúdame Papá, o te mato, te lo juro...

Mientras luchaba por levantarse, recordó el día que llevó a Dai Ling a los establos en el otoño, poco después de conocerse, esperando que ella entendiera, que habitara su pasado. "Pero este es mi lugar", pensó. "Nadie puede compartir esto conmigo. Nadie debería tener que hacerlo".

Cerró la puerta del establo, murmurando para sí:

—Tengo que darle otra oportunidad. Qué cosa tan tonta hizo. Gracias a Dios que estaba Bill Cameron, con su miserable matrimonio fracasado.

Regresó a la casa, tambaleándose como un borracho por la hierba mojada, con un hormigueo en las débiles piernas. Miró a Nick, que seguía durmiendo, y tomó el teléfono.

—Dai Ling, Estoy en la casa de mi papá. Tengo que quedarme. Hubo un problema aquí. Luego te explico.

—¿Estás bien?

—Sí, estoy bien. ¿Dónde estabas tú?

—¿Llamaste antes?

—Tres veces.

—¿Quieres que vaya allá?

—No, estoy agotada. Voy a dormir. ¿Dai Ling? Eres la mejor parte de mi vida, ¿sabes? Te amo tanto.

—Yo también te amo, Talya. Te extraño. Todo aquí es tan tranquilo sin ti.

—Regresaré a casa mañana.

Talya se arrodilló junto a su padre y observó el lento ascenso y caída del pecho; imaginó los pulmones que llevan oxígeno al cerebro, el medicamento corriendo por las venas, limpiándole la sangre, el corazón, de la sobredosis. Una droga para contrarrestar otra. Ella levantó uno de los párpados dormidos y le cubrió los ojos con las manos, preguntándose quién era este hombre, que ahora más que nunca parecía un extraño.

—Vas a estar bien —susurró suavemente, como si fuese un niño dormido. Entonces subió y sacó las ropas de Katya del armario, una por una, y las puso sobre la cama. Las dobló con cuidado y las metió en una maleta grande, y al llenarse, tomó otra e hizo lo mismo, hasta vaciar el armario. Luego bajó y se sentó junto a Nick. Cuando era pequeña, él a veces le leía cuentos de hadas del libro *The Magic Book of Fairy Stories*. 'Blancanieves' era su favorito, y él siempre la divertía al cerrar el libro y besarla en la frente... "Espejito, espejito en la pared, ¿quién es la más bella de todas? ¡*Moya dochka*!". Una sonrisa amarga se extendió por su rostro al recordar cómo se había negado a comer manzanas rojas en su adolescencia temprana, por miedo a que su madre las hubiese envenenado y colocado entre la otra fruta para engañarla. "Qué tonta fui", pensó, "creer en toda esa magia inverosímil".

Talya despertó a su padre y al abrir los ojos, él le sonrió. Era una sonrisa vencedora, y ella lo abrazó, enterrando su rostro en el cuello de él.

Al día siguiente, Talya llamó al trabajo diciendo que estaba enferma. Después llamó a Dai Ling, pero ella no contestó, así que dejó un mensaje, y subió a poner sábanas limpias en la cama de Nick.

—No quiero subir —dijo Nick—. De hecho, no quiero seguir viviendo en esta casa. ¿Qué piensas de vender la casa, Talya? ¿Volver a empezar?

—Es tu decisión, Papá.

—¿Me vas a ayudar?

—Quizás deberías decirle al tío Vassily que venga unos días. Hay tantas cosas viejas de la familia en la casa.

Amanda Hale

—Estuve mirando las fotos.

—¿De Mamá?

—Fotografías de la niñez, mías y de Vassily —le dio un sobre blanco y grueso, y ella sacó las fotos. Una por una iba examinándolas, esparciéndolas sobre la mesa.

—Nunca había visto estas; son increíbles. ¿Cuál eres tú? —preguntó, levantando una foto ajada, con bordes dentados—. Parecen casi gemelos.

—Ese soy yo, a la izquierda —señaló—. Estábamos de vacaciones en Owen Sound, cerca del Lago Huron. Yo estaba aprendiendo a nadar, pero a Vassily no lo dejaban porque era muy pequeño. Él gritaba tanto, que traté de levantarlo y cargarlo hasta el agua. Recibí una buena nalgada por eso. Nuestro padre era estricto.

—¿Ese es él, con el traje de baño cómico? —quiso saber Talya.

—No, ese es *Dyedushka,* nuestro abuelo Nicolás. Él fue coronel en el ejército ruso. Yo era muy joven cuando murió, pero lo recuerdo. Y ahí está *Babushka*; Olga, su esposa.

Talya levantó la mirada.

—Nosotros *sí estamos* relacionados con los Romanov, ¿cierto?

—Por supuesto. Tú lo sabes, Talya. Olga, tu bisabuela, era hermana del zar —Nick señaló un retrato antiguo—. Aquí está ella, la Gran Duquesa Olga Alexandrovna Romanov. Ella se casó con Nicolás Kulikovsky, el del traje de baño, y ellos tuvieron... sí, aquí están: dos hijos. El de la izquierda, Yuri, era mi padre. Su segunda esposa, Helen Gagarin, era mi madre. No los puedes recordar porque murieron antes de que nacieras. Ellos se fueron de Europa en 1950, el año que yo nací. Yo fui concebido en Copenhague y nací en Toronto. Vinimos a encontrarnos con mis abuelos, que se fueron de Dinamarca después de la guerra.

262

La fotografía se desdibujó mientras Talya escuchaba a su padre. Sintió en su voz algo nuevo; algo que la hizo regresar a la infancia y recordar cómo era él a veces en sus momentos robados. "Este es quien yo extrañaba", pensó. Este es él. Solo oía a medias sus palabras; toda la atención estaba en el tono de su voz, animada, como el zumbido de una cámara cuando corre la película, proyectada en una gran pantalla. Y ella estaba allí, como una niña pequeña que mira fijamente hacia arriba a través de una secuencia de luz polvorienta, entrando en un mundo mágico de sombras parpadeantes.

—Al morir *Dyedushka*, *Babushka* se mudó con una pareja rusa que vivía en un apartamento encima de una barbería. Papá nos llevaba allí a que nos cortaran el pelo, y luego subíamos a verla. Ella exhibía el samovar en el mueble de la sala y siempre lo señalaba y decía, "Un día esto será tuyo, Nicolás. Tú eres el primogénito".

Nick se volvió hacia su hija.

—Mira, Talya. Mira —señaló el mueble.

Talya apartó la mirada, siguiendo la dirección de su dedo con la vista.

—¿Ese es? ¿El samovar de *Babushka*?

Talya se levantó y caminó hasta el mueble donde estuvo exhibido el útero TRA. Al tomar en sus manos el abultado samovar, comenzó a extenderse por su rostro una sonrisa.

—Oh, Papá, estás bromeando —dijo, volviéndose hacia Nick, riendo.

—Es tuyo, *moya dochenka*.

—Es precioso. ¡Me encanta! —regresó corriendo al sofá y se sentó junto a él, abrazándolo—. Gracias, Papá.

—De nada —Nick inclinó la cabeza y se ocupó con las fotos—. Mira, aquí hay una foto tuya salpicándote en la piscina.

—Lily debe haberla tomado. ¿Quién es esa niñita? Me parece conocida.

—Y este es tu primer cumpleaños, reportado en el *Globe & Mail.*

—"La niña milagrosa", dice.

—*Tú* fuiste nuestro milagro.

—¿En serio? Yo siempre sentí que ustedes no necesitaban a nadie más, sino solo a ustedes dos.

—Oh, Katya estaba determinada a tenerte. Ella tenía esta cosa de mezclar la sangre real con la del campesinado.

—Pero ella era de una familia rica.

—Los Vinográdov hicieron su fortuna en Canadá.

—Ah. ¿Y por qué tú nunca hablas de los Romanov? Parecía que no hubieras tenido tu propia historia hasta que conociste a Mamá.

—Yo tenía... sentimientos encontrados sobre nuestra herencia, Talya. Somos una familia desplazada; cinco subclanes dispersos por todo el mundo, sin hogar adonde regresar. Rusia ya no existe.

—Pero nosotros existimos. ¿Cómo podemos saber la verdad de nuestra familia, de nuestra sangre?

—Por medio de la ciencia. Las pretensiones de Ana Anderson finalmente fueron desechadas sobre la base de las pruebas de ADN. Tú sabes que el zar tenía una afección inusual llamada heteroplasmia; su ADN era una mezcla de dos tipos —recogió las fotos, poniéndolas de nuevo en el sobre—. Los cuerpos habían desaparecido, pero años más tarde se descubrió una tumba cerca de Ekaterimburgo en Siberia, donde el zar y su familia pasaron los últimos días exiliados. Tomaron una muestra de los restos de su hermano, Georgij, y encontraron la misma mezcla, por lo que fue concluyente. Tenemos que conseguir un álbum, poner las fotos juntos, tú y yo.

—Sí, Papá. Vamos a hacerlo.

—Para entonces, Anderson había muerto. Pero usaron una muestra de su tejido, tomada durante una cirugía que le hicieron en los Estados Unidos y que por fortuna preservaron, y los resultados descartaron de manera concluyente su afirmación.

—¿El cuerpo como prueba? ¿Tú crees que el cuerpo dice la verdad?

—No puedes discutir con la secuencia genética; nos permite leer toda la información almacenada en nuestros genes.

—¿La historia del universo codificada en nuestras células? Pero sigue siendo un misterio. Algunas cosas son ciertas y falsas al mismo tiempo; son misterios que no se pueden resolver.

—Tu madre y yo estábamos predestinados desde el momento en que nos conocimos. Fuimos hechos para estar juntos. Nunca pensé que se acabaría. Cuando eres feliz no piensas en eso; crees que siempre será así. La felicidad excluye las demás posibilidades; esa es su naturaleza, hasta que caemos —suspiró—. Debe haber sido difícil para ti, Talya, encontrar tu lugar en esta casa. Lo siento —tomó un trago de agua de una botella plástica—. Tengo una sed horrible.

—Eso pasa cuando hay sobredosis —dijo Talya—. Ay, Papá; estoy tan feliz de que estés bien —ella lo tomó en sus brazos y lo estrechó con fuerza.

—Yo también —afirmó Nick, cuyas palabras quedaron amortiguadas por el cabello de ella—. Supongo que le debo una a Cam. Tengo que comprarle una botella grande de Glenlivet.

—¿Por qué trataste de matarte? Yo hice todo lo que pude, pero...

—Oh *moya dochka*, tú no tienes la culpa. Me comporté como un egoísta, pero no me arrepiento. Tenía que hacer algo, y eso me liberó. Hice un viaje; tú estabas conmigo —puso su mano sobre la rodilla de ella y la palmeó. Luego, mirando hacia el frente, estirando la mano, contó—: Cuando conocí a Katya, vi un rayo de luz que me rodeaba y me abrazaba con ternura en la densa oscuridad en que vivía. Casi no puedo entenderlo todavía, pero lo vi; una partícula pequeñita y tan esquiva, pero... déjame intentarlo, sí... Alguna parte de ella que se arraigó en mí —cruzó las manos sobre su pecho—, que creció en mí y que yo confundí con ella, cuando todo el tiempo era yo mismo. Ella era tan imponente; llena de energía, tan ágil, con ideas brillantes y un espíritu poderoso. Y ella se unió a esta parte mía, transfundiéndose en mí, vibrante y viva; haciendo que me sintiera completo por primera vez en mi vida —se volvió hacia Talya y la tomó entre sus brazos, estrechándola—. Cuando murió... Bueno, quizás puedes imaginarte cómo me sentí. Yo no sé cómo lo has tomado tú, Talya; tú has sido tan... sensible, te has preocupado por mí, mi querida hija.

—Ni tan sensible, Papá. Yo me siento así —se subió la manga y le mostró su brazo; la cicatriz dentada cosida que tiraba de su piel.

—¡Oh, Talya! ¿Fue un accidente?

Ella negó con la cabeza y bajó los ojos, evitando su mirada.

—Me corté para dejar salir el veneno. No somos tan distintos, Papá. Si tú hubieses muerto, no sé qué habría hecho yo.

—¿Quién te cuidó?

—Mi novia. Ella vive conmigo. La conociste en el funeral, pero no creo que te acuerdes. Casi ni estabas allí. Me ha mantenido viva todo este tiempo.

Nick asintió despacio.

—Puedo entender que te haya atraído una mujer. No he sido un buen padre para ti.

—Oh Papá, no es eso. Soy lesbiana. Así vivo.

—Y mi generación —dijo Nick—, piensa así; que todo tiene una causa y un efecto.

—Bueno Papá; si lo ves así, tú has sido un gran modelo de obsesión romántica.

Ambos rieron. Entonces, Talya se estiró y bostezó.

—Dios, estoy agotada. ¿Quieres desayunar?

—Quisiera llevarte a desayunar afuera, pero...

—No, no; tú tienes que descansar.

—Un gran vaso de jugo de naranja estaría bien. No, una jarra de jugo de naranja. Debo estar deshidratado —afirmó, golpeándose la boca y los labios secos.

—¿De verdad te vas a mudar?

—Pensé que... quizás un apartamento... Dos o tres habitaciones, es todo lo que necesito. ¿Qué crees tú?

—¿Y qué vamos a hacer con todo esto?

—Venderlo. Poner la casa en venta. La hermana de Cam trabaja en bienes raíces. La voy a llamar.

—Vamos a decirle al tío Vassily que venga. Podemos hacerlo juntos como una familia. ¿Me guardarás el samovar?

Nick le sonrió y tomó su brazo herido. Retiró la manga, inclinó la cabeza y besó toda la cicatriz con besos suaves que ella casi ni sentía, porque la piel que rodeaba la cicatriz aún estaba entumecida; pero ella vio cómo los labios rozaban su piel recientemente abierta.

***

Vesalio no se detuvo en Cette. Le pidió al conductor que continuara hasta Marsella, donde tomó el primer barco a Génova. No podía mirar atrás por miedo a que se le destrozara el corazón. ¿Cómo podría no pensar en Ana? Ella era parte de su cuerpo; estaba entretejida en él, siempre presente. Ana venía de manera espontánea a todas horas, torturándolo con el timbre de su voz, el peso de sus pechos, sus cabellos, su olor caliente y almizclado. Vesalio enterró la cara en las manos y apretó los ojos, protegiéndose con un armazón duro de ira.

Desde Génova viajó por tierra hacia Venecia, una distancia de 130 millas, pero cuando pararon en el camino, en Padua, se apeó del carruaje en Del Bo y despidió al chofer.

Era de noche y las calles de la ciudad estaban desiertas. Vesalio atravesó los patios santos de la Universidad, bebiéndose el silencio de las piedras, y entró al teatro de operaciones. Se paró en el centro, mirando hacia arriba y alrededor de él a los balcones en gradas, donde vio flotar las caras de los jóvenes ansiosos, deseosos, como él mismo, por descubrir los misterios del cuerpo humano. Los oídos se le llenaron de suspiros y susurros, del choque de metal sobre hueso, de gotas de líquido seguidas por un hilo constante. Una ola lo cubrió; una resaca de recuerdos que lo arrastraban a los días gloriosos de su juventud. Echó la cabeza hacia atrás.

—Este es mi mundo —su voz estalló, sorprendiéndolo en la oscuridad—. ¡Aquí pertenezco! —levantó los brazos en alto y gritó—: ¡Estoy en casa! ¡Estoy en casa! ¡Estoy en casa!

Bailó en el estrado donde disecaban los cadáveres. Era un hombre enloquecido y con el corazón roto, que rendía homenaje a los muertos. Un viento le sopló en los oídos, haciéndolo girar en círculos como un derviche hasta que perdió el control y cayó al suelo. Allí se quedó por unos minutos, en el teatro sin ventanas, hasta que un golpe de energía lo hizo ponerse de pie y lo guió, por la luz del amanecer de la sala contigua, hacia el patio.

Sus pasos sonaban claros y agudos, aumentando el ritmo al tiempo que caminaba por la columnata cuadrangular. Oyó a alguien que bajaba los anchos escalones de piedra del nivel superior y esperó en las sombras hasta que apareció una figura envuelta en una capa, meneando un grupo de llaves.

—¿Antonio?

El hombre miró desde debajo de su capucha.

—¡Doctor Vesalio! ¿De verdad es usted, señor, o estoy viendo una aparición?

—Sí, soy yo, Antonio —abrazó al viejo, cuya silueta familiar lo había saludado en muchos amaneceres cansados cuando Vesalio salía del teatro de operaciones—. Vengo de España, Antonio, y voy camino a la Tierra Santa.

—Ah, Doctor Vesalio —asintió el viejo—. No lo hemos visto en muchos años.

—Vengo en busca del doctor Falopio.

—El doctor Falopio está muerto, señor, hace un año y medio, por la angina.

—¿Muerto? —se sintió desconcertado por la noticia. ¿Cómo puede Falopio estar muerto? Había ido a verlo. Se tocó la barba con un gesto largo y lento, juntando los dedos alrededor de la punta, soltando la mano en un gesto inquisitivo—. ¿Y la cátedra de Anatomía?

—Vacante, señor; muy vacía desde la muerte del doctor Falopio.

—Ah —se rearregló el abrigo que traía puesto—. Debo ir a Venecia. Me has ayudado mucho, Antonio —presionó una moneda en la mano del anciano y se marchó antes de que Antonio pudiera pronunciar cualquier palabra para agradecerle.

El senado veneciano era quien adjudicaba las posiciones en la Universidad. Vesalio no perdió tiempo para renovar sus relaciones con varias familias venecianas influyentes que había conocido durante su cátedra. Cenó en el elegante salón de banquetes de los Contarini, donde conversó largo tiempo con un grupo de senadores y aseguró rápidamente la cátedra de Anatomía en la Universidad de Padua. Luego reservó un pasaje a la Tierra Santa, confiando en que su peregrinación de primavera cumpliría al menos parte de su promesa a Felipe de España y que estaría de regreso en Padua a tiempo para establecer su domicilio antes del inicio del nuevo año académico. Apenas podía creer su buena fortuna. Al fin salía del pantano de su último año en Madrid, de las semanas agotadoras en Perpignan, de su separación de Ana. Todo se

269

desvaneció cuando él, Andrés Vesalio, se encendió de nuevo.

El día anterior a su viaje, una hermosa mañana de abril caracterizada por esa luz líquida, dorada, tan peculiar de Venecia, Vesalio entró en las instalaciones de Francesco dei Francesci, editor y librero, donde Agostino Gadaldino, Andrés Marino y otros médicos distinguidos lo saludaron con calidez. La conversación se dirigió hacia la muerte de Gabriele Falopio y su legado del libro *Observationes*. Vesalio les contó de su largo tratado, el *Examen*, escrito en respuesta al manuscrito de Falopio.

—Le confié mi carta a Paolo Tiepolo —dijo—. ¿La entregó él, quisiera saber, en las manos del doctor Falopio?

—Ah —exclamó Marino—, Tiepolo se atrasó muchos meses en Cataluña por la guerra civil en Francia. Llegó a Venecia después de la muerte de Falopio. Ha de tener su carta todavía.

Ellos acordaron buscar a Tiepolo, recuperar la carta y que Francesci la publicara con el título *Andreae Vesalii Anatomicarum Gabrielis Fallopii Observationum Examen*.

A Vesalio se le hinchó el corazón cuando sus amigos lo elogiaron en anticipación a otra gran obra de erudición anatómica. Sintió que el largo barbecho de su vida al fin rendía cosecha, brotando en fajos dorados alrededor de él.

—Debo retirarme, caballeros —afirmó, embargado de emoción—. Mi viaje... mañana... debo prepararme.

Salió apurado a la calle adoquinada y caminó rápido por un estrecho callejón a la Piazza San Marco. De ahí se dirigió al agua y tomó un bote.

—La Chiesa della Salute —indicó, y el gondolero comenzó su relajado movimiento circular.

Una colección de almas se arrodillaba dispersa por los bancos, fuera del resto de la humanidad, mientras delante del altar, cuatro sacerdotes formaban un círculo, vestidos con túnicas de damasco blanco con bordes púrpuras y dorados. El piso de mosaico estaba sembrado de la luz que se refractaba a través de los vitrales. Vesalio sumergió los dedos en la pila bautismal, se balanceó al arrodillarse y se persignó. Luego, de rodillas, le dio gracias a la Virgen por haberle sonreído en la víspera de su peregrinación.

—Te honraré en Jerusalén —susurró al encender velas para Ella, para San Judas Tadeo y para Cristo.

La liturgia latina fluía de las bocas de los sacerdotes; un río de sonido que resonaba por toda la iglesia y su cúpula, haciendo temblar el alma de Vesalio. Se quedó inmóvil en las sombras, casi sin respirar, y marcó el compás que su cuerpo tocaba. Sintió los órganos temblar y girar, el cuerpo en sintonía, al tiempo que las voces entraban y viajaban por sendas dentro de él. Los sacerdotes bajaron las caras, uno por uno, hacia un cáliz dorado con vino, en comunión con la sangre de Cristo.

***

Talya acelera por el puente Don Valley, donde los obreros dan los toques finales a las barreras antisuicidio: 10.000 varas y mástiles con cadenas de acero inoxidable; un velo luminoso por todo el puente. Se imagina a personas lanzándose desesperadas a la malla como pájaros aterrados, atrapados en una casa de cristal, que golpean sus cuerpos una y otra vez contra las ventanas, incapaces de creer que haya separación entre la experiencia y la visión. Los pensamientos corren a la vez que pasa la calle Parliament y recuerda a Katya enterrada en un ataúd oscuro en la Necrópolis; luego Sherbourne, donde vio a Dai Ling por primera vez; después Yonge y Bloor. "Contracciones musculares involuntarias, corea, corea, membrana coriónica, Baile de San Vito, trastorno del sistema nervioso, doble serpiente, sistemas entrelazados, hebras de ADN de doble hélice, amantes que crean figuras de ocho, fisionándose por una eternidad...". Pedalea por el lugar de la visualización; Toronto, donde los Primeros Pueblos se reunieron, pescaron, cazaron, antes de los europeos. El cielo la sostiene mientas la tierra da vueltas, girando, girando.

—Voy ganando —susurra, coqueteando con la paradoja de su visión doble, tratando de atraparla y huir de ella simultáneamente, pedaleando con fuerza, alejándose de ella misma, los músculos adoloridos, el espíritu luchando, una criatura que flota atada a una cuerda larga, estirada muy tensa por la ciudad, del padre a la novia a las rondas clínicas, inmersa en el cuerpo, sus dedos delgados examinando la carne, amasándola como pan de Pascua. Talya estudia los mapas de Vesalio y los diagramas de Jia Song mientras sus manos memorizan la perfección del cuerpo de Dai Ling, un paisaje de dicha por el cual está aprendiendo a viajar.

Una puerta se abre a un camino serpenteante protegido por un árbol de parras retorcidas. Derrumbados en los lechos circundantes están los tallos oscuros de las flores de la estación pasada, y nuevos brotes perforan la tierra debajo de ellos. En una esquina del jardín de la calle Brunswick tiemblan las campanillas de febrero, blancas y frágiles, alimentadas quizás por la sangre de Talya. Con las ruedas aún girando, apoya la bicicleta contra el cobertizo y corre a su apartamento.

Dai Ling toca, y su vida la atraviesa como la partitura de un musical, interpretándose a ella misma, la intérprete. Su cuerpo tiembla con la vibración de las cuerdas, como un deseo constante; por Talya, por reunirse con su familia, por encontrar refugio en la música. Ha despertado de un sueño empapado del rojo de una bata de seda, y se levanta temblando y cubre su cuerpo desnudo. Las plumas blancas rebanadas de la garza le susurran la historia de la 'Doncella de la grúa', que solía leerle Ma, sobre una niña pájaro que tejió un fino paño con las plumas de su propio cuerpo; cómo se transformó y se fue volando.

Ruby estira su cuerpo canino después de pasar la larga noche hecha un ovillo, y lame los pies de Dai Ling.

Todos esperan la breve primavera de Toronto. Cuando llega, los tulipanes brotan de la tierra durante la noche y se vuelven los centinelas de la ciudad; el zumo corre por los tallos pálidos, coloreando sus cascos brillantes. La savia sube por los troncos de los árboles, obligándolos a producir hojas. Las lilas brotan en grupos apretados; las peonías recuerdan su redondez. El mosto burbujea por las alcantarillas, se derrama sobre las calles, se eleva por el aire y perfuma los sueños de las prostitutas; gotea y juega en un diluvio que inunda la ciudad, una vez más, con esperanza.

En un cuenco flotan tres gardenias que perfuman el aire. Talya está tendida desnuda. Sus ojos verdes se entreabren en dos ranuras, mientras Dai Ling se alza sobre ella como una flor de muchos pétalos que se abre. "Me quiere, no me quiere, me quiere, no me...". Afuera, las voces crecen y se desvanecen; la gente pasa por la calle, la sirena de una ambulancia suena en la distancia. Los cabellos cobrizos de Dai Ling caen como si estuviesen vivos, al mover la cabeza hacia adelante y hacia atrás. Ellas se elevan cada vez más, hasta que están por encima de la luna y todo se vuelve más lento; más, más, para llegar a un punto de quietud donde la altura se convierte en profundidad. Están muy, muy lejos de la Tierra, y a la vez enclavadas hondamente en su interior.

***

Xian Ming volteaba la tierra con la pala a un ritmo constante, que se interrumpía cada vez que se doblaba para sacudir y arrancar las malas hierbas y tirarlas en la carretilla. Cuando iba por la mitad del primer lecho, se detuvo; se apoyó en la pala y miró al cielo. Todavía se sorprendía imaginando que un día Geneviève pudiera entrar por la puerta, con su cabello rojo flameante, moviendo las manos con gestos rápidos, puntuando su última historia. De niña, Xian Ming se avergonzaba de su madre. Todos los niños se reían de ella, y resentían a Xian Ming y su Ma porque estaban exentas de la crítica del Partido; eran extranjeras. Ella hizo todo lo posible para encajar y desvincularse de su Ma. ¿Era así como Dai Ling se sentía con respecto a ella y a Jia Song, avergonzada de sus padres inmigrantes? Comenzó a cavar de nuevo, abriendo con su pala la reacia tierra, maciza contra el frío del invierno.

Al morir su Ma, dejó de sentirse culpable; el dolor la limpió por completo. Después vio en Dai Ling a su salvaje madre francocanadiense, condensada y destilada, con sus gestos ampulosos. Recordaba el sonido profundo y rico del violoncelo que flotaba desde la ventana de la habitación de Dai Ling. A Xian Ming le encantaba que ella trajera su violoncelo a casa para practicar. La señora Jordao, su primera maestra, le dijo: "Tiene que llevarla a conciertos, señora Xiang. Dai Ling tiene talento, pero debe fomentarse para que florezca". Recordaba su primer concierto, en la Sala Sinfónica de Toronto; tocaba Yo-Yo Ma, y Dai Ling, de seis años, sobre las rodillas de Jia Song, casi ni se movía, excepto por los dedos de la mano izquierda, que tocaban en el aire. Cuando terminó la música y todos aplaudían, Dai Ling estuvo muy quieta. Un minuto antes miró a sus padres llena de asombro.

Xian Ming se arrodilló y llenó sus manos con tierra. Cerró los ojos y la desmoronó entre los dedos, sintiendo la temperatura y el contenido de humedad. Había aprendido de su Ma las cosas de la tierra; de cómo colocar y alimentar una planta hasta que florezca, y de los frutos.

—¿Ma?

Xian Ming abrió los ojos y vio a Dai Ling parada junto a la puerta.

—¿No es muy temprano para sembrar?

—Estoy preparando los lechos.

—¿Babá está?

—Está trabajando. Tú lo sabes. ¿Vienes a casa?

Dai Ling negó con la cabeza.

—Te extraño, Ma.

—Yo también te extraño. Está muy tranquilo aquí.

—¿Babá está bien?

—¿Qué crees tú? Tú eres su vida.

—¿No puedes hablar con él, Ma? ¿Pedirle que me perdone?

—Tu Babá no habla. Es un hombre distinto desde que te fuiste. Cuando trato de hablar con él, peleamos.

—Invité a Talya a la gira.

—¡Dai Ling! Esto no es una vacación. Es una gran oportunidad para tu carrera.

—Lo sé, Ma. No te preocupes; nada puede interferir con mi música.

—Esa chica tiene algo raro —opinó Xian Ming—. Le falta algo.

—A todos nos falta algo, Ma. ¿No es por eso que estamos aquí, para encontrar las piezas que nos faltan?

—Demasiados problemas en esa familia. La madre enferma, el padre loco.

—¿Recuerdas lo triste que te pusiste cuando murió Abuela? Debiste haber ido a verla, Ma.

Xian Ming levantó la vista de manera abrupta y miró a su hija. Parecía que iba a hablar, pero se detuvo; sus manos sujetaban la parte superior de la horqueta.

—Me acuerdo de cómo llorabas cuando llegaban las cartas. Trataste de ocultarlo, pero yo sabía cuánto la extrañabas.

—Tenía miedo de que pasara algo. Y ahora me pasa lo mismo contigo, Dai Ling. Como cuando eras pequeña y esos niños te atraparon y...

—Ellos no me atraparon, Ma. Yo accedí a que me enterraran. Y fue entonces cuando empecé a tocar el violoncelo. ¿Recuerdas que te dije que escuché la música bajo la tierra?

—No, ya llevabas dos años tocando. Tú comenzaste cuando tenías casi cinco años.

—Pero fue entonces cuando *en verdad* comencé a tocar, después de que escapé. No *recuerdo* haber tocado antes de eso.

—¿Vas a entrar? ¿Quieres té?

—No, Ma. Solo quería darte las gracias. Sé que hubieses regresado si no hubieras tenido que pagar por mis lecciones.

Una lluvia repentina cayó a través de los rayos del sol, transformando el jardín en un cristal de patrones de arco iris que se reflejaban desde cada superficie. Xian Ming miró hacia el cielo para esconder las lágrimas. La lluvia paró tan repentinamente como empezó.

—Es bueno para el jardín —dijo, limpiándose la cara con el dorso de la mano, dejando rayas fangosas en sus mejillas y frente—. Bueno para el jardín —recordaba cómo la música de Dai Ling, que flotaba desde su ventana abierta cada primavera, había calentado la tierra cuando la volteaba; cómo esperó que continuara ese ritual, en armonía con las estaciones; cuán precioso era cada instante de la vida de su hija, que escapó de su propia codicia de repetición.

***

Talya esperaba en la recepción cuando él abrió la puerta.

—Le traje sus libros —indicó ella, levantándose con ellos en los brazos.

Jia Song escondió de inmediato su conmoción detrás de una máscara educada, mientras Talya se movía tratando de meter una mano debajo de los libros, balanceándolos sobre el brazo herido, para poder ofrecerle la otra mano a Jia Song. Pero él permaneció rígido, con las manos fijas a los lados. Después de un momento de silencio incómodo Talya se lanzó, llenando la pequeña sala de una lluvia de palabras: su apreciación de los libros, sus partes favoritas, sus opiniones acerca de la comparación entre el sistema médico alopático y el tradicional chino...

—¿Tu padre?

—Está... mejor. Él no vendrá a verlo. No cree en la MTC —confesó—. Pero yo sí.

Jia Song dio un paso adelante y recibió los libros.

—¿Puedo hablar con usted?

—Estoy ocupado.

—Por favor. Es importante.

Jia Song respiró hondo, luego dio un paso atrás e hizo un gesto con su largo brazo. Talya pasó a su lado hacia la puerta abierta y entró al consultorio. Él no se sentó hasta que ella lo hizo, a cinco pies de distancia, con la espalda derecha y las manos cuidadosamente dobladas en el regazo. Ella recordó sus días en el internado; la maestra de Educación Física que iba detrás de las chicas y las golpeaba en los riñones para que enderezaran las espaldas.

—Así que esta no es una visita médica —dijo él, con solo un dejo de pregunta en la entonación.

—Usted sabe a qué vine.

—No se debe suponer nada.

—Dai Ling.

Jia Song se ruborizó.

—Sé que esto debe ser un golpe para usted y su esposa, pero...

—Tú no sabes nada. Para nosotros esto es más que un golpe; es un ultraje.

—Por eso quiero explicarle...

—No hay nada que explicar. Dai Ling es nuestra hija. Sin ella no nos queda nada.

—Pero ella está entregada a ustedes.

—Nosotros la perdimos.

—No, no; usted no entiende...

—¡Eres *tú* quien no entiende! —se levantó de su silla como si lo jalara una fuerza invisible que le ponía el rostro oscuro de la emoción—. Nosotros somos chinos. Vinimos a este país y hacemos lo que podemos para adaptarnos. Aprendemos otro idioma, trabajamos duro, le damos un hogar a nuestra hija y aprendemos de ella sobre el estilo de vida canadiense. Pero seguimos siendo chinos. Nuestra historia está en China, nuestros antepasados están enterrados en China. Tenemos esta nueva vida por nuestra hija, y todo esto es por ella, la portadora de nuestro futuro.

—Esa es una carga muy grande para una persona.

—Tú no le das importancia a la responsabilidad familiar porque eres parte de esta cultura muerta que corta el cuerpo, lo mide, lo pesa como si se tratara de un trozo de carne. El cuerpo occidental ha perdido su dignidad...

—No estoy en desacuerdo con usted, Doctor Xiang, pero sabemos que ese es otro tema. Y de paso no es cierto que...

—Los chinos nos vemos a nosotros mismos como parte de una totalidad intacta llamada *Tao*, un único continuo relacional. En el siglo diecisiete, la cultura occidental sufrió la separación entre la mente y el cuerpo, que sacó al hombre de la naturaleza y lo puso en conflicto consigo mismo, intentando controlar la naturaleza. Es en eso que se basa el sistema médico occidental.

—¡Yo sé! Los europeos del Renacimiento comenzaron a verse a sí mismos independientes de la vida que los rodeaba y pensaron que podían dominar y explotar el ambiente sin que esto los afectara. Así que creamos un mundo tóxico y carcinogénico, pero eso está muy lejos de Dai Ling y su orientación sexual.

—Dai Ling es una chica joven. Ella lo madurará.

—¿Y si no lo hace, seguirá repudiándola?

Se miraron uno al otro fijamente, ninguno dispuesto a retroceder.

—¿Y qué me dice de la ironía de *su* conflicto, Doctor Xiang? —le espetó Talya—. Como inmigrante, usted ahora es parte de esta cultura estéril y está tratando de controlar a Dai Ling.

Talya pensó que la golpearía, ya que la fuerza de su energía era muy grande, pero él no se movió. Su cuerpo y su rostro se mantuvieron rígidos; casi tembló al hablar.

—Yo confié en ti, Talya. Te recibí en mi casa, pero no respetas. No entiendes cómo vivimos. Yo no sabía...

—Doctor Xiang, por favor... Nuestra relación, Dai Ling y yo... de verdad, no justifica tanto dolor —ella se inclinó hacia adelante y él se echó hacia atrás, levantando las manos para alejarla mientras ella continuaba—. Ella los extraña mucho. No habla de eso, pero yo me doy cuenta. —Talya notó cómo temblaba un músculo en la mandíbula de Jia Song. Deseó tocarlo, pero no se atrevió. No sabía cómo llegar a él—. Por favor, no se haga daño de esta manera, ¡no lastime a Dai Ling! Hay demasiado dolor. Lo veo en todas partes; en el hospital, en la casa de mi padre. Dai Ling se despierta a medianoche llorando. Si usted no hace algo pronto, la perderá. Puede que yo también la pierda. Esto pudiera destruir nuestra relación.

La sorprendieron sus propias lágrimas, que sofocó, pero no antes de que Jia Song las viera. Él dejó caer las manos en el regazo; sus hombros se desplomaron como si se hubiera dado cuenta de algo.

—Te voy a contar algo.

Su voz era baja y ronca, distinta de su tono habitual, como si tuviera algo en la garganta que tratara de silenciarlo. "Como una púa", pensó Talya, "como un pez que se atrapa con un anzuelo con púa".

—Yo tuve un hermano menor en China. Crecimos juntos en la casa de mi tía, porque mis padres trabajaban en el campo y no podían cuidarnos. Nos criaron para ser jóvenes comunistas leales a la Revolución; eso siempre era lo primero. Cuando tenía catorce años, mi hermano denunció a nuestro padre.

—¿Por qué?

—El asunto no importa. Fue injusto. Pero a mi padre lo enviaron a un campo de trabajo. Allí murió, y mi madre se suicidó.

Talya contuvo la respiración.

—Ya no tengo hermano.

—¿Usted lo repudió?

Jia Song asintió.

—¿Pero no habló usted con él? ¿No hubiesen podido...?

—En China, las diferencias políticas son definitivas.

—Pero no eran diferencias políticas, era familia.

—En China no distinguimos entre las dos. Mi hermano está muerto.

Talya exhaló largamente, sacudiendo la cabeza.

—¿Por qué me cuenta esto? Sé que usted quiere que yo desaparezca de la vida de Dai Ling si ella no *madura eso* antes.

—Tú llegarás a ser doctora, pero no eres una compañera adecuada para mi hija.

—Yo entiendo. Usted ha perdido casi a todos; su padre, su madre, su hermano, así que por qué no también a su hija, ¿no es cierto?

—Me estás malentendiendo. Es porque he perdido tanto, que no quiero arriesgarme a perder a mi hija.

—Entonces hable con ella. Este es el número telefónico —Talya apretó una tarjeta en la mano de él, pero él la rechazó.

—La decisión es de Dai Ling —insistió.

Había algo en sus ojos que le recordaba a Dai Ling, lo que la enterneció, y dijo:

—Tiene razón, en verdad no lo comprendo, pero reconozco que usted es un hombre muy fuerte detrás de esa máscara cortés. Tiene un vasto país dentro de usted, ¿no es así? Siglos de historia, estratos de cultura, recuerdos que ni siquiera usted sabe, así que ¿cómo podríamos los pobres canadienses esperar tener una pista? Mis antepasados son de Rusia y también tenemos nuestra historia, pero todavía no la creo. Admiro su seguridad, su confianza en su propia identidad. Todo tiene que ver con la imaginación, ¿no cree, cómo nos vemos a nosotros mismos? No existe una verdad, sino muchas formas de imaginarla. Y no se pueden controlar las cosas que produce la imaginación. Son un misterio. Solo están allí, son fantasmas que insisten en hablar.

—Fantasmas... Sí, son fantasmas de nuestros antepasados, que nos protegen. Estamos determinados de esta manera, Talya, por nuestros propios fantasmas.

***

1564: Mar Adriático

El barco de Vesalio zarpó de la Laguna Veneta hacia el Golfo y navegó por la costa dálmata del Adriático. Él estaba parado en la cubierta, viendo cómo se encogía la Ciudad de Venecia. Los últimos puntos destacados que distinguió fueron la torre de San Marcos y la torre de la iglesia de San Jorge, en la pequeña isla de San Jorge el Mayor. Venecia se volvió una neblina de formas en colores pasteles que flotaban en el agua; sus islas se fusionaron al fin en una sola joya grabada en sus retinas.

Después se volvió y caminó a lo largo del barco a la proa, donde estiró los brazos hacia el futuro. Se echó a reír cuando el agua le salpicó sal en la cara, punteándole la barba con espuma y cristales, hasta que brilló. En ese instante sintió que no había un hombre más feliz en el mundo.

De nuevo, Vesalio le presentó su carta de recomendación del rey al capitán de la flota veneciana, esta vez para que le diera paso seguro hacia Palestina. Acompañándolo en la nave hasta Chipre iba Giacomo Malatesta di Rimini, general del ejército veneciano.

—Ah, una peregrinación —dijo di Rimini acariciando su barba, pensativo—. El momento de su vida, supongo. Hacer un balance.

—Por así decirlo —respondió Vesalio.

Para Vesalio, el viaje fue agradable a pesar de su preferencia por la tierra firme. Nada le gustaba más que viajar y era indiferente a las condiciones estrechas y la ociosidad forzada. Se sintió mecido en la cuna de la robusta nave veneciana cuando salieron del Mar Adriático hacia el Jónico, más allá de la bella isla de Zante, conocida por los venecianos como Fior di Levante, y a lo largo de la costa norte de la isla mediterránea de Creta, donde atracaron brevemente en el puerto oriental de Candía.

Mientras navegaban a través de una tranquila extensión de azul rumbo a Chipre, leyó *Viajes* de Pero Tafur e *Itinerarios* de Wey; obras que ofrecían consejos para peregrinos sobre cómo proceder en la Tierra Santa. *A su llegada a Jaffa, el puerto de Jerusalén, apresúrese a conseguir uno de los mejores asnos,* aconsejaba Wey, *Usted no pagará más por el mejor que por el peor.* Pero Tafur aconsejaba buscar la ayuda de los monjes franciscanos en el Monte Sión, cerca de Jerusalén. *Para los peregrinos cristianos que no quieran ser robados o asesinados por los sarracenos musulmanes,* decía, *es imprescindible contar con un salvoconducto del gobernador sarraceno local.*

El señor di Rimini desembarcó en Chipre y Vesalio, lleno de expectación, continuó hacia Jaffa. Allí se unió a un grupo de compañeros peregrinos y, escoltados por el prior del Monte Sión y los oficiales sarracenos locales, viajó treinta y nueve millas por tierra hasta Jerusalén, con el cuerpo todavía meciéndose al ritmo del océano. A Vesalio lo consumió el desierto. Se perdió en la extensión infinita; sus ojos no podían anclarse en el horizonte movedizo, vacío de todo punto de referencia.

"Palestina es la Tierra Santa porque es un lugar de la nada", pensó. "Yo no soy nada aquí y nada existe, salvo mi conocimiento de otros lugares. Me estoy ahogando en este vacío. No tengo referencia". Por su seguridad, se refugió en la mente; pero la mente se hundió y quedó borrado, a pesar de sus esfuerzos por mantener el espejismo.

Vesalio agradeció la presencia del santuario del Santo Sepulcro, la Iglesia de la Resurrección. Arrodillado en la frescura de su recinto, adoró a la Virgen y a su hijo. Empezó a comprender el refugio del cuerpo; el cuerpo generoso que se estira para acomodar el crecimiento de la vida. Sus dedos meneaban los abalorios del rosario, enumerándolos, registrando sus oraciones.

Perdió la cuenta de los días mientras iba de un lugar al otro: al Monte de los Olivos; a la Columna de Pilatos, donde Cristo fue atado y azotado; al monte del Calvario, donde estuvo la verdadera cruz, y que le recordaba a las horcas de Galgenberg en Montagne de la Potence. Caminó en el desierto y descubrió una gran cantidad de plantas, de las cuales se llevó muestras para usarlas como medicinas. Una mañana despertó a una gloria de flores del desierto, que se abrieron durante la noche en el aire más tibio de la primavera. Estas las recogió por su color y su perfume.

Vesalio perdió toda la noción del tiempo. En el fondo de su mente sabía que tenía que zarpar de Jaffa en el mes de julio para llegar puntual a ocupar su puesto. Entretanto, las arenas que se extendían ante él hacían del tiempo algo sin sentido. Rio al pensar en su vida en Madrid, en el frenesí de su esposa por llegar a Cette para verse con su amante. La herida había sanado lo suficiente como para pensar en Ana y recordar con placer el amor que sintieron el uno por el otro. La severa tierra de Palestina reducía todo a lo eterno. "Mi vida comienza de nuevo. Estoy limpio, se cerró el círculo y regreso a Padua".

Esa noche soñó con Helle Straetken, y en el sueño, el barro y la suciedad de la calle se convirtieron en un paraíso de flores de dulce aroma que florecían en un lecho de parras retorcidas. Se elevó, volando cada vez más alto sobre las copas boscosas de Galgenberg, sobre los campos y el lago, donde nadaban unos niños salpicados de risas, sobre el Bovendael. "¡Soy libre!", gritó en el sueño. "¡Estoy volando!". Se precipitó hacia el pico de Galgenberg y miró fijamente los ojos engalanados de un ángel que allí colgaba. Ya no era un delincuente retorcido y torturado el que se desintegraba en la horca; esta era una criatura adornada de joyas, con alas brillantes, que abría y cerraba los ojos hacia el cielo. No tenía brazos, solo alas, enormes y musculosas, que levantaba con gran esfuerzo y abría despacio en el sol, como una criatura recién nacida que seca su piel aún oscura, bebiendo con el cuerpo el rocío del Cielo.

Cuando despertó, Vesalio supo que era hora. Envolvió sus pertenencias, se unió a una caravana y regresó atravesando el ahora conocido desierto hacia el puerto de Jaffa.

***

Xian Ming y Jia Song estaban sentados a la mesa de la cocina. Ambos picoteaban su comida, hasta que al fin, Jia Song apartó el plato.

—Zhuzi, ¿estás enfermo?

—No tengo apetito.

Xian Ming bajó los palillos.

—Dai Ling vino hoy.

—¿A mi casa? ¡Yo lo prohíbo!

—Estaba en mi jardín. Hablamos. Está triste.

Jia Song giró como si fuese a levantarse y salir de la habitación; como lo hacía ahora con tanta frecuencia, para sentarse solo en la sala del frente toda la tarde, mientras Xian Ming limpiaba y limpiaba su cocina, hasta que no quedaba más nada que fregar. Pero simplemente cambió de posición y cruzó sus largas piernas.

—Preguntó por ti. Quiere que la perdones.

Él levantó la vista de manera brusca.

—¿Vendrá a casa y dejará esa locura?

Xian Ming negó con la cabeza.

—Zhuzi, tú repudiaste a tu hermano, y ahora tú...

—¡No tuve un hermano!

—Claro que tienes un hermano. ¿No crees que es hora de perdonarlo, y así quizás puedas perdonar a nuestra hija?

—Es hora de contarte la verdad —Jia Song se inclinó hacia delante, serio, agarrando las manos de Xian Ming—. No tuve un hermano. Mentí. No tuve un hermano.

—Zhuzi, ¿qué es esto? Todos estos años me dijiste...

—A Ma la obligaron a abortar a mi hermanito.

—¿Qué? No te creo. ¿Por qué me mentiste?

—Para ocultar mi traición... la muerte de mi padre... el suicidio de Ma...

Xian Ming tomó la cara de Jia Song entre sus manos mientras él lloraba.

—Esposo mío, esposo mío; dime qué te pasa —le secó las lágrimas del rostro con la punta de su delantal—. Cuéntame, Zhuzi; te voy a ayudar.

Él apartó su taza de té, los palillos, el cuenco con arroz, todo, buscando espacio para los brazos, que abrió al inclinarse hacia delante.

—Cuando yo tenía cinco años, Ma quedó embarazada. Era la época de la política de un solo hijo. Vivíamos en un Condado Modelo de Planificación Familiar. Si nos hubiésemos quedado, los oficiales del control de natalidad la hubiesen obligado a abortar, así que fuimos a Pekín, a quedarnos con mi tía hasta después del parto. Pero sin un permiso, la policía hubiese arrestado a Ma, así que se ató un paño apretado alrededor del vientre para esconder a mi hermanito. El astrólogo nos dijo que era varón, y nosotros estábamos tan felices, esperándolo. Una noche los oí en el pasillo. Yo salí. Se estaban yendo. Un vecino había denunciado a Ma. Mis padres huyeron, pero mi tía me contó que los apresaron y que a ella le sacaron el bebé.

Las manos de Xian Ming volaron hacia su rostro, cubriéndose la boca y la nariz, como si estuviese orando.

—Los enviaron al campo, a trabajar en la agricultura —continuó Jia Song—. No los vi por dos años. Mi tía me contó que Babá era escritor. Yo estaba orgulloso de él y presumía en la escuela: "Mi Babá está escribiendo un cuento". Entonces, mi maestro me llevó al campo, a dos días en tren. Estaba tan feliz de ver a mi padre, tan orgulloso. Pero Ma lloraba y yo no entendía. Me hicieron testificar contra mi padre. Lo vi tragarse las páginas de su historia, rasgadas en pedacitos. Le llenaron la boca hasta hacerlo ahogar.

Las lágrimas se derramaban y salpicaban el plato de Xian Ming, cuando se estiró para alcanzar las manos de Jia Song, cubriéndolas con las suyas.

—Ma me contó que la historia era sobre mi hermanito y la destrucción de nuestra familia. Ella me reprendió por hablar de eso en la escuela. "Nunca cuentes los secretos de la familia", dijo. "Nunca cuentes nada; es peligroso, mira lo que hiciste, hijo mío". Me enviaron de vuelta con mi tía en Pekín, y yo pretendí que fue culpa de mi hermanito, por intentar venir a nuestra familia. Comencé a creerlo, que fue *él* quien traicionó a nuestra familia con su existencia. Tuve que creer esa mentira, o no hubiese podido seguir viviendo.

Xian Ming le acarició el rostro.

—No fue tu culpa. Solo eras un niño. ¿Cómo podías saber?

—Cuando llegó la noticia de la muerte de Babá y el suicidio de Ma, le grité a mi hermano y lo repudié para siempre. Tenía diecisiete años, justo comenzaba la universidad. Conocí a Wu-Li y a Jiang-Gang. Ellos lideraban el movimiento estudiantil por la democracia. Yo fui a una reunión, y así me lancé a la acción política, para luchar contra la injusticia que llevaba en el corazón.

—Recuerdo cómo eras cuando nos conocimos. Estabas enojado por todo, pero cuando nació Dai Ling, cambiaste. Y yo pensé que en este país nuevo todo sería distinto.

Jia Song negó con la cabeza.

—Fuimos los últimos de una generación perdida; los que no recibimos una educación adecuada porque fuimos reclutados por la Guardia Roja. Creímos que podíamos cambiar el mundo y fuimos traicionados. Todos nosotros nos volvimos traidores. Eso es lo que pasa, una y otra vez. Soy un traidor y no me lo puedo perdonar.

—Mi Ma tenía razón. Tenía miedo de tus extremos políticos, de que te perdería y terminaría siendo una viuda como ella. Pero tú sigues luchando, Jia Song, y ahora lo haces contra nuestra hija, y ella también lo está haciendo. Es a ella a quien perdí.

***

—¿Te conté que me voy a especializar en Cirugía?

—Ajá. ¿Qué área? —preguntó Elliott.

—Aún no lo sé.

Los tacones chasquearon, resonando por el largo pasillo.

—Ginecología y Obstetricia sería más fácil.

—No se trata de que sea fácil, Elliott. Tú lo sabes. Me *encanta.*

—¿Qué tal Medicina Forense?

—El cuerpo *vivo.* Quiero curar, no analizar —dijo Talya—. Cuando pase el examen de licenciatura del consejo médico, me voy a postular para una residencia en Cirugía.

Esquivaron una camilla que venía por el centro del corredor y se deslizaron por las puertas batientes hacia el vestíbulo, junto a un grupo de ascensores.

—¿Subes? —quiso saber Elliott.

—Bajo... a mi casillero y a casa, con Dai Ling. Voy a Europa, Elliott. Lo decidí.

—Estás loca.

—Lo sé. Me tomaré unas pocas semanas de permiso. Voy a hacer una peregrinación. Me reuniré con ella después, en Padua.

Elliott le dio un abrazo.

—Te voy a extrañar, Tal. Tú sabes que eres mi inspiración.

—¡Choca esos cinco! —ordenó ella, y aplaudieron con la izquierda. La manga de su bata de médico se deslizó hacia abajo, revelando la cicatriz. Talya vio cómo Elliott se le quedó mirando y rio—. ¿Para qué vas a subir?

—Tengo que chequear un paciente. No tengo vida privada... aún.

—¿Qué pasó con tu hematólogo? —preguntó Talya cuando llegó el ascensor y Elliott entró.

—Estoy probando algo nuevo... Celibato — murmuró silencioso, mientras la puerta del ascensor se cerraba.

✳✳✳

—¿Ray? Ray, ¿estás ahí?

Dai Ling estaba a punto de irse, cuando Ray sacó la cabeza por la ventana.

—¡Dai Ling! No te he visto en siglos.

—¿Puedo subir?

—Yo bajo.

Unos segundos después, Ray abrió la puerta y abrazó a Dai Ling.

—¿Qué tal? ¿Dónde has estado?

—No en esta calle, eso es seguro. No después de lo que pasó.

—¿Y qué haces aquí ahora?

—Ray, mi papá me llamó. Quiere que hablemos.

—Esa es una buena noticia, Dai Ling. Está listo para hablar.

—No lo sé. Quizás solo quiere gritarme. Tengo tanto miedo. Me siento como una niñita. ¿Cómo te va con Dee-Dee?

La gran sonrisa de Ray lo dijo todo.

—Ni me preguntes. Demasiado bueno para hablar de eso. ¿Y adivina qué? Me saqué una A+ en mi trabajo de seminario de cine japonés.

—¿En qué te estaba calificando, Ray?

—No me fastidies. Probablemente lo calificó el asistente de la profesora.

—¿También tuviste una aventura con ella?

—¡Él!

—Ah. Bueno, yo sé que no eres gay. Estoy bromeando. Tengo tanto miedo, Ray. Mira, estoy temblando —confesó, saltando—. Mejor me voy. Me está esperando. Deséame suerte.

—Haré algo mejor que eso —le aseguró él, a la vez que se quitaba una delgada cadena de oro, de la que colgaba un pequeño trozo de jade—: Te daré un poco de la mía —la abrochó alrededor del cuello de Dai Ling y le besó los labios.

—Oh Ray, te adoro —respondió, con los ojos llenos de lágrimas.

—¡Amigos por siempre! —afirmó él—. Ve, Dai Ling; sé valiente.

Ella se alejó por el callejón, abrió la verja lateral y se detuvo en la puerta trasera. No sabía si tocar o simplemente entrar, pero Ma estaba en la ventana, esperándola. La madre abrió la puerta y abrazó a Dai Ling.

—Vamos, vamos. Tu Babá espera.

Jia Song estaba parado en la entrada. Una sonrisa flotaba en sus labios. El largo pasillo se extendía detrás de él. Cuando Dai Ling recordaba ese día más adelante en su vida, siempre los veía así, esperando que ella, su hija pródiga, regresara a casa y los arrastrara a ese nuevo mundo.

***

Al llegar al puerto de Jaffa, Vesalio se enteró de que no se esperaba a la flota veneciana sino hasta un mes más tarde.

—Hay un barco de peregrinos en el puerto, que zarpará a Venecia mañana. Yo mismo estaré en él —el hombre tenía la cara picada de viruelas—. Georg Boucher —le extendió una mano regordeta—, de Nuremberg. Lo llevaré con el capitán si usted lo desea.

—Muy agradecido —dijo Vesalio, estrechando la mano de Boucher—. Si hay paso, lo tomaré. Tengo prisa por llegar a casa.

Sacando la barbilla y abriendo camino con la barba, Vesalio caminó a lo largo del muelle y subió la pasarela del barco de pasajeros de los peregrinos, llevando su exiguo bulto. El capitán, ansioso de abarrotar las cubiertas, lo recibió y prometió, por una suma de dinero, abastecerlo para el viaje. Vesalio compartió un camarote con Boucher. Era él un hombre devoto que fue a Jerusalén para dar gracias por el nacimiento de un hijo varón luego de diez yermos años de matrimonio.

Embarcaron en un mar agitado y aceleraron con viento de popa. Algunos pasajeros desembarcarían en Candía, pero el tiempo cambió y pronto se sacudieron entre olas de veinte pies que barrían la cubierta, haciendo que los pasajeros y la tripulación se refugiaran debajo. El barco se desvió hacia el sur a lo largo de la costa africana, y apenas logró llegar a tierra firme cuarenta días después. Fue todo lo que pudo hacer el capitán para evitar que la vieja nave se estrellara y se hiciera añicos en la tormenta, mientras disminuía la esperanza de llegar a Creta. A Vesalio lo asaltó el mareo, el miedo, y al fin, el hambre. La tormenta continuaba y las provisiones resultaron insuficientes. Únicamente los pasajeros que se abastecieron solos, se alimentaban escondidos en las esquinas; el resto pasó hambre, con raciones menguantes de galletas marineras. Descubrieron que el agua estaba contaminada, al encontrar una rata ahogada que se había ido al fondo.

—¡Madre de Dios, la peste nos condenará a todos! —exclamó Boucher, sudando por la frente picada de viruelas.

Al morir el primer hombre, su cuerpo fue tirado por la borda por miedo a que los demás se contaminaran, y Vesalio se percató con horror de que pudiera no sobrevivir ese viaje. Se atareó con las hojas secas de sus plantas desérticas; las desmenuzó hasta convertirlas en un polvo fino y las reconstituyó con cera suave, formando bolitas para facilitar su deglución. Distribuyó sus remedios a la tripulación y a los pasajeros que oraban. Desapareció la ambición; todos oraban por tan solo sobrevivir. Dos más murieron en la noche; sus pieles estaban oscurecidas por la fiebre, y fueron echados por la borda al amanecer.

Vesalio se metió en la timonera.

—Le ruego —le dijo al capitán—; no deje que sus hombres me tiren al mar si sucumbo.

—Son las reglas del barco —respondió el hombre, hosco de miedo.

—Tengo terror, usted sabe, terror a ahogarme...

—Los muertos no se ahogan.

El capitán torció el timón con fuerza cuando el barco se ladeó y el mástil crujió ominoso en el incesante vendaval. Vesalio, pálido y avergonzado, se retiró a su camarote, donde se acostó temblando. Oyó los ronquidos de Georg Boucher, débiles bajo los gritos del viento, las velas que se desgarraban, la nave extenuada que se agrietaba y restallaba. Así yacía mientras la fiebre se apoderaba de él, derritiendo las hierbas de cera en su estómago, cocinando su cuerpo al punto de un color oscuro. Oyó a su madre,

Isabel Crabbe, gritando por Helle Straetken, "¡Nicolás, Andrés, Francisco! ¡Vengan a cenar! ¡Vengan, niños traviesos!". Sus pies alados lo levantaron encima de las murallas de la ciudad, sobre los campos de Galgenberg. Se hundió profundamente en el lago que estaba fresco, tan fresco, y nadó con los ojos abiertos. "¿Dónde están, hermanos míos, dónde están?", lloró. Nadó hacia la superficie del lago y resolló al sacar la cabeza del agua; pero su garganta le ardía, el mundo ardía y no podía ir a ninguna parte, sino de nuevo hacia abajo.

Vesalio despertó jadeando por agua, pero Boucher no estaba. Cuando intentó levantarse, las piernas no lo sostuvieron y colapsó sobre el piso de la cabina.

—Estoy muriendo —dijo, un instante antes de que su mente se sumergiera en la oscuridad. Así, al oír el salpicar de las olas, golpeteando y estrellándose, una y otra vez, lo tomó como el impacto de su cuerpo sobre el agua al lanzarlo, una y otra vez, desde la nave condenada. Se ahogó en mil muertes, hasta que todo su miedo desapareció y se rindió. El mundo quedó quieto y silencioso, como lo es en las profundidades. Su sangre se detuvo y Vesalio oyó atento, extasiado, el silencio de su corazón, que ya no latía. "¡Ah, es el corazón, la actividad del corazón, lo que hace que circule la sangre!". En el rostro se le dibujó una sonrisa, al resonar las palabras de Ana como un eco a través de los años... "Mira tu corazón... tu corazón poco dispuesto... Es tu corazón, Andrés, lo que necesito".

Comenzó a nadar hacia la superficie, donde veía una gran luz. Al volverse, vio su cuerpo flotando libremente. Primero no lo entendió; la perfección de la criatura que reconocía como él mismo. Entonces lo recordó todo. El conocimiento rebotaba a través de él; todos los cuerpos que había explorado, escrutando, buscando el Alma escurridiza; la perfección vacía de la carne rellena de sangre y órganos, aún tibia pero estancada, sin el espíritu que la anima. Vesalio se reconoció así como la respuesta a su propia búsqueda; él era el Alma eterna, la inteligencia de la memoria que abandonaba la carne. Se sintió inundado de éxtasis al conocer su libertad una vez más. Le hizo una mueca burlona al hombre barbudo que flotaba bajo el agua y su espíritu se llenó con la música de las esferas, a la vez que giraba apuntando hacia los Cielos.

—¡Tierra a la vista! —gritó el primer oficial—. ¡Tierra a la vista! ¡Tierra a la vista! —corrió en círculos gritando por la cubierta, hasta caer de rodillas, llorando ronco. Al acercarse el barco a la isla de Zante, navegando en aguas poco profundas, el capitán dio la orden de tirar el ancla y, hecho esto, bajaron los botes para transportar a los hombres a la orilla. Era un día brillante después de la tormenta, un día como aquel en que Vesalio zarpó de Venecia.

Cuando bajaron su cuerpo amortajado en el primer bote, el capitán dio instrucciones estrictas de que lo pusieran en la playa, por encima de la línea de la marea, para que no se lo llevara el mar. Pero Georg Boucher se hizo cargo de los restos de su amigo, meneándose con ellos por el corto camino hasta la orilla, al tiempo que la mano de Vesalio se arrastraba por las cálidas aguas azules del Mediterráneo. Hizo arreglos para que el cuerpo fuese transportado a un acantilado alto con vista al océano, y allí rezó mientras Andrés Vesalio, a dos meses de cumplir cincuenta años, fue colocado en una tumba poco profunda.

Coincidió que en ese momento, en octubre de 1564, en el puerto de Zante había atracado un barco veneciano. A bordo iba un orfebre de Venecia quien, al oír del reciente entierro de Andrés Vesalio, y por consideración hacia sus grandes empeños en la anatomía, dispuso que se colocara una humilde lápida en su tumba.

***

Las chicas alquilaron un auto y Dai Ling manejó, subiendo las montañas que rodean Padua. Talya miraba soñadora los viñedos y olivares que pasaban por la ventana. Christie también quiso ir, pero Dai Ling le dijo que no; quería tener a Talya para ella sola. Acababan de encontrarse después de un corto viaje a Grecia. El último concierto de la gira sería la noche siguiente, en Padua. Este era su día libre.

Subieron y subieron. El auto gimoteaba al momento que reducía la marcha; cada curva del camino revelaba una vista nueva y más impresionante. Se detuvieron en el pueblo de Petrarca, y a través de una reja de hierro forjado miraron la casa de Francisco Petrarca. Apenas se veía el techo de tejas rojas por el jardín sobrecrecido que se extendía sobre el sendero. A Dai Ling le recordaba de alguna manera a la casa de los Kulikovsky, a pesar de que era muy diferente. De un árbol retorcido que estaba junto al portón colgaban las granadas; las semillas brotaban de los frutos demasiado maduros, partidos como cuero viejo.

Bebieron vino muscadet en una bodega de vino forrada con frascos de cerezas y melocotones embotellados en grappa. Las grandes jarras de aceite de oliva arrojaban sus reflejos verdes sobre botellas delgadas de vinagre de vino y frascos llenos de aceitunas regordetas. Dai Ling bebió el vino dulce y frío observando la boca de Talya, recordando sus labios pálidos cuando su sangre empapó los vendajes de seda roja y goteó en la tierra. Todo había cambiado.

—¿Y cómo estuvo Milán? —quiso saber Talya, mirándola fijamente.

—Casa llena. Otra ovación de pie. Pero estaré contenta cuando se acabe. Ha sido un viaje largo. Y te he extrañado.

La gira comenzó en Ámsterdam y siguió hacia Bruselas, París, Estrasburgo, Basilea y Milán. Talya voló a

Atenas, conectando con un vuelo a Zakynthos, y lo arregló todo para encontrarse con Dai Ling en Padua.

—¿Lo encontraste?

—Sí. Está enterrado junto al océano en un acantilado alto, donde siempre hay una brisa que trae el rocío del agua que se estrella contra las rocas abajo. Es árido allá arriba, pero más hacia el interior hay colinas verdes y olivares.

—¿Qué hiciste?

—¿Sin ti? —Talya negó con la cabeza, la mirada elocuente.

—De verdad.

Talya se encogió de hombros.

—Caminé por ahí. Me senté en el sol. Estaba caliente y seco, y me sentí reseca —levantó su copa y la chocó con la de Dai Ling, resbaladiza entre sus dedos por el vino helado.

Al manejar de vuelta en la penumbra temprana, pasaron por varios pueblos pequeños antes de que Dai Ling se detuviera junto a las ruinas de una villa romana.

—¿Qué es eso? —preguntó Talya.

—Algo brilla al borde del camino en la curva adelante. Mira.

Caminaron bajo la luna llena. El aire nocturno estaba húmedo, lleno del aroma de boje y del sonido de los grillos. Al llegar a la curva, encontraron una estatua blanqueada de la Virgen, rodeada de ciclamen carnoso.

—¡Un santuario! —exclamó Dai Ling.

Estaban paradas en la luz reflejada. Dai Ling se volvió hacia Talya y besó su rostro iluminado. Sobre el hombro de Talya vio la silueta de la villa y oyó un perro que ladraba. Pensó en Ruby y la imaginó durmiendo en el apartamento nuevo de Nick, estremeciendo las patas mientras sueña y su suave hocico negro tiembla.

Cuando regresaban, el auto parecía tener un aura de luz. "Es la luna llena", pensó Dai Ling, "y la luz del santuario. Hay luces por todos lados esta noche".

En el asiento del auto había un paquete que Talya sacó de su mochila el día anterior. Ella levantó el paquete con las dos manos y se lo puso en el regazo.

—Mañana vamos a Del Bo —dijo.

—¿Qué es eso?

—La Facultad de Medicina de la Universidad, donde Vesalio tuvo la cátedra de Anatomía.

—No, quiero decir...

Talya la calló con un beso.

Una hilera de biombos inundaba la pared del café, cada uno ocupado por un viajero joven o un estudiante de la Universidad de Padua.

—¿Algún mensaje?

—El tío Vassily. Hay una ola de calor en Montreal. Están durmiendo en el sótano. La tía Riva dice "No beban el agua".

—Mira, está entrando un mensaje.

—¡Es de Papá!

"Natáshenka, *moya dochka*. ¿Cómo estás, querida? Ya estoy trabajando y disfrutando el apartamento nuevo. Hoy voy a almorzar con Cam. Espero tu regreso para inaugurar la casa. Saluda a Dai Ling de mi parte. Cariños, Papá".

"Todo cambió", pensó Talya. El óvalo verde del Prato del Valle estaba rodeado de canales cruzados por pequeños puentes, y el parque estaba sembrado de estatuas blancas relucientes, que se desmenuzaban en el polvo blanco de la memoria y volaban con repentinas ráfagas de viento.

—¿Qué pasa? —preguntó Dai Ling, agarrando la mano de Talya, halándola hacia abajo, junto a ella, sobre un banco de piedra—. Estás en otro lado.

—Estoy aquí —replicó. Sintió la cálida piedra del banco en sus piernas desnudas, la presión de los dedos de Dai Ling tocando, tocándola a ella, llenándola de sonido al tiempo que regresaba.

—*¿Qué* es eso?

Talya llevaba el paquete debajo del brazo; una caja envuelta en papel de estraza, todo atado con una cuerda. Se había levantado antes del amanecer, se sentó junto a la ventana abierta cuando Dai Ling aún dormía, observando a Venus el Lucero del alba, portador de luz. Ahora recordaba el griego, al refrescarse la mente con su viaje a Zakynthos. *Fósforo...* el nombre griego de Venus... *Fos*: luz... *foros*: portador. Fósforo, inflamable de manera espontánea en su forma orgánica pura, unido químicamente en los huesos y los dientes, elemento esencial de todos los organismos vivos. El fósforo, que puede quedar por mil años en la tierra profunda, en el fondo de ríos y lagos. Había mirado, fascinada, cómo el señor Bernstein en la clase de química, extrajo de un frasco un pequeño círculo blanco del tamaño de un ojo, y lo hizo brillar en una placa de Petri. Era Venus sobre el océano antes del amanecer, encendiendo el día.

—*¿Qué es?* —insistió Dai Ling, trayéndola de vuelta.

—Eres tan curiosa. Me encanta.

El patio se silenció cuando ellas entraron. Las piedras sonaban bajos sus pies, haciendo eco en el silencio. Las palabras susurradas viajaban por la columnata, serpenteando hacia arriba y hacia abajo por los pilares. En los muros que rodeaban el patio había placas con los escudos familiares y los emblemas de generaciones de miembros de la facultad. Desde la esquina, Talya oyó una voz conocida... "Debemos separar la construcción del

universo de las consideraciones de...". Agarró la mano de
Dai Ling y la haló por el patio hacia una pesada puerta de
madera que estaba entreabierta. Se asomó hacia adentro y sí,
allí estaba la plataforma que construyó Galileo para dar
cátedra, con cuatro escalones ascendientes, acordonada
como un artefacto.

Vieron filas de mujeres y hombres elegantes
atendiendo una conferencia. A través de un arco, Talya
miró hacia la sala contigua y oyó a una mujer que hablaba
italiano con rapidez. Algunas personas se volvieron y las
miraron. "Tengo derecho de estar aquí", pensó Talya, pero
Dai Ling tiró de su mano y salieron del salón. Caminaron
por la columnata hacia el otro extremo del cuadrángulo. Allí
entraron a una larga estancia con paredes de paneles de
madera. A lo largo de una pared, exhibidos en vitrinas,
estaban los cráneos de hombres que sirvieron en la Facultad
de Medicina.

Talya iba de arriba a abajo, mirando fijamente las
cavidades oculares de cada cráneo. Luego colocó su paquete
en el centro de una larga mesa de refectorio, desató la
cuerda, dobló hacia atrás el papel marrón arrugado y quitó la
tapa. Una débil neblina salió y se encendió de inmediato en
lenguas de fuego verduzcas que parpadearon tan rápido,
que Dai Ling no estaba segura de haberlas visto en
realidad. Se inclinó más cerca, mientras Talya sacaba un
objeto frágil de la caja y lo colocaba sobre la oscura madera
pulida. Tenía un tono marrón rojizo, y sí —Dai Ling
boqueó al darse cuenta de lo que era—, dientes oscurecidos
todavía adheridos de manera floja a la mandíbula. En la
mesa contigua, Talya puso un sobre con una nota dirigida al
Decano de Medicina.

Este es el cráneo de Andrés Vesalio, para que sea exhibido
con sus colegas en su lugar legítimo, aquí en Padua, donde descubrió e
hizo el mapa del interior del cuerpo humano.

—Lo traje a casa. Es lo que él hubiese querido.
Trataba de llegar aquí.

—¿Ese es *su* cráneo? ¿Pero cómo lo sabes? ¿Cómo lo conseguiste?

—Había una lápida grabada con su nombre. Casi no se puede leer, pero fue suficiente.

Dai Ling la miraba fijamente, incrédula; pero ahora Talya se sentía muy tranquila, igual que se sintió cuando al fin encontró el lugar y empezó a cavar con una pala improvisada hecha de una piedra afilada. Nadie sabía dónde estaba él, y ella casi abandonó su búsqueda, ansiosa por llegar a Padua y ver a Dai Ling. Entonces, una mujer de mentón hirsuto con un pañuelo negro en la cabeza y un vestido sin forma, le señaló el borde del acantilado. Talya dudó antes de seguir la indicación de la viuda; era de tarde, la Estrella vespertina ya señalaba la oscuridad, pero algo la empujó hacia delante.

La tierra estaba seca y se desmoronaba; era sorprendentemente fácil de cavar una vez que se pasaba la capa superior. Le pareció que la tierra emitió una luz débil cuando comenzó a trabajar con las manos, pero en realidad era la luna, que brillaba mucho. No había ataúd. Ella supuso que tendría una mortaja, por los jirones que se le desintegraban en las manos. Envolvió el pobre cráneo en su chal, y lo sostuvo cerca de ella mientras volvía a echar la tierra sin perturbar el resto de los huesos. Sabía que Andrés Vesalio, a pesar de haber sido un hombre del cuerpo, vivió en su cabeza, y que su cabeza debía estar en Padua.

Al dejar la tumba, Talya sonrió hacia el cielo lleno de estrellas. La redondez frágil del cráneo descansaba sobre su pecho. Se llevó el cráneo a su habitación en la posada y allí lo transfirió a la caja que había traído con ella desde Canadá; una caja de sombrero, pequeña y plegable. No dudó que lo encontraría y lo transportaría, hasta que llegó a la isla de Zakynthos. Una vez allí, todo le pareció distinto de como se lo imaginó. Su griego estaba oxidado y cuando lo recordó, nadie sabía nada de Vesalio; mucho menos el lugar donde estuviese enterrado. Siguió su instinto explorando la isla, pero no sentía que reconociera nada, ninguna dirección. Fue el último día, habiendo perdido la esperanza, que apareció la anciana y Talya casi la ignoró. En ese momento estaba impaciente, pensando ya en reunirse con Dai Ling en Padua. Fue en ese estado dividido que ella se acercó al borde del acantilado. Sintió la tumba antes de verla, sorprendida y no sorprendida a la vez; la paradoja de su existencia, siempre jalada en dos direcciones antes de llegar a un lugar completamente nuevo. Una vez que reconoció el lugar, entrecerrando los ojos ante la inscripción rota de su nombre, se preguntó cómo hubiera podido habérsele perdido, cómo pudo caminar por toda la isla en lugar de ir directo a la tumba. Pero entonces se percató de que su imaginación era un ente libre que la rodeaba y la guiaba, siempre dramática y tensa, contra la determinación de su cuerpo, su manera, las reglas del mundo en que existía. Siempre que pensaba así, se veía de nuevo alejándose de Dai Ling, pedaleando hacia el este por Bloor, sobre el puente Don Valley. Era ella una criatura en perpetuo movimiento, que se le escapaba y a la que atrapaba.

Talya levantó la vista y sonrió a su amada.

—Hay algo más —dijo, y tomó su mano.

La siguiente sala era más pequeña. Talya comenzó a sentir un hormigueo en la parte posterior del cuello. Se dio vuelta y se encontró mirando por un arco al teatro de operaciones. Dai Ling la seguía hacia el teatro con forma de útero, sin ventanas, recordando los temores de Xian Ming.

Talya caminó despacio hasta el centro, donde estaban colocados los cadáveres traídos desde el hospital cercano. Sintió que su mano alcanzaba algo, luego sus brazos se levantaron en un gesto triunfante, como si fuese a dirigir una orquesta. Un olor penetrante le resquemó la nariz y entró en sus pulmones, impactándolos. Un ruido precipitado retumbaba en sus oídos y cerró los ojos mientras el teatro palpitaba alrededor de ella. Algo chocó contra el suelo. Sintió un tirón en el vientre, sangre en la lengua, el cuerpo suspendido en el aire. En el instante antes de que todo se volviera negro, ella voló a través de un gran cuerpo de agua y miró fijamente los ojos ancianos de la criatura con cuernos que había vivido dentro de su madre. Al entrar en la criatura, fundiéndose en ella, el suelo se levantó para golpearla.

Cuando Talya recobró el conocimiento, Dai Ling estaba inclinada sobre ella, arrodillada, sosteniéndole la cabeza. Percibió un goteo en la parte posterior, y al tocarlo con la mano, sintió la sangre pegajosa.

—Estás herida.

—Estoy bien.

—No lo estás. Oh, Talya, ¿qué pasó? —Dai Ling casi lloraba.

—Las heridas en la cabeza sangran mucho.

—Subiste los brazos y entonces... oí algo... un grito. ¿Fuiste tú? —tocó la cabeza de Talya con un pañuelo de papel.

—No, no fui yo. Está bien, estoy bien.

Dai Ling la ayudó a levantarse y salieron despacio del teatro, atravesando la pequeña antesala, hacia el patio. La gente del seminario rebosaba por la pesada puerta, arremolinándose, hablando emocionada.

Talya respiró profundo, llenó los pulmones, y exhaló hacia el cielo despejado. El dije de jade temblaba sobre su garganta al hablar.

—Cuando regresemos, devolveré el libro de anatomía.

—Oh, la señora Fox estará tan aliviada. Sabes, es un libro único. Ni se suponía que lo pudieras sacar. Alguien se equivocó. ¿Qué le dirás?

—Que lo perdí y lo encontré después, al limpiar la casa de mi padre.

Cruzaron el patio y caminaron bajo el antiguo arco de piedra hacia la calle.

—¿Cómo está tu cabeza?

Talya, aún conteniendo la sangre, se quitó el pañuelo y lo miró.

—Ya dejó de sangrar. Voy a tirar esto —se acercó a un contenedor de basura en la acera.

—¡No! —Dai Ling le agarró el brazo—. Tenemos que quemarlo. Tu sangre es una oración y el papel es tu deseo, ¿recuerdas?

—Claro. Lo olvidé —Talya inclinó la cabeza hacia atrás y cerró los ojos, sonriendo—. Estaré lista para irme de Padua después de tu concierto de esta noche.

La sala de conciertos estaba llena. Talya observó a los músicos entrar con sus instrumentos. Vio cómo Dai Ling se sentaba con las piernas a horcajadas, apoyando el violoncelo en su cuerpo. Oyó la conocida cacofonía mientras los músicos afinaban sus instrumentos. Luego un silencio; un momento de aliento en el cual la orquesta se convirtió en un cuerpo y el público esperó a que empezara la música. El director levantó la batuta y Talya vio cómo se alzaba el brazo de Dai Ling, quedando suspendido cual pájaro, preparándose para caer en picada. Cerró los ojos y su arco barrió firmemente las cuerdas del violoncelo, dando los primeros acordes que resonaban del *Concierto para violoncelo* de Elgar. Estaba en casa, y Talya estaba con ella cuando entraron los instrumentos de viento y el violoncelo subía por una escala ascendente, presentando la melodía encantada.

***

BIBLIOGRAFÍA

Libros

Los siguientes libros contienen pasajes que se citan en las páginas mencionadas de *Mi dulce curiosidad.*

Beinfield, Harriet y Efrem Korngold. *Between Heaven and Earth: a guide to Chinese medicine.* New York: Ballantine Books, 1991. (Pasajes en las pp. 210-212).

Hogarth, Burne. *Dynamic Anatomy.* New York: Watson-Guptill Publications, 2003. (En la p. 30 hay un párrafo parafraseado de este libro).

McNamara, Sheila. *Traditional Chinese Medicine.* New York: BasicBooks, 1996. (Story of Shen Nung, the Red Emperor and Divine Husbandman, p. 184).

Saunders, C.M. y Charles D. O'Malley. *Vesalius: The Illustrations from His Works:* con un estudio biográfico. Cleveland: The World Publishing Company, 1950. (Pasajes pp. 38-39, 55, 102-103).

Los siguientes libros y películas también sirvieron de inspiración en la investigación, junto con muchos libros y artículos de Internet sobre la familia Romanov, la tecnología de la reproducción y el Renacimiento:

O'Malley, C.D. *Andreas Vesalius of Brussels 1514-1564.* Berkeley y Los Angeles: University of California Press, 1965.

Ma Jian, *Beijing Coma.* Toronto: A.A. Knopf Canada, 2008.

Lam, Vincent. *Bloodletting and Miraculous Cures.* Toronto: Anchor Canada, 2005.

Sobel, Dava. *Galileo's Daughter.* London, UK: Fourth Estate, 2000, 1999.

The Tiananmen Papers, editado por Andrew J. Nathan y Perry Link. New York: Public Affairs, 2001. A partir de materiales compilados por Zhang Liang.

Brothers of the Head, película dirigida por Keith Fulton y Louis Pepe, adaptada por Toni Grisoni, de una novela de Brian Aldiss (Potboiler Productions).

Twin Falls Idaho, 1999, película dirigida por Michael Polish, escrita por Michael y Mark Polish, gemelos idénticos.

Sitios Web

Gene Expression (www.gnxp.com), Aug 13, 2003, artículo sobre ectogénesis "The Real Threat to Roe V. Wade – Fake Uterus" por Sacha Zimmerman.

Slate online magazine (www.slate.com), July 29, 2005 artículo "The Organ Factory" por William Saletan.

"Genealogy of the Romanov Imperial House", www.timohaapanen.net.

Canciones

"The Second Time Around", escrita por Cahn/Van Heusen (Derechos de autor EMI Music Publishing) (p. 64).

"Cheek to Cheek", escrita por Irving Berlin (letra de Bobby Harris, Eric Fearman, Steve Cox y Sennie R. Martin, © EMI Music Publishing, Irving Berlin Music Company) (p. 225).

"Blue Skies", escrita por Irving Berlin (Publisher Hal Leonard Corporation) (p. 225).

Nota aclaratoria: Se hizo todo el esfuerzo razonable por obtener los permisos para citar fragmentos de los libros y las canciones mencionadas.

www.ingramcontent.com/pod-product-compliance
Lightning Source LLC
Chambersburg PA
CBHW030643020726
47493CB00006B/1854